-02-

愿余生

YUAN
YUSHENG

天真无邪 / 作品

贵州出版集团

贵州人民出版社

图书在版编目（ＣＩＰ）数据

愿余生/ 天真无邪著.-- 贵阳:贵州人民出版社,2016.9
（2020.3重印）
　ISBN 978-7-221-13548-3

Ⅰ.①愿… Ⅱ.①天… Ⅲ.①长篇小说－中国－当代 Ⅳ.
①I247.5

中国版本图书馆CIP数据核字(2016)第229795号

愿余生

天真无邪　著

出 版 人 苏　桦

出版统筹 陈继光

选题策划 杜莉萍

责任编辑 潘　浩梁　丹

流程编辑 唐　博

特约编辑 廖晓霞

装帧设计 刘　艳逸　一

封面绘制 雨　希

出版发行 贵州人民出版社（贵阳市观山湖区会展东路SOHO办公区A座
　　　　 邮编：550081）

印　　刷 三河市华东印刷有限公司

开　　本 32开（880mm×1230mm）

字　　数 220千字

印　　张 8

版　　次 2016年9月第1版

印　　次 2016年9月第1次印刷
　　　　 2020年3月第2次印刷

书　　号 ISBN 978-7-221-13548-3

定　　价 42.00元

目录
CONTENTS

愿 余生

May the rest of my life

目录
CONTENTS

愿 余生

▼

May the rest of my life

第一章
霜雪落满头，也算到白首

[1]

罗一醒的时候天其实还没亮，厚厚垂幔窗帘下只漏进浅浅一层曦光，并不是懒得起，而是那个人的手就搭在她腰上，又热又烫，像块铁似的烙在那里。

鸭绒被轻又软，几乎感觉不到一点分量，但还是热得要命，大概是卧室暖气开得太足，她悄悄地从被子里伸出一只手臂，觉得不够凉快，于是又试探着把腿给伸了出去，反复两三次，自己也觉得自己无聊透顶。忽然听见颈后有人轻笑出声，搭在腰上的手臂忽然收紧，他的气息就喷在颈后，像鸡毛一样若有似无地拂过，她浑身一僵。他还在笑，声音中带着初醒的暗哑："宝贝儿，玩得开心不？"

他在国外待过好些年，口头上有许许多多西式的称法，最爱叫她"宝贝儿"，两人结婚快一年了，可听到这个词的时候罗一总觉得僵，总觉得这一张脸不该靠得自己这么近，这个人不该用这种语气称呼她，太亲昵又太亲热，她倒宁可他阴阳怪气，虽然他阴阳怪气的时候也挺多。

幸好他没有起床气，脾气最安全无害的是刚刚睡醒那会儿，动作全凭下意识，他用下巴蹭了蹭她发顶心，收紧手臂，将她更深地揽到自己怀里，喃喃道："还早呢，再陪我睡会儿……"

大年初一，其实说好了要回罗家，因为他这一耽搁就起迟了，他还优哉游哉去洗澡。内卫被他占住了，她只好跑去一楼的卫生间洗漱，回来的时候他还没洗好，只听见浴室哗哗的水声，她正急得要命，他在里面忽然高声叫她的名字，他的浴巾忘记拿进来，让她帮忙拿一下。

她立刻开了衣柜，挑了一条他常用的送进去。浴室的门只开了一条缝，里面水汽缭绕，温度很高，看不清楚人影，浴帘又拉得这样紧，她只能尽力把手往里递，斜里忽然伸过来一条湿漉漉的手臂，一把扣住她的手腕，将她往里一拽，她还没搞清楚情况，人已经跌跌撞撞站在喷头下，她惊魂甫定，本能地往后退了好几步，被他搂住腰。其实大部分水流都被他挡住，他人又太高，溅到她的都是从他身上迸溅的水花。他弯腰，低头，似笑非笑，伸手抵住她身后的墙壁，把她逼到墙角，组成了一个很容易控制她的三角区域。她真的有点被吓到，整个人紧紧贴着冰冷的瓷砖，其实在发抖，手里还捏着他的浴巾，捏得很用力，仿佛能从里面拧出水来。

不知道为什么，她有点怕他。

身前是绵延不绝的水声，雾气濛濛。罗一浑无意识地仰起头，睁着瘦骨嶙峋的大眼睛呆呆地看他，那种眼神取悦了他。罗家不知道怎么回事，代代都会出个美人，她上头一个大哥，下面还有个妹妹，也都不过清秀而已，偏偏她漂亮得惊人，是真的漂亮，眉目娟秀动人，天生骨架小巧，最难得骨美皮又美。刚刚传出他们婚礼消息那会儿，他的狐朋狗友都没听说过罗一这姑娘，不知道是何方神圣竟能一手降住这个花花公子的心，纷纷起哄要见一见本人。他看似漫不经心其实口风很紧，将她护得严丝合密，直到婚礼当天那些人才真正见到新娘本人，当下哑口无言，心悦诚服。

见多了所谓艳光四射的美人，所有参加婚礼的人对罗一的评价都是端庄大方，因为笑得很少，酒店摆出来的婚纱照都是凝眸静谧的姿态，竟是薄含轻愁，可能所有即将嫁为人妇的女孩子都是忧伤不安的吧。

倒是李栗一直笑，笑到最后都喝高了，他酒量其实很好，伴郎个顶个又能喝，难得有一回被灌醉，参加他婚礼的朋友里面有个叫张容博的，还当众打趣他："都别拦着他，娶了这么漂亮一个老婆，能不多喝几杯吗？"

听得他又是哈哈大笑，倒好像真的快活极了。

转冷的水汽阻止不了欲望的蒸腾，呼吸吐纳在几秒之内变得密集急促，瞳仁转而幽深，显得水汽格外丰富，波光粼粼地倒影进去。她吓得动也不敢动，眼睛平视过去刚好望到他喉结的位置，一滑一落之间，周围顿时变得危机四伏。

罗一与他生活快一年，岂会不知这些危险的信号代表什么，她用力攥紧手中浴巾，低下头去，耳朵到底还是红了一红，白蘑菇似的切面，红得近乎半透明，说不出的可爱可怜。

他克制着，也隐忍着，知道她跟外面的女人不同，不能开那些下三滥的玩笑，那吻最后落在她额头，不过轻轻一触，手顺势扶住她肩头，觉出了她的发抖。顿时于心不忍，他将她轻轻往外一推，嘴里轻描淡写道："笨手笨脚的，动作还这么慢。"

她在这大赦下做了一个孩子气的动作，手臂蒙住脸，弯腰从他悬空的手臂下钻出，头也不回地往浴室外跑，当下逃之夭夭。

他笑起来。

等他洗完澡吹干头发已经将近十点，他向来最注重仪表，披了浴袍慢腾腾地在衣帽间挑衣服，一边挑一边还回头征询她的意见。罗一出去接了个电话，回来的时候就显得有点心不在焉，拿着手机坐在床脚的贵妃榻上发呆，他叫了两声才唤回她的注意。

她"啊"了一声，傻呆呆地看着他。他于是耐心地又问了一遍："两件衬衫你觉得哪一件好？"

她答得牛头不对马嘴："司机已经在楼下等着了。"

他看了她一眼，又看了看卧室墙壁上悬着的石英钟，十点一刻，也没再继续问她的意见，掀开浴巾果断把衬衫换上。他一直都有健身的习惯，身材保持得很好，麦色肌肉壁理分明，属于穿衣显瘦脱衣有肉的那种。出于礼貌，她垂下眼睛，浓长的睫羽静悄悄地覆盖在眼睑上，落下两片暗色的阴影，显得格外心事重重。

他只当她因为来不及回娘家而忧心，假装看不到更深的原因。

他嘴上不说，动作明显加快，穿好衬衫、毛衣、风衣，又主动替她拿了手包，礼物都放在一楼客厅，临走前交代阿姨晚上不用过来给他们做饭。

罗家的祖宅在城北国定路那边，幸好大年初一也不算堵，只是红灯多，开开停停，她大概是累了，头一直靠在车窗上小憩，只在手机振动的时候才直起来看——今天她收到的短信似乎有点多。

他也不作声，年纪上面她比他还要小几岁，对她的态度中纵容大过宽容，总觉得就跟养小孩一个道理，别拘着她就行，于是随口提醒她道："别总玩手机，伤眼睛。"

不过寻常的一句，却惹来罗一敏感的一瞥，她很快解释："都是同学的新年短信。"她本科毕业后保了本校的研，还在念书。

"男同学还是女同学？"他逗她。

其实她班里的同学他都见得七七八八，他经常开车去学校接她，专门恭候在教学楼下。那时候结婚没多久，被狐朋狗友张容博的话吓出了冷汗，老婆太漂亮，不得不防，所以有事没事去溜一圈，他哄女孩子的花招向来多，经久不衰，开学没几天连导师都知道她已经结婚，老公是小开，家里开公司，长得也帅气。

她轻声道："是同系的一个师兄。"

他哼了一声，半晌才道："手机拿来我看看，我看哪个不要命的，敢在太岁头上动土。"他当然不会去翻她的手机，罗一却在听到这句话时差点惊出了一身汗，手机里相关的短信早就删得一干二净，却还是本能地按下

home 键，将界面调回桌面。

他脸上笑意微微一绽，从嘴角一点点蔓延至眉梢，他真的很喜欢看她跟自己撒娇，单手架在她的座椅背后，此刻摩挲着她的手臂，倾斜着缓缓靠近，眼中的笑只差要溢出来。她哼了一声，活泼地偏开头，避开最后跟他四目相对的结局："我才不给你看。"

夫妻交流时她鲜有主动的时刻，他看着她笑，不由自主也笑了起来。

到罗家的时候恰好是饭点，大哥罗棠、妹妹罗嘉都已经到了，就等他们俩。罗父罗母都是高知识分子，家里规矩大，最恨迟到这回事，免不了就要一通说教，罗母没等罗父发作立刻让保姆去浴室倒开水，又是拿拖鞋又是递热毛巾，给他们擦手擦脸，一边问："路上是不是很堵，刚刚看新闻，私家车堵得哟，两三个钟头都有。"看了看李栗手里提着的东西，半是埋怨半是责怪，"回自己家，拿这么些个东西做什么？"

罗母有意替他们找台阶下，李栗立刻接茬："是啊，大年初一，都赶着去潭柘寺上香，别说车了，人都动不了。"

罗一不知道他可以这样信口雌黄，又觉好笑，咬着嘴唇忍笑瞥了他一眼，他其实也在笑，心里笑，牵着她的手忽然轻轻捏了一下。

客厅里传来一声不高不低的冷笑声，来自罗嘉，众人回头，她慢条斯理地从沙发上起身，手臂抱着肩，很阴阳怪气的语调："新闻里说堵的是高速，没说堵了市内交通。迟到就迟到，弄这么多花头，当我们傻啊？"话未说完，罗母先狠狠瞪了她一眼。

罗嘉别开头，冷哼了一声。

罗父生平最恨子女说话这种腔调，气顿时不打一处来，重重一拍桌案，震得桌上瓷碗四下弹跳，指着罗嘉道："你母亲跟你说话，你就是这种态度？"

罗嘉素来就跟这所谓的姐姐罗一不和。太漂亮的女人不太容易获得同性的友情，换之亲情也同理，同性的嫉妒永远都是对容貌最直接的分数。从少女到如今，大人们将所有夸赞的词语都用在了罗一身上，致使罗嘉成长的很

大一部分是缺失的，如何弥补，只有比她做得更好，暗中较劲，却总是在最
在意的角落被她云淡风轻地比了下去，比如，伴侣。

李栗一直都是罗母中意的女婿人选，漂亮有钱又有派头，她曾一力撮合
他跟罗嘉在一起。但无论他娶了谁，不会改变的都是罗母的身份地位，以及
这个地位能给罗母带来的一切实惠好处。

知识分子精明起来，比普通人还要势利三分。

罗嘉一向娇纵，遭父亲指责，更觉无法忍受，满心怨怼倾囊而出，猛地
甩开哥哥罗棠劝阻的手臂，冷冷道："女儿女婿都回来了，终于称了你们的心，
你们当然高兴，还要我这个女儿干吗，让我一个人在北京自生自灭好了。"
话到后来几乎隐带哭腔，控诉父母偏心爱护，大哭着推开哥哥转身奔向楼上，
噔噔噔的脚步声后传来卧室房门被重重摔上的动静。

身后是罗父大骂忤逆的声音和罗母追随而来的忧心忡忡的目光。罗母使
了记眼色给罗棠，叫他上去看看千万别出意外。

面对新年第一场家庭风波，李栗全程都表现得云淡风轻若无其事，拉着
窘迫到手足无措的罗一闲闲坐下，等待开饭。

饭吃得不能说愉快，因为罗嘉不肯下来，罗父焉能忍受子女这样娇纵任
性，将筷子一摔，惊得罗母也不敢亲自上去叫人，到底牵肠挂肚食不下咽，
于是又看了看罗一，下颌朝楼上一偏。

母亲偏爱幼女，从来也没有想过去掩饰。

是不是所有家庭都如此，姐妹或者兄弟发生争执，被父母安排率先低
头的从来都是年长的那位。罗一也不争，温顺地搁了筷子起身，要离席的
时候被李栗捉住了手，不轻不重地往下一按，带着她不得不重新坐了下来，
他凑到她耳边去讲话，声音十分温柔，却足够叫在座各位都耳闻："饭吃
到一半要去哪里？"

罗母脸色当时就不怎么好看，罗一低声解释："我去厨房倒杯水。"

"那给我也倒一杯，好不好？"

他这样堂而皇之地差遣她，罗母也没旁的话好讲，她便拿了两个杯子去厨房。阿姨见她进来主动接过玻璃杯，倒了两杯开水，因为烫，晾在料理台上，杯上水汽盈盈，在杯口聚成一团白色的雾，又缥缈地散去，却在她的手指中段留下一滴浑圆的水珠。她困惑地眨了眨眼睛，听到身后传来仿佛疑惑却心知肚明的声音："怎么了？"

她这才意识到那并不是水汽凝结所致，而是她无意识的一滴泪珠。

落泪被人撞破，罗一大概觉得害羞，不敢转身，想找借口，找来找去十分蹩脚，又是羞又是别扭，窘迫之下竟真的落下眼泪去，一边哭一边用手背揩去，一时源源不竭，理所当然地发展成了抽噎。

"哭什么？"李栗叹了口气，按住她肩膀将她转了个个儿，拉过来环在自己两臂中间，低下头去找她蒙眬的眼睛，根本就是哄小孩的架势，"发生了什么事？"

"烫。"她止住了抽噎，却无法控制身体断断续续地战栗，一下跟着一下，竟真的成了小孩子，"水很烫。"

他用手背试了试杯壁的温度："确实有点烫，为什么这么不小心？"

她不哭了，隔了好久才又抽噎了一下，说不出的柔弱可怜。

他用指腹把她脸上那些残留的泪渍揩去，到底还是叹了口气："过了年我就老了一岁，却时常怀疑我的妻子每年都要小一岁，要不然怎么会越来越孩子气？"

英文里 baby 也是孩子的意思，在李栗看来，罗一就是一个小孩子，敏感纤细，多愁多病，他得精心照料，小心呵护。她当然能体察到，却无法使自己习惯丈夫李栗的入微观察跟体贴呵护。

他状似无奈实则心满意足地要将她揽入自己怀中，从悲伤情绪脱身的罗一几乎是下意识地，垂头避开了他的怀抱和他因此沉淀幽深的眼睛。然后越过他，她朝厨房隔断门走去。他站在料理台边，叫了一声罗一，声音中融进了一丝沉重跟严厉，状似某种警告。她背对着他，惯性地一抖，并没有回头。

她怕他，不光她明白，他也一目了然，从他们婚姻的第一天开始。

源自猎物对猎人本能的惧怕跟驯服。

他们都清楚源头在哪里。

[2]

吃过饭，李栗陪着罗父在客厅下棋，罗一帮阿姨收拾厨房，然后将苹果西瓜切成小块，端着果盘出来搁在客厅茶几，她因为李栗坐在那里，本来不愿意过去，只是看见父亲的茶杯空了，走过去替他将水续上，与李栗还是隔了一段距离。李栗仿若不觉，只是拈着一粒棋子低头思索。

她看了一会儿，见没什么事情，便悄无声息地从棋盘边走开，走之前打开了电视，将音量调到最低，然后出了客厅。翁婿二人又过了十数子，白子已大面积地落入颓势，李栗一看回天无力也不再多作困兽之争，将白棋一撒，心服口服道："我输了。"

罗父审视棋面，一言点明他失利的主要原因："你看看，开始还好好的，后面心一乱，你这布的局就散了。下围棋一定要注意棋子的气，这是棋子生存在棋盘上的要素，无气就要从棋盘上拿走。"

李栗低头受训，态度恭谨，罗父将棋子一粒粒捡回棋瓮中去，看了他一眼，像是想起了什么，忽然一笑，颇为感慨地道："你们两个孩子……从前罗一跟我下棋，从来没赢过我，即便输了也不过是几子之间。她让着我，却不想让我知道她故意让着我。"

李栗笑了笑："我跟罗一不同，我输，是因为我赢不过您，她输，是为了让您高兴。"

衔棋的手一顿，罗父抬起头，从老花镜下射出的目光威严凝重，他做了三十多年大学教授，最令人闻风丧胆的并非他治学冷酷严厉，而是他这一对看人的眼睛，锐利无比，在校内论坛被誉为监考的四大神器。李栗不躲不闪，淡定应视他的目光，点明事实："因为她不是你们钟爱的孩子，她没有任性妄为的权利。"

"所以你替她不平。"罗父声音一沉。

"我只是觉得,"他笑了笑,"老天是公平的。"

　　罗一在二楼经过罗嘉的房间时,无意撞见罗母在罗嘉房里,两人背对着她坐在床沿,断断续续说了很久的话,无形之中软化了罗嘉的怨气跟妒意。罗嘉半是委屈半是难过地依偎在罗母怀中啜泣,罗母轻拍着她的肩,将她散落的鬓发捋到她耳后,轻声细语地劝:"你也真是,这么沉不住气,你是我养的女儿,我怎么会偏心到别人身上去。"

　　罗一看得清楚,听得明白,她不羡慕,是真的不羡慕,她得到过很多,也舍去过太多,她相信人生所获得的一切都是定值,人生的去路总跟来处相关。

　　罗一靠着墙发了片刻的呆,最后静悄悄地移步回了自己出嫁前的房间。原本这是书房,自从她来以后就劈作她的卧室,仍旧保留了大面的书墙,窗户下抵着檀木书桌,书桌边就是她的床,还铺着素色的床单,一只陪着她度过数年求学生涯的毛绒兔子还躺在枕边。阿姨例行会来清扫,书桌几乎纤尘不染,连放着的唯一一个魔方也是。念书的时候她功课最出色的就是立体几何。

　　她在窗外射进来的一脉金色阳光里安静地坐着,微尘浮在光线中,也仿佛是静止不动的状态,四周清净得让她十分安心。有人前来叩门,她轻声道:"请进。"

　　推门而来的是长兄罗棠,他自己经营一家外贸公司,生意做得风生水起,却没有成功商人颓然庸俗的气质,并不算高大俊朗,但因为眉眼细长,下颌较窄,体态容貌方面偏向女性化,显得温柔可亲,周到细致。他动作幅度很小地拉开书桌前的一把椅子,看着旋转在她指尖的方块,不觉轻笑出声:"还跟小时候一样,你刚来我们家那会儿也是这样,一个人躲起来一声不吭地玩魔方，你真是我见过玩得最好的小姑娘了。"

她十六岁来罗家住，正值青春期最敏感细微的几年，周围一点风吹草动就能使她惴惴不安，像只受惊的兔子，恨不得立刻缩回自己的领地。那时候罗棠作为大哥很照顾她，是这个家里唯一主动亲近她的人，跟叫罗嘉一样叫她妹妹，开车载她出去买学习用品，背后塞钱给她花，努力使她觉得安耽自在。

她也笑："是吗，我都想不起来了。"

他并不觉得失落，而是仔细问了她这一年的近况，学业，生活，是否遭遇过什么麻烦，有什么不愉快的事情，有哪些他可以代为解决的烦恼，作为兄长他稳重称职，无可挑剔，她一一道来，两人低声交谈，说的都是生活上的琐事。

他们都已是最通达明练的成年人。

李栗站在门外，手已经拧住了门球，到底还是没有推开进来。他很喜欢就这样听他们兄妹聊天说话，那种家长里短，他其实更加希望这样跟她聊天的是自己，虽然清楚绝无可能发生这种例外。

说起来也真是讽刺，他们结婚快一年，连最亲密的事都做过，夫妻间的闲聊他却觉得像是奢望。

门突然从里面被拉开，罗一拿着手机匆匆出来，边走边看，没料到李栗站在那儿，猛地仰头，吓了一大跳。他见她神色有异，忙问怎么回事。

她来不及调整情绪，低下头去，借此掩饰自己躲闪的目光："青青突然打电话给我，约我出去，我听她语气不大对。"

青青是她大学唯一的朋友，自她从集体宿舍搬出来以后，也就和青青还保持着联系，两人关系一向很好。李栗立刻道："我送你过去。"

"不用，我打车过去也方便，你在家里陪着爸妈。"

她坚持，他比她更坚持："那让司机送你，他在门口等你，这样你回来晚了也方便。"

　　她拗不过李栗，不按他说的这么做他估计也不会安心放她出门。于是，她听从他的安排让司机从城北送到市区，去的路上立刻发短信问青青现在人在哪里，青青说在市中心一家会所跟朋友打牌。她先让司机随便找了一家商场停下，从地下车库上去在商厦绕了一圈，微信里又叫青青赶快发几张聚会的图片过来。等她接收完图片接着从正门出去，打车直奔西郊。

　　出租车在西郊某看守所门前的车站停下，她在站牌下等了一会儿，因为正对太阳光，冬日的光线不算强烈，但是看久了仍有眩晕的感觉，像是铁丝熔断冷不丁的那一下，灼得眼底火辣，几乎要流出泪来。

　　要等的那个人在街头拐角终于出现，提着一个半旧的行李包，穿着一件黑色及膝的羽绒服，修身牛仔裤，头发寸到贴着头皮，显得五官深邃落拓，目光野性难驯，极高大地从铁门走了出来，四下一望，就已经看到了她。

　　四目相对的刹那，五脏都酸楚，她竭力忍着泪意，三步两步上前去，要去接他的包。他手一背，就给藏到了身后去，微微笑着，还跟从前一样："仔细脏。"

　　她的眼泪三滴两滴滚下来，但还是努力对他笑："哥，我不介意。"

　　他扔下包，两手捧起她的脸，两根食指恰到好处地摩挲着她的眉骨、额头，仔细地端详着，目光温柔无比："怎么瘦了这么多？"

　　"减肥，现在越瘦才越漂亮。"

　　"胡闹。"宋勇一手拉着她，一手拎包，随手拦下一辆刚刚下客的出租车。

[3]

　　宋家坐落在城南一处待拆迁的老城区，房屋建于20世纪80年代，狭窄的弄堂，低矮的楼房，头顶是交错贯穿的晾衣绳，飘着五颜六色的床单衣物。走不了几步就是水坑，腻着油汪汪的一泊，路面凹凸不平，走在上面不仅要提防跌跤，还要时不时提防邻居泼出来的脏水溅到衣服上，他自己一身也罢了，一看罗一的穿着打扮就知道她这几年多么被娇养。有几个在楼道下晒太阳闲聊的婆婆认出了罗一，好生惊讶："这不是宋家那小丫头吗？哎呀，这是怎么长的，怎么越长越水灵了？"

宋勇叫这个阿姨那个阿婆，边拉着罗一往里走边跟她们打招呼，邻里街坊都不知道这些年宋勇去了哪里。男人自有他们的传奇，只要活着总容易出人头地，那是另一个世界的事情，她们不关心不在意。她们真正想探听的是罗一这些年的去向，自从宋家阿妈病逝后，罗一被某大户人家认作养女，宋母原来在这户人家做过几年保姆，也是看在当年的情分上才收留了她女儿，宋姓改为罗姓，算是典型的飞上枝头作凤凰。这故事在当年久经流传，津津乐道，成了一件罕事，一个出生平民甚至能说得上低贱的女孩子，有朝一日能获得如此好运，在默认了某种宿命的暗示以外，他们更想了解到她腾达之后跟从前的异样之处，以此来丰富那些流言的内容跟细节。

宋勇沉下脸去，加快脚步，牵着罗一的手上楼梯，拿钥匙，开门，关门，将一干好奇的打量目光通通关在门外。

回过头，他看到罗一惊魂甫定又忍俊不禁的笑意，心中顿时一软，绷紧的脸皮这才卸了下来。他放下包就去开窗通风，罗一开了热水器跟空调。他拿了内衣先去浴室洗澡，洗完澡头发还未干，见她端了一盆清水从厨房出来，他随手将毛巾甩在肩头，走上前接过她手里的抹布，浸在水里用力绞了几绞，半蹲下来擦桌上跟窗台的灰。擦完灰就去拿放在卫生间的拖把，开始拖地。

她转去卧室收拾，晒了被子换了床单，将他行李中不多的几件衣物折好放进柜子里，从中抖落下来一张照片，她弯腰拾起来一看，是某年除夕她跟宋勇的合影。她那时候头发黄黄，脸尖尖，总像是营养不良，但一双娇俏的清水杏仁眼，早已显山露水小美人的坯子，笑意盈盈凝视着镜头。

宋勇一向很少笑，对着照相机更是，仿佛不耐烦，皱着眉头总要躲开，难得被抓拍得这样好，微微带着笑，目光清泠泠的，像泉水。照片中两人靠得特别近，头挨着头。

她悄悄把照片放进大衣口袋中去，第一次做这种事，因此左顾右盼，格外心虚。

打扫完房间已经是下午三点左右，两人站在窗明几净的客厅望着彼此，借忙碌整理完久别重逢的情绪，这才有了勇气打量数年未见的手足，跟上一次见面的时间隔得不算久远，却太多的物是人非横亘在他们中间。默契使他们对遭遇的苦难绝口不提，对人生的不幸再三缄口，有的是劫后余生的庆幸欢喜，但也是安静柔和的，在苦难的荆棘里面安安静静地长起来，绕着躯体绕着心，一点点温暖现在的人生。她别过头去，强忍着忽然涌上鼻端的泪意，假装去看窗外的风景。再回过头已经是活泼快乐的表情，她兴冲冲磨着他去剪头发，一切要从头开始。

宋勇几乎可以去做任何事情，就为了那一瞬间她的表情，只要她能够觉得高兴。

可是哪有理发店是大年初一还在营业，他们重新把外套穿上，锁门出了小区，一路走一路找，街上一丝风都没有，太阳暖烘烘地晒在身上，走得热起来就把围巾跟帽子都脱下来拿在手里。罗一刚摘下毛绒帽的头发因为静电炸开来，配合她无辜的表情，有一种莫名的萌感，看得他在旁边直笑。

她自己还不知道，只觉得莫名其妙："你笑什么啊？"

他一边忍着笑，一边伸手按在她头发上，过电似的一刹那，心都能软掉。他以指作梳，顺了顺她长发："都这么大了，怎么还呆头呆脑的？"

幸好还有一家理发店在营业，店面小，装潢也老旧，店里的学徒工回老家过年去了，老师傅一力兼了所有岗位，领着他去洗头。唯一一台电视机搁在壁橱上，在放国内一档综艺节目，几个明星爸爸独自带着自家的儿女去外面旅游，各种突发状况层出不穷，笑点密集，其中有几位还是她少女时期的男神，不一会儿她就看进去了，看得很认真，目不转睛的神情相当动人。

宋勇终于有了时间跟空暇，不必掩饰跟躲闪，能从容地从镜子里观察这个女孩子的变化。

有些显而易见，比如她日渐妍美的容颜，像一朵开到盛时的粉色芙蓉，从前的稚气只在花叶的边缘闪现。还有一些不易察觉，比如那些悄无声息附着在她眉梢眼角的忧愁，像茂密的枝叶，植被如果要成长，那些枝叶提供了不可缺少的中坚力量。从前她快乐，仿佛清澈的浅溪，哪怕遭遇卵石也能雀跃地迸溅水花，现在她更加快乐，眉梢眼角都是温柔的笑意，却只是为了所有爱护她的人不必牵肠挂肚。

在他心潮翻滚心绪难平的刹那，在往事几乎搅碎他肺腑的瞬间，她只是毫不知情地、静悄悄地坐在沙发上，听着节目中一个小胖姑娘哭讲：村长是坏人，把村长装到篮子里去。童言无忌的神来之语，逗得所有大人哈哈大笑，他们笑，她也笑，她这一笑只让人觉得太亮，像是铁丝在视线中出乎意料被焊了一下，灼得视网膜都疼。老师傅的眼光相当老到："你女朋友真漂亮。"

她当然听见，被夸漂亮是她人生中最常有的事情，因此转过来冲着镜子里的他们笑了笑，以示礼貌。

人生之中太难得有害羞的情绪，对宋勇来讲，更别提手心发腻，心跳变乱频率，毛衣沾了汗，黏黏地刺着后背，简直叫人坐立难安，只好移开目光看向别处，再转过来时镜中的她低着头在玩手机，细细的手指在屏幕上划来划去——节目开始插播广告。

那档综艺节目火遍了大江南北，罗一很容易就在手机百度搜到了小姑娘王诗龄的信息，看了又看，大概真是喜欢得不得了，立刻就把微信的头像换成了她。李栗第一个注意到，发了条微信问她头像是谁。

其实他们结婚前就已经做过财产公证，包括口头上的约法三章，她念书期间可以不用怀孕生子，那时候他也满口答应。现在他这样一问，罗一既怕他多心又觉得是自己庸人自扰，踌躇了几秒钟，还是回了条过去，解释来源。

李栗隔了很久才回了几个字，仿佛只是偶然瞥到才回复而已："挺可爱的。"

不光是可爱，在罗一看来，最难得的是一个这么小的孩子就已经有了成人的控制力，处理悲伤的能力可能很多大人都望尘莫及，真叫人吃惊。她由衷道："是啊，而且还这样善解人意。"

跟她进行关于孩子的讨论使他倍感兴趣，他也不知道从哪里找来的一张小男孩图片，穿着潮鞋反戴棒球帽，双手插兜，斜眼看镜头，帅得不得了。他发过来说："这个也很帅气，你觉得呢？"

她其实一直都喜欢小朋友，点开放大，看了又看："哎，这个帅，真像缩小版的李敏镐呀。"

李敏镐？李栗心里明显地不是滋味，到底是商人起家，当下也没有显现得太露痕迹，与她慢条斯理地接了两三轮的话，才轻描淡写地把疑惑抛出台面："李敏镐是谁？"

她正要回复，理完发的宋勇走过来，一身的精神凛冽，神清气爽，问她饿不饿。她抬头望了望外面正好的天色，不由得笑起来："这个点也太早了些。"

或许是因为剪过头发，或许是因为又见到了她，或者只是因为她在笑，宋勇并不想回到那个家中，那个亲情意味太重的地方去，只想在外面逗留，跟她一起走，被人误会是她的男朋友，那错乱而又隐秘的快乐。这些她当然不懂，他也不需要她去懂，微微笑着，温柔地看她。

她又担心："呀，不知道还有没有饭店开门？"

她性格一向随和，这样说着已经把手机放回包中，拿好了自己的外套重新穿上，他把她的围巾跟包拿在手上，在冬日正好的暖阳下，他们又开始了新一轮的寻找。

幸好还有一家 A 城本帮面馆开业，客人寥寥，因此上菜格外快，两碗面条搁了大把的香菜，牛肉浸透了料汁，显得鲜滑柔嫩，让人胃口大开。他故意吃得大口大口，像是饿坏了，狼吞虎咽的模样逗她笑。她因为吃过午饭才来，挟了几根面条就把筷子放下，帮着他递纸巾拿调料。他用筷子点了点她的汤碗，一副不满意的口吻，但也相当温柔："多吃点，别跟吃猫食儿似的，瞧你自己瘦得。"

她双臂拉开横放在桌上，坐在那里像个听课的孩子，大衣底下是一件黑色的高领修身羊绒衫，衬得肤如白雪，身姿窈窕，用很认真的语气解释她真的吃不下了，一点点都吃不下。他没有再推让，推开自己的碗将她那份拿到面前来，继续大快朵颐。

这期间她的手机一直放在包里，也没有时间打开来看一看。微信有一条未读信息，在发送后的两分钟内又被撤回。

撤回的是李栗的留言：我也想要这么一个女儿。

她久久没有回复，留他一个人握着手机貌似平静地心潮起伏。

大概是不安，所以才覆水又收，自欺欺人。

他最可怜的那几秒钟，永远不会让罗一看见。

这一次久别重逢，她跟宋勇默契地都避开了关于未来的讨论，那太沉重。在面馆门口互道再见，他目送她上了出租车，在迎面的冷风中，独自往家里走。

一切要重新开始，对他，或者对罗一来讲意义都不同凡响。

她在市中心随便找了家咖啡馆下车，又打电话叫司机过来接她，车一路开到她跟前才停下。司机抢先下车为她开门，她目不斜视，弯腰进车的同时冲手机那头道："青青，我车来了，先挂了哦。"

连司机都是他的人，她不得不谨慎小心。

在车上又更新了朋友圈，用的是好友青青发给她的那几张照片，一大堆人聚在一处，男女皆有，气氛活络，很典型的年轻人派对。李栗第一个评论，她刚刚回复，他立刻微信过来："你回来了？"

"在路上。"

"玩得开心吗？"

她几乎一身冷汗，从前从来没有说过谎，却在跟李栗结婚之后屡屡破戒。这一问且不论有心无心，先吓得她够呛，脸上旋即转红，暗自庆幸不是当着对方的面，三言两语将话题转向别处。

他没有察觉到一点异样，从前也是常有，他向来鼓励她多多跟朋友出去玩，没有朋友不是好事，进了社会或多或少得吃苦头——当然，仅限同性朋友。

他自信能承担起异性的所有角色。

[4]

日子如流水，只要一出元宵，新年的气息就彻底烟消云散。职员上班，学生回校，所有交通工具重新步入正规，拥挤的照旧不堪，瘫痪的继续一蹶不振。研究生向来开学晚，导师人尽其用，另外派了活干，帮着企业做些项目，赚点外快。她们一组人最少，而且都是快毕业的师兄师姐，找工作的找工作，写论文的写论文，为配合进度，罗一经常赶工到半夜，窝在书房对着笔记本的荧光苦熬，一个礼拜下来下巴就瘦出了尖。

李栗看在眼中，也没说什么，几个电话过去就了解到她导师刚刚接手的项目，第二天约了至关重要的几位吃了顿饭，场面上他向来游刃有余，几局下来，意思意思输了些钱进去，赢得赞美跟人情，问题迎刃而解，局面豁然开朗起来。

他做的一切自然背着罗一。

原本最胶着的人事一下子松弛，像是最湍急的水流遭遇了宽广的江河，所有隐而未发的矛盾被不动声色地、静悄悄地接纳，连一向难搞的项目部负责人都有了慈眉善目。之后，她一个人去对方总公司送立项书，惊动他们的女副总特地从办公室里出来，大呼小叫把她迎进了招待室，又是端茶又是倒水，临走前还特地记下她的联系方式，约她将来一道去美容院做脸，半是恭维半是打趣地开她玩笑："上次还跟李先生同桌吃饭，没想到他都已经结婚了，老婆还这么漂亮。"

她隐隐约约已经有所意识，被彻底证实也不太吃惊，这样的事情不是第一次。她回学校交出项目计划书，而后收拾了一下东西，也没有通知司机，傍晚时候搭地铁回到城北家中，是阿姨给她开的门，见是她有些惊讶——她从来都是能多晚就多晚，很少这么早回家过。罗一径直朝楼上走，只说自己很累，要歇一觉，晚饭不用叫醒她。

她在浴室雾气腾腾的镜子中看见一张恹恹的脸，沐浴过后的皮肤呈现一种易碎的苍白，衬得那对眼睛大而幽深，没有神采，简直失魂落魄。凝结的水汽从当中滑落，将那景象割裂得支离破碎，她倾身靠近，手掌撑着镜面，对着镜子中的那个人讲："真是没出息。"

关于谴责自己无能的心情从青春期开始就如影随形，厌憎以几何级数累积。来到了这个世界上，没有一件事情做对，遇见的人没有一个顺如心愿，想获得的一切太过容易而显得多此一举，以及沦为笑话一样的努力。那些汹涌而来的情绪仿佛有了手足跟躯体，从四面八方压迫着她，鞭打着她，讥笑她的美丽区有其形，美丽顶什么用？到头来累赘一样的东西。

从浴室出来她连头发都没吹干，倒头就睡，这几天熬夜熬得太凶，亏得元气大损，再睁开眼已经是翌日上午九点光景，厚厚的丝绒窗帘拉得严丝合缝，只能够影影绰绰漏进几缕光线，暗示着这是一个阳光充沛的晴天。她睡得太长久，四肢僵硬，在床上躺了一会儿才缓过来，掀开被子起身洗漱。

李栗不在，枕头却有明显凹陷下去的痕迹。

她无事可做，洗漱完后将头发随便一拢，从玻璃罐里抓了条黑色皮筋束成马尾，换了一身便服下楼来。走到扶手楼梯的拐角处才看见一楼客厅坐着她的丈夫，面对着打开的笔记本电脑，听到声音从屏幕上方看了她一眼，大概是因为在家里，所以戴了眼镜，衬着他身上那件烟灰色开衫，不显得那么高大强悍，反而平添一股儒雅的风度。

他从眼镜底下放出的目光在她头发上略作停留，又不留痕迹地转向其他地方，是向着厨房："张阿姨，热杯牛奶，再烤两片土司。"

她很难再将目光从他身上移开，倒不是说她的丈夫一改从前恶徒的形象变得知理而富有人情，而是他浑身所洋溢的那种细腻温柔，像是垂柳映进了春日的流水中，无能为力只有随波而逐的纵容。最匪夷所思的是，他竟然会戴眼镜。

　　就算在学生时代他也不是那种会念书的人，惩恶斗狠对他来讲才是擅长的事，眼镜的意义除了装腔作势以外她再也想不到其他，也不仅仅因为她讨厌他的缘故。罗一破天荒盯着他看了好一会儿，他大概觉得不自在，于是很快又把眼镜摘了下来。那个喜怒无常的阴晴不定的李栗瞬间回到她面前。

　　牛奶跟土司被张阿姨端到厨房的餐桌上，她便走过去拉开一把椅子坐下。

　　她消失在他的视线当中，他将目光重新投回屏幕上红红绿绿的线条，看了一会儿终于还是放下鼠标，走去厨房，给自己倒了杯水。靠在冰箱门上，他回头问她："今天有什么安排？"

　　项目很顺利，导师很开心，师兄师姐承欢膝下，师徒尽欢。她喝了一口牛奶，努力想了一想，想不到自己今天还要做什么，咽下那口面包，犹犹豫豫地答："看电视吧。"

　　他看着她把这顿中不中晚不晚的早饭吃完，结果牛奶还剩三分之一的高度，就开始装作没看见它，稀奇古怪的借口她一向最多："嘴巴都吃不下了，干吗还要逼我的胃去接受它？"

　　他记得，从前她跟宋勇撒娇的时候也这样说，在学校门口一家中餐馆。他路过偶尔听到，莫名其妙就记了很多年。

　　"你总有你的理由。"当时宋勇取笑她。

　　她振振有词："如果没有理由我为什么要这么做？"

　　真的是太多年了，李栗既怕听到那句话，又想听到她跟他说这句话，矛盾夹杂的一刹那他还是选择了一言不发，走过去，端起她面前的牛奶杯代她一饮而尽，放下后才解释："别浪费粮食。"

　　她轻描淡写地看向别处，眉羽清淡，永远的可有可无、无动于衷。

　　他早习惯，也习惯不将它放在心上："这几天你太累了，多休息休息，如果觉得待在家里太闷，就去找同学逛街。等我空下来好好出去陪你玩一玩。"

罗一不是不识好歹，他姿态一低，她冷面孔也摆不起来，不由自主地低下头去，露出颈后一指细腻肌肤，像是某种草本植物的茎秆。他的手扶住她椅背，低下去时她正仰起头，贴得太凑巧，睫羽正好擦过他嘴唇，好像羽毛拂过心头，清浅地一触，一愣之下就忘了行动的初衷。

她所接受的教育使她不能对已有的恩惠视而不见，无论这个恩惠是否出于她所愿，她抬起头，黑葡萄似的眼睛在他脸上仓促地一绕，声音不由自主低了一个调："谢谢你。"

于是他笑起来，像是接纳一个孩子任性之后暂时的妥协，展露出罕见的宽宏大量："你要怎么谢？"

她确定不了他话的真伪，没有掩饰的目光困惑地落在他脸上，他很享受被她注视的刹那，因为那一秒钟她的瞳孔那样清晰地倒映出自己。他暧昧地前倾，彼此的呼吸若即若离，肌肤的距离不过咫尺，从厨房飘窗射进来的阳光正洒在她脸上，他爱屋及乌地喜爱那道日光，因为它们正一览无余地映亮她动人的脸庞。

他嘴角微斜，用食指点了点自己的唇。

这女孩冰雪聪明，一点就通，却很难在床上教会她许多事，比如他无法攻破她害羞跟戒备的防线，可有时候挑逗她，看她脸色在自己视线之内慢慢转红也成了乐事一件。

她的脸果然一红，红晕沿着脖颈一路延伸，像是定窑白瓷瓶身绽开的一朵红色梅花，他纨绔地、浪荡地盯着她，嘴角形迹可疑的笑越扩越大。她莫名地恼怒，为他意义不明的笑容："你笑什么？"

他悠悠答："我在想，你脸红的样子这么漂亮，还发明人民币做什么？"

罗一不明所以，当下给了一个很直接的反应："啊？"

他的吻爱怜地落在她光洁的额头。

[5]

晚间罗一打开手机，收件箱照例有好几天未读彩信，发件人无一例外都来自妹妹罗嘉，这些年她致力于打扰罗一的生活为第一要务。图片是个女人，各个角度都有，背景大多是在夜店，因此拍出来的像素不高，但也能看得出身材很好，打扮时髦。罗嘉故弄玄虚，只发图片不配说明，频频"骚扰"罗一好几天。

跟往常一样，罗一正准备一键清空收件箱，屏幕弹出是或否的选项时，手指忽然顿在确认键上。她定睛一看，这一次的照片并非单人出镜，一起被摄入其中的男人她其实很熟悉，熟悉到只要一个背影就能认出是哪位。

照片中这个男人单手拉开车门，半侧身，用另一只手遮住车檐，一女子在他保护下仪态万千地从车里下来，正脸清晰可辨，银质耳环闪烁不定，黑色紧身长裤，十几厘米的高跟鞋，妆容精致，具有攻击性的艳丽。

罗嘉的短信紧随而至："想知道这个女人是谁吗？"

连带刚刚那条短信，罗一毫不犹豫清空了整个收件箱，把手机往床头柜一放，拉开被子准备睡觉，床的另一侧已经空置了一个礼拜，李栗不说，她也不会去问，盘根究底从来不是她的风格。再捉襟见肘的日子也有它的过法，再破绽百出的婚姻也有维持下去的方式。

她只是视而不见。

擦眼霜的时候忽然就想起了李栗那副不合时宜的眼镜，福至心灵的一瞬间，有些异样跟反常强烈地浮现在眼前。她笑了笑，对着卧室墙壁上他们两个的结婚照。然后关灯睡觉。

她不在乎，一点都不。

没有人听，当然也没有人信。

罗一的无动于衷反倒激怒了罗嘉，她发这些照片给罗一的初衷就是为了让罗一难受，使罗一不快，岂料臆想中的对手这样沉得住气，再加上罗嘉一贯被娇宠，宠得性格跋扈刁蛮，于是软硬兼施逼罗一出来跟自己吃饭，并且处心积虑安排时间地点，制造了罗一跟照片女子的偶遇。

那女子有一瞬间的尴尬，当她们在会所走廊相遇的刹那，幸好平时训练有素，女子很快恢复正常，微扬下颔，在精致妆容的武装下，向罗一呈现一个极具放肆意味的笑容。

罗一低着头，脸色绯红，连带着耳朵都开始发烫，这才隐约明白罗嘉刚才硬逼着走这条走廊的深意，眼下动不得走不得，不自觉地往后退，身体贴住了墙壁还觉得不够，只恨不得缩到最小。那女子仿佛真的视若无睹，擦肩而过，走了两三步才又回头，清楚明白地叫了罗一的名字。

罗一像被符咒定住了身，慢慢回过头，她的表情一定很狼狈，像是遇见了债主，不不不，那比债主更加可悲。因为女子似笑非笑地反问她："干吗这副表情，我又不是鬼，还能吃了你不成？"

金倩熟稔地从手包里抽出一盒女士香烟，斜眼看了看她，笑了："要吗？"

罗一只会傻乎乎地看着她，摇了摇头。

她莫名地一笑："我昨天见过李栗。还是老样子，你知道你老公什么时候最英俊、最讨女人喜欢吗？"

她吐出一口烟气，含着过滤嘴的唇际轮廓线清楚艳丽，连带着一缕意义不明的笑意。她俯身凑近来，在罗一耳边幽幽道："当他把眼镜戴上，一声不吭来脱我衣服的时候。"

她没有将话挑明，"脱我衣服"那四个字有形无音，单用口型做给她听。

金倩的嘴一向厉害，这是四年同寝下来罗一最深的体会，继承自她做生意的父亲和她强势泼辣的母亲。大学本科这四年里，罗一是唯一幸免于这张嘴的人，也是四年中她最好的闺蜜，她们睡过一个被窝，吃过一个碗里的关东煮，听过同一支 walkman 里的周杰伦，罗一最捉襟见肘的时候，是金倩每一顿饭多打两个菜却又假装吃不完分给罗一，因为知道这小姑娘脸皮薄，宁可饿着也不会跟人说；金倩因为前男友见异思迁爱上同系校友自杀未遂的时候，是罗一瞒着她父母送她去医院洗胃，整宿整宿不睡觉守着她。

她们曾经比任何一个手足更像对方的手足，她们曾是最好的朋友、知己、闺蜜，秘密的守护者和分享者，如果没有意外，她们将是一生的挚友，连她们的子女都会延续这段深厚的友谊。

青春最难过的，大概就是眼睁睁看着一段关系变质。

从李栗出现开始。

当时他还是金倩的男友，在某天送她回宿舍的时候偶遇了罗一，但，如果故事能够仅仅从这里开始，也许所有人都会找到合适自己的位置。

金倩不止一次假设，如果那一天她没有让罗一下楼给自己送钥匙，如果上帝没有通过自己安排他们的重逢，故事会不会有一个更加轻松的结局。

擦肩而过之时，金倩终于叹了口气："我们这几个人，到底怎么回事，这么多年过去了，怎么还纠缠在一起？"

从张容博生日派对上回来的李栗泡在家里的浴缸中，水温有些烫，埋在胸口像捂着一团火焰，夹烟的那只手支在浴缸扶手一边，另一只手捏着一张照片，偶尔歪过头吸一口，再回过头看那照片一眼。

烟火沿着气管先钻入心脏，密密麻麻地，留不出一丝缝隙。

照片是张阿姨给他的，还有一只都梵的打火机。李栗偶然有一次跟她说起自己的打火机不见了，不知道给放到哪里了。张阿姨做事一向细心，脏衣服送去干洗之前挨个翻了口袋，却从罗一的大衣里翻出这一张照片。

烟气跟水汽沉甸甸地压在胸口，那团火越烧越烈，得不到一点纾解，香烟慢慢燃尽，在他的指尖，他兀自不觉。

她笑得太灿烂了，在那个人身边。

她笑得最漂亮的时候，他又在哪里？

他几乎听见血液在血管流淌时发出的咕嘟咕嘟的声音,像是最深的妒恨被时光熬成了毒药,只要一滴,就足以令人万劫不复。

此刻,他可以轻而易举地撕毁照片,他也得到了想要的一切,而他抹不去那些发生的痕迹,他改变不了出现在她生命中的时间顺序,他甚至做不到视而不见。

手一抖,燃到尽头的香烟烫到他手指,烟蒂掉到地上,灭成黑色的一点。

不同空间相同的时间,他们忽然一齐想起了从前。

第二章
可否抽空想这张旧模样

[1]

2005 年的春天，李栗还没有遇见改姓之前的罗一。

他念高二，家世出众，样貌不凡，篮球打得最好，却是校足球队的主力，一路肆无忌惮长到一米八二，块头高大得触目惊心，连高三学长都怕他，于是莫名其妙就混成了那一届的老大。

一成了老大，许许多多鸡毛蒜皮的事情都会找上他。

本校一个小太妹看上了隔壁学校的男生，屡次三番地告白，三番屡次地被拒，闹得相当不愉快。小太妹一不做二不休，霸王硬上弓，跑去他们学校，在国旗下当众示爱，可惜人家根本不领情，当着全校师生的面撕了情书扔了礼物，对着话筒叫她不要继续纠缠自己。

小太妹觉得丢了面子，跑到认的干哥哥孙超面前大哭，要他给自己出头。孙超见干妹妹哭得伤心，当下气得不行，这男生不给干妹妹面子，就是不给自己面子，于是叫了好多人去这个男生学校门口堵人，扬言要揍这个男生一顿。

那天接李栗回家的司机因为要去机场接回国的李父，晚到了几个钟头，班里孙超跟他关系最好，拉着李栗过去助阵。

小太妹喜欢的男生姓宋名勇，在隔壁五中念高三，个头魁梧，但也不是凶神恶煞，只是对谁都爱答不理，酷得有些叫人咬牙切齿。孙超啐掉叼在嘴里的牙签，双手插裤袋，吊儿郎当没个正形，隔了老远就把宋勇喊住。

宋勇面无表情地回过头，看了一眼那群明显是寻衅挑事的小混混，不作任何停留，转身继续走。

这一动作彻底惹怒了孙超，他把书包往小弟怀里一塞，跟上宋勇，最后三三两两在胡同口堵住宋勇的去路，围成扇形步步逼急。宋勇一声不吭，没叫人，也没有露出害怕跟慌张的神情，而是做了一件让李栗觉得不解的事情，他把校服外套脱下来塞进自己书包，丢在旁边，校服里面穿了一件棉布 T 恤，一看就穿了很多年，不光是不合身而且旧。

孙超也不是那种蛮不讲理的人，按他的话说，这个宋勇有些做法真他妈不是爷们儿干的。不喜欢他干妹妹就直接回绝，人家看他穷，掏钱请他去永兴喝下午茶，他不光去，还带上自己妹妹，吃得倒是高兴快活，吃完饭把嘴一擦转过脸就说不喜欢她，叫她以后别来他们学校骚扰他。你说就是养条狗，你喂它两天骨头，它还能叫个几声哄你高兴，何况是个人，还是个男人。

"你对她没意思，你干吗跟她出去吃饭？"孙超的拳头捏得咯吱作响。

宋勇嘴一咧，笑得怎么看怎么不是个东西，话也说得粗鄙："有人主动请客，不吃白不吃，你情我愿，关你屁事。"

孙超怒火中烧，骂了声娘，冲上去就要打他，可没这个宋勇高，力气也没宋勇大，三两下就被轻而易举拿下，双臂横在胸口，稍稍一推，整个人踉跄数步，跌在地上，众目睽睽之下辱了面子不说，还打不过人家。

一旁观战的李栗也看出了门道，这男生显然是练过的，但是打架斗殴讲的是一个快狠准，你不打人对方就要打你，光防备永远抢占不了先机——这男生显然不想惹是生非，他不攻击，只是防守。李栗也不客气，对跟过来的几个小弟冷冷道："上，一起上。"

宋勇就算有一身蛮力，到底两拳难敌四脚，渐渐落到下风，但是就凭着不要命的狠劲，咬住谁就往死里打，下场也不算太惨，最起码打他的那几个人也没占到什么便宜，各个鼻青脸肿，抱着胳膊抱着腿，倒在地上哼哼唧唧。宋勇并不恋战，一瘸一拐地爬起来，拾起书包甩在肩上，抬胳膊抹了把脸，绕开这群人，继续往胡同里面走去。

李栗看不惯宋勇，大概就是从那一场斗殴开始。男生的世界最适用丛林法则，拳头大才能当大哥，宋勇的眼中有股杀气腾腾的恨意，打起架来根本连命都可以不要，光是这一点李栗就做不到。

宋勇被人群殴的时候，李栗在旁边观摩，暗中还权衡了一下，不论是体力还是狠劲，他不是这个男生的对手，他打不过这个人。越是知道打不过心里就越恨，他在自己的高中恶惯了，不会想到在别的世界还有对手存在，蠢蠢欲动的念头生了刺，恶狠狠地扎进肉里，欲拔之而后快，但是不行，经验跟教训暗示自己，想要打赢别人一定得有一个万全的、能够一击打垮别人的法子。

这是在生意场上摸爬滚打的父亲给他的教育。

如果说宋勇是一头货真价实的野兽，那李栗不过比他多披了一层道貌岸然的外衣。宋勇是狠，狠成杨过。那么李栗就是毒，毒过欧阳克。

宋勇回家的时候念初中的妹妹宋一还没放学，他匆匆扔下书包，进了浴室草草清洗了一下伤口， 洗完澡第一件事就把饭放在锅里炖上。穷人的孩子确实早当家，他八九岁就开始照顾妹妹，接送她去托儿所，学着给上夜班的妈妈做饭，人还没灶台高，搬了小板凳垫在脚下煞有介事地炒菜，分不清楚糖跟盐，放之前要捻几颗放嘴里尝一尝。

但是妹妹不一样。

很早他就知道，他的妹妹太漂亮了一些，漂亮得几乎不像是这个小区这个家庭才能孕育出的孩子。那时候妈妈上班的纺织厂效益很好，围着工间连轴转，忙起来经常连家都回不了，就会塞几张毛票给宋勇，让他领着妹妹出去玩。

妈妈赚那点工资不容易，他懂事，但是妹妹还小，看到其他小孩子在吃糖总是眼巴巴地说想要，他很耐心地安抚她，告诉她妈妈很辛苦，我们不要乱花钱。

孩子哪怕再小，耐心跟她讲她也听得进去，宋一很信服哥哥，即便再馋再羡慕也会忍住。宋勇为了转移她的注意力，牵着她去小区旁边的公共花园荡秋千，公园里还有很多带着孙子女儿来玩的奶奶阿姨，见她如珠似玉似的独自玩耍，惊叹地走过来问她叫什么名字，今年几岁了，在哪个幼儿园上学。

还有些叔叔伯伯故意跟宋勇开玩笑："我给你二十块，把你妹妹卖给我好不好？"他才十几岁，也清楚这些句子龌龊肮脏的地方，皱着眉头握紧妹妹的手，二话不说把脸沉了下去。

宋一很乖巧，不像宋勇把厌恶都写在脸上，即便懒得回答，她也只是静悄悄地垂下长睫毛，皮肤雪白得像个瓷娃娃，一声不吭地荡着秋千。那时候很多大人都说这小女孩长成这样将来一定了不得。

至于怎么了不得，宋勇要到很久以后才知道。

宋勇把烧好的几盆菜扣在碗里保温，仔细一想，皮囊里的伤都还好说，衣服一穿就没人看见，脸上的淤青就不那么容易糊弄过去。妈妈在纺织厂上班，三班倒，作息都跟他们错开，只怕吓到念初一的妹妹，因此他将帘子一拉，早早地上床睡觉。

他们现在住的居民楼还是当年外公在世的时候单位分配的家属房，才八十平方米，只有两个卧室，自从妹妹宋一升到小学四年级，开始上生理课后他就主动搬了出来，把次卧腾出来给宋一，在客厅支了一张行军床，幸好平时家里不怎么来客人，床帘一拉就能睡觉。

宋一回家开门看到玄关处宋勇的球鞋，知道他在，进来先叫了声哥哥，他伏在床上闷声不吭，客厅也没开灯，黑黢黢的一片。宋一探头看了看，知道哥哥高三功课繁重，学习辛苦，于是放轻脚步，蹑手蹑脚去厨房盛饭自己吃了，拿出作业伏在餐桌上安安静静地写起来，等功课写完已经差不多晚上八点，客厅还是静悄悄的，连灯都没亮过。宋一见哥哥睡到这么晚连饭都不吃，不由得有些担心，洗了碗跟筷子，擦干手，过来客厅看他。他整个人差不多都蒙在被子里，脸冲着墙壁，露出一个后脑勺给她，她声音细细地又叫了好几声哥哥，他仿若未闻，只是酣睡。

黑暗中，妹妹的小手探过来放在他额头。从小到大他就很保护妹妹，自己粗枝大叶活了这么久，却把妹妹养得很周到细致，什么家务都不需要她经手，最多也就是帮他洗洗菜洗洗碗，手因此很小很嫩，十指尖尖，一点茧都没有。

他们家都是大块头，父亲年轻的时候还打过篮球队，母亲也高挑，偏偏她娇小玲珑，手也是，人也是，他总笑话她是小不点，她也不生气，振振有词道："我还在长身体，将来还能再高几厘米。"

大概觉得他温度正常，不像发烧，睡了这么久可能是学习太辛苦，宋一不打算吵醒他，动作轻轻地来，又动作轻轻地走掉。她手心的触觉仿佛还停留在额头，温柔细腻，他满足地重新闭上眼睛，偎进松软干爽的被褥中去。黑暗中隐约想起母亲曾经的教育，宋勇你是哥哥，就要照顾好妹妹，——你是妹妹，在外面要听哥哥的话。

他们一直相依为命，直到成为彼此的守护。

这样遮遮掩掩过了几天，内里的伤势减轻，外面的淤青散去，终于能够正大光明地出现在宋一面前，但宋一还是敏锐地注意到他脸上细微之处的变化，踌躇之间正要发问，宋勇已经避开她，走去厨房。

日子云淡风轻地溜走，李栗所在的高中跟宋勇的学校联合举办了一场篮球友谊赛，在那场斗殴发生两月之后。

场面上的竞技限于条件跟空间的约束，并没有恶劣成肢体的较量，比赛将近尾声的时候，李栗运球攻进对方篮下，对方后卫来不及返场，在满场女生的尖叫声中他如愿跳起，篮球以预定的轨迹飞行，却在半空被宋勇轻松截下，他弓身运球，灵活地越过对方两名前锋，投篮进球，漂亮的三分。

所有动作一气呵成，像一只崭露头角的，不知好歹的花豹，无知无畏地闯入了狮子的领地。

在满场的惊呼声中，宋勇落地回头，向李栗报以冷冷一笑。

两个月前斗殴的余火根本没有熄灭，不过换了一个地点越烧越烈，他们都还年轻，暂时的胜负说明不了什么问题，从前他挨了揍，没关系，活下去的日子还长久，谁弄死谁还不一定。

李栗不是君子，自然没有圣人的雅量，垂在裤腿的手慢慢捏紧成拳头，眼中冰冷的火焰渐成燎原的姿态。作为家中独子，三代单传，纵使父亲严加管教也免不了祖辈的纵容，养出他飞扬跋扈惩恶斗狠的性子，说好听点是娇纵，难听点就是唯我独尊，处处不容人。在他为所欲为的十多年里，这种被挑衅是连想都不曾想过的事。

他就是霸王，谁能拿他怎样？谁敢拿他怎样？

就算李栗所在的队伍以微弱优势赢得比赛，但是宋勇示威的冷笑却足以把胜利所带来的兴奋通通抹杀，由此所带来的侮辱感就好像被人当面扇了一个巴掌。

比赛结束的哨声吹响后，李栗将手里的篮球往地上狠狠一砸，转身就走，剩下球队几个成员面面相觑，不明所以。孙超早看出这场比赛以外暗涌的惊涛骇浪，仗着跟李栗的关系最好，追上去跟他勾肩搭背，在他耳边嘀嘀咕咕："栗子，这有什么好值得动怒的，是你明天要转学还是他后天要搬家，以后的日子长着呢！鹿死谁手还不一定！"

道理李栗比谁都懂，他只是恨，恨得四肢百骸咯咯作响，五脏六肺涌动只有一个念头。

弄死宋勇。

李栗很处心积虑，小心翼翼，这一次他不能鲁莽行事，对方一样不是善茬，而且比自己更加危险鲁莽，起码他爱面子，行事多少顾忌到自己的形象，而宋勇是真的什么都可以豁出去，从头到脚都韧着一股狠劲，逼急了保不准做出什么事。

多年后，他在商场上布局谋划，将猎物一步步引入陷阱，享受着将对手玩弄于股掌之间的乐趣，练习早在十几岁就已经开始，他最喜欢宿敌给自己的一个评价：货真价实的伪君子。

他不是君子，也还不至于小人。他要恩，要利，要名，还要人情，要快意决断的杀伐，还要对手死无葬身之地。

[2]

从那之后，李栗试着循序渐进地给宋勇制造了几个不大不小的麻烦，在他脸上挂了些彩，身上弄出点伤，零零碎碎给他罪受，像是猫抓到了老鼠，没有选择当天就给弄死，想起来就去撩一撩，叫他的日子过得胆战心惊，不那么痛快。李栗心里其实还是忌惮的，还没有把局面弄得太难看。

而宋勇只是忍着，一反常态地畏首畏脚，竟然是怕了的模样。

李栗不至于得意忘形，也不着急乘胜追击，不动声色地等待对手何时给以回击，这个花豹一样桀骜粗鄙的男生，忍气吞声不该是他的风格，除非另有所图。

留给李栗的时间其实不是很多，因为很快宋勇就要结束高三，无论成绩好坏，在国内其他省份挑个大学总不成问题。可奇怪的是，宋勇似乎比李栗还要着急，甚至主动托人递话过去，愿意对过去的错误做出弥补，并且表示歉意，请客吃饭怎么着都行，只要李栗一声吩咐。

孙超听了这话就想笑："栗子，还是你行啊，这么几下这小子就服软了。道歉，这小子说得倒轻巧，我干妹妹那颗受伤的心怎么弥补？"

最后孙超坚持要把宋勇交给干妹妹亲手处置，任她搓圆捏扁，也算不白认自己这一个哥哥。

小太妹显然对宋勇余情未了，嘴上说得咬牙切齿热热闹闹，真要说到把他给怎么着却没了动静，只有一个要求，当面跟他说清楚。

老实说，李栗心里那股火还没平息下去，只想找个机会狠狠出口恶气，于是借着给小太妹赔不是的名义，他找了一天放学后，约宋勇出来"谈谈"。

一见那架势，宋勇就知道这是场鸿门宴，挨一顿揍是免不了。他是真的想跟人和解，因此再三地道歉，姿态奇低，一个男生对她爱答不理已经够叫人难受的，低声下气道歉的模样还是为了拒绝，小太妹的心都快碎成了粉末。

平日里看着目中无人的男生，低着头块头也比旁人要高大，像匹横冲直撞的野马，李栗漫不经心地听着他道："我错了，对不起，我不该说那些话，你能不能原谅我？"

话至此处，孙超在一边阴阳怪气地起哄。

李栗忽然觉得无聊，接他的司机等得够久，他俯身从地上捡起书包，朝孙超使了记眼色，转身要走。

小太妹倒是认认真真想跟宋勇好，问得情真意切肺腑肝肠，逼他做自己的男朋友。宋勇抿了抿嘴唇，眉心的褶皱深深聚拢，正要开口回答，胡同靠着马路的一边有人清清脆脆叫了声哥哥。

李栗跟他们一起回头，不知怎的，周遭明明寂静无声，待看清那人时耳朵边却分明听见了有人倒吸了口冷气。

并排走在一起的四五个小女孩子，说话的女生走在最旁边，穿着雷同的宽大校服，裤腿都拖到脚背，面口袋似的披在身上，衣服绝不能说漂亮，只是眉目如画顾盼生辉的一张脸孔，能把所有目光都夺走，雪白肌肤衬得整个人仿佛一粒珍珠，被无辜混入了沙砾当中去。

孙超清楚地低低地靠了一声，李栗竟然能听懂这个粗鄙的词背后的深意，这样粗糙鄙薄的宋勇，竟会有这样一个钟灵毓秀的手足。

她只是站在那里，没有再前进一步，当她看清楚转过来的几个人的脸色时，眼里渐渐流露出戒备的神色。宋勇在家里对妹妹百般疼爱，到了外头却好像总有些爱答不理的样子，只是淡淡地撇开头，仿佛不认识她。宋一也一声不吭，倒是走在她左手边的女生奇道："宋一，那不是你哥哥吗？"

小太妹认得宋勇的妹子，从前她追他，请他去外面喝下午茶，他答应得倒是痛快，临了带了他妹妹一道。五星级的酒店，连等位时提供的糖果都是外国牌子，包装纸上印着弯弯曲曲的字母，宋一年纪小，脸皮薄，一动不动地坐在沙发上，看服务生给她倒茶，想要吃却不敢拿，宋勇看出来了，抓过她书包，打开，把一盘糖都倒进她包里。

小太妹眼睛顿时一亮，像是见到了救星，连喊带叫："宋一，过来！"

宋勇说不出是恼还是怒，脸色顿时沉了下来。

孙超立场顿时就不坚定了，笑眯眯地转头问宋勇："这是你妹妹啊？怎么不知道你还有个妹妹。"

他就算有一打妹妹，也没必要告诉两个月之前还跟自己打过一架的败类。宋勇从地上捡起书包，要走之前被小太妹伸出手臂，像只小母鸡似的拦住去路，她急了："好不好你倒是说句话啊？"

孙超早就丢开了这对郎无情妾有意的野鸳鸯，专心致志地逗起宋一："妹妹原来你叫宋一啊，哪个一呢，一二三四的一还是伊人的伊，这名字可真好听。你多大啊，现在念几年级，在哪个班？"

高中男生个个都是色狼。她抿抿嘴，按照她一贯的风格，不想搭理谁就一声不吭地垂下头去。

李栗冷不丁地笑了一下，说话的时候也不看谁："干吗呢，查户口呢？"

他小时候在北京爷爷家里住过一段时间，回南方上学还是改不掉口音中的抑扬顿挫。他这一笑，像是一枚小石子投入了已经开始泛起波澜的湖面，引起了另一波窸窸窣窣的掩唇巧笑，小女孩们个个脸色绯红，彼此之间悄悄推攘，心知肚明地向对方眨了眨眼，呀，是李栗，是高中部的校草李栗。

帅哥的号召力是巨大的，孙超跟着起哄，朝后面大声道："我们一起吃饭去，人多热闹呗。"

宋勇的脸色已经不能仅仅用难看来形容，一把挣开了小太妹的束缚，弯腰捡起扔在地上的书包，也不看谁，叫了声——。

宋一听令小跑上前，挨到宋勇近旁又仰头叫了声哥哥，仿佛某种动物的幼年时期，语调轻软，双眼晶莹，这声称呼带出了她由心而生的钦佩光芒，这张脸都因此熠熠生辉得发亮。

她看不见李栗，她根本看不见除了宋勇以外的人。

美少女当前，孙超也有意收敛，不敢横了。

宋勇拿过妹妹的书包甩在肩上，两人渐行渐远，她不知道拉着哥哥的衣角在说什么悄悄话，宋勇弯着腰配合她。绿灯的时候要过马路，宋勇自然而然地握紧她的手，领着她穿过滚滚人潮，并且淹没在其中。

那一眼是有光的，夕阳当头照下来，两人迎着光，李栗自然而然就陷入他们的阴影之中。

李栗忘记是从哪里看到那句话，人生的意义，主要是由少年时期的画面形成，做过什么事，又遇见过谁，最后都将组成因果。哪怕大多数画面中的人最后都会擦肩而过，沦为过客。

当时他也没有多想，转身朝另外一个方向回家。司机还在等他。

第三章
我一厢情愿，我荒唐可笑

[1]

跟宋一的重逢发生得猝不及防。

罗家大小姐罗嘉生日前夕，她千求百央，才磨得李栗陪她出来逛，她父亲跟他父亲曾经是同窗，一个从文一个经商，她父亲辗转拜托对方的儿子多多照顾自己女儿。

最理不清还乱的都是人情问题。

于是，李栗被父亲软硬兼施，由司机送到力宝大厦的停车场，她是这里的 VIP，从一楼到顶楼，每一层都有相熟的导购。淑女屋专柜的对面是一家女性胸衣专卖店，倒没有大大咧咧地把内衣内裤摆到外面，玻璃上就贴了一张范冰冰的巨幅海报，容颜雪亮，酥胸卖弄得矜而不艳，格外扎眼。他路过的时候忽然瞥了一眼。

罗嘉还犯不着吃范冰冰的醋，心里其实有点小高兴，起码能说明李栗不是那什么，也不是哪里有问题，对她爱答不理主要还是性格问题。漂亮的人或多或少都有些矜傲，这一点男女通用。

她相中一件白底洒花圆点的连衣裙，拿去更衣室。他替她看包，坐在无烟区的沙发上，旁边搁着一摞体育杂志，封面大标题是一行触目惊心的粗体：王健林欲收购皇家马德里，曾花 5000 万被拒投。

他翻开杂志，端坐沙发里，抬起头，女孩子掩映在货架之间，似乎踟蹰不定，世间困难的事并非收购皇马而已，还包括让一个女孩子挑选一件合适自己钱包的胸衣。

宋一窘迫又苦恼。

她将满十五，在一个母亲忙碌却没有同性手足的家庭，有些不能避免的生理问题变得越发尖锐突出。早上她嗫嚅着跟哥哥要零花钱，脸红得快滴下血去，宋勇一定是看出了什么，所以最后才会问她够不够。

没想到物价飞涨，连内衣都贵成这样。

导购看她的眼神已经快要飞出"小偷"这两个字，她匆匆挑了一款最便宜的去结账，将找回的钱摊在手里数了数，还剩下几粒钢镚，也就刚好能坐公交车回家。她拎着纸袋才出门就遇见了同班同学罗嘉，名媛似的从专柜款款出来，挽着一个男生的手。那男生高大威武，穿一件黑色羽绒服、牛仔裤，脖子上挂了一条骷髅头项链，眉眼倜傥得天理难容。

她认得他，但也装作不认得。李栗似笑非笑的目光在她手上略作逗留，很快使她背到了身后。

罗嘉蛮热情地打了声招呼："宋一，你也来买东西啊？"

宋一笑着回以问候，脚步不停，匆匆从他们身边溜走，越走越快，大有逃之夭夭的趋势。

不知为什么，她怕他。

一直走到了电梯口，电梯还在底楼，于是站在玻璃窗前等候，被人注视的感觉尤为强烈，她将纸袋环在自己胸口，进了电梯之后才敢回头，视线之中早已不见那两人的影踪。

东西买来第一件事就是放热水里用洗衣粉泡上，等做完两份数学试卷就给忘得一干二净，宋一回过神的时候发现已经洗干净了，滴滴答答晾在阳台，天太冷，晾了快一个礼拜都没干。

那天晚上，宋勇破天荒地一句话都没跟她说，倒是多做了两样荤菜，拨了半盘温在锅里，当母亲下班之后的夜宵。

沉默地对坐而食，只能听见碗筷偶尔撞击的声音，她很努力地扒饭喂进嘴里，撑得腮帮子鼓鼓，偶尔心不在焉地看一眼电视，又转过头看哥哥一眼，觉得他有点反常，但又说不出哪里不一样，拖长音调软软糯糯叫了一声哥哥。

家里的电视机早就坏了，统共只能放出六个频道，在社会新闻主持人义正词严的报道声中，他的脸莫名其妙红了一下。

这个打起架来像头豹的男孩子，用兔子一样的眼神看着宋一，他说："一一，钱不够花要跟哥哥说。"

罗嘉生日那天，罗家兴师动众包了希尔顿两层的宴会厅，李栗也应邀出席。

罗嘉穿了上次李栗陪自己买的小礼服，将一干裙下之臣撇在脑后，特别高兴地迎了上来，叫他栗子哥。两家算是世交，罗棠从前还做过他的家教，他的妹妹跟自己的妹妹差不了多少，因此敷衍得格外周到，递出礼物送出祝福，祝她年年有今日，岁岁有今朝。

最贵重的礼物当数罗棠送出的一套经典 Tiffany Keys，钻石颗颗，光斑闪烁，引得小女孩子夸张得连连惊叫，连罗父都不赞成了："她小小年纪，你干吗送这么贵重的东西？"

罗棠笑道："女孩子嘛，都该有一件自己的奢侈品。"

有了罗棠这一例，李栗送出的巴宝莉围巾也不会引来过度围观，况且送礼物的这个人比他送出的礼物还要出风头一些。

参加派对的都是罗嘉最好的同学朋友，或多或少听说过李栗的名号，大家也没想到偶像剧的男主角会莅临现场，个个紧张得脸色绯红，偷瞥一眼，回头捂住唇小小声地议论，相互确认："是他，真的是他。"

他一贯漫不经心——习惯了，多少就显得有些冷傲。

女孩子的派对到底跟男生的不一样，热闹是热闹，却热闹得中规中矩，待久了更加觉得无聊，待蛋糕推出来后他跟罗棠交代了一声，出宴会厅去外面透气。

门才打开，李栗迎面撞见一个保洁阿姨探头探脑地站在门口，握着一柄拖把，身边搁了一只水桶，不知道是找人还是等人。李栗只当她是酒店打扫卫生的员工，一避就走，反倒对方被人撞破，非常窘迫，局促地一转身，提着水桶沿着走廊匆匆走开了。

宴会厅门口的迎宾海报上是罗嘉的影楼照，妥帖的粉色无袖掐腰小礼服，显得人娇俏如新荷。地位跟富贵永远都是娇养的不二法门，这年代不流行蓬门出贵子，畅销的价值观都是握有大把资源的新贵更上一层楼。

照片留白处用马克笔写着一行字，是罗棠一时兴之所至，信手写上去的，他是工科生，却难得写了一手秀气的蝇头小楷，宽绰有余：罗教授小女儿罗嘉，今天十五岁啦。

足以见长兄对幼妹拳拳爱护之心。

他没看第二眼，楼梯门就开了，一个服务生推着银质餐车从里面出来，庞然大物似的突进突出，连拐弯都相当不容易，因此一直地跟客人说对不起。李栗格外没有耐心，转身换了条路下去，走到二楼，靠近安全通道的拐角有一个杂物间，暂时劈作了员工的休息室，横七竖八的柜子用一张桌子隔开，摆满了琳琅满目的保温杯。

他漫不经心地瞥了一眼，左脚才下台阶，右脚忽然停在那里。

视线中先出现一只握笔的手，随他下楼一寸一寸显现出全貌，杂物间的桌子旁边坐了一名少女，正在默默地书写，因为背光，她的容颜暗淡不清，刘海密密垂下来，露出一弯挺翘的鼻梁，穿一件洗得发白的短袖连衣裙，能映出里边小可爱细细的带子。

他动了动手指，才意识到自己愣在那里。

她为什么会在这里？她在这里做什么？这些疑惑稍纵即逝，并没有长久地留在心里，李栗想到的完全是一些不相干的事情：昨天他接到罗棠的电话，邀请他参加罗嘉的生日派对。小女孩的心思从没有想过掩饰，大大咧咧地敞开在空气里，叫人一望即知，她喜欢李栗，那点喜欢也是干干净净，带着活泼的朝气。

他答应得特别痛快。

他问自己，那是为了什么呢？

终于，他才找到答案。

楼梯下又走来一人，他处于视线死角，前面又有绿植遮挡，他认出那人是刚刚那位保洁阿姨，拎着拖把进去，原来是宋一的母亲。

她叫她妈妈，跟她喊哥哥的语气一模一样。

之前做工的纺织厂效益每况愈下，一没背景二又上了年纪，大手笔裁减员工的时候宋妈妈首当其冲，下岗之后经人介绍应聘了酒店保洁这份工作，她手脚麻利，年轻的时候还给别人当过保姆，算是经验丰富。

宋妈妈眼睛红红的，仿佛失魂落魄，看着面前这个越长越漂亮的小女儿，一时之间竟然不知所措。仓促地"哎"了一声，宋妈妈从口袋里摸出一张大面额的钞票递给她，木讷地交代："一一，去买个蛋糕。"

真巧，今天也是宋一的生日，但是对这个还在贫困线挣扎的家庭来讲，这种节日无所谓象征意义，不过增加了额外的负担，幸好宋勇跟宋一都很懂事。

宋一背着手不肯接，宋妈妈向来勤俭持家，对一个单亲家庭来说抚养两个孩子成年的费用是巨大的，但这一次却破天荒地大方，直接把钱塞到她连衣裙的口袋里："一一乖，买个蛋糕，回家跟哥哥一起吃。"

只有提到哥哥她才会答应。在没有父亲的家里，兄妹二人相依为命，感情比一般手足还要牢固，宋勇但凡有什么好吃的，势必会想到妹妹，哪里好吃哪里好玩也会第一时间带她去，才不管面子这回事，妹妹吃好穿好比什么都重要。

宋一说到底还是小姑娘，就算能压抑住青春期萌动的虚荣跟物欲，小小的馋意还是有的，她们学校门口一条街都是小吃，最是章鱼丸子一绝，隔了老远都能闻见那种香味，课间她同桌沈蓉蓉买了一盒当点心，上面撒着细细的海苔跟鱿鲜，分给她一粒，她一直记得那味道。再问她要不要的时候，她就只会摇头。

这个世界上好吃的好玩的实在多，她小心翼翼地记在脑海里，藏得很小心，谁都不知道。妈妈工作很累了，她不能再让哥哥为难。

捏着那张对她来讲过于巨大的钞票，世界仿佛立刻被贴满了标签，她走得步步惊心，受宠若惊，像是小兔子被放进了满是草原的森林。

希尔顿酒店出来就是淮海路，A 城最繁华的商业街，她停在一盏红灯之前。他悄无声息跟上她的脚步，距离不过十几米，不动声色混在等待过马路的人群当中。

她头发高高梳起，紧绷绷的，正红色的缎带飘扬在风中，很醒目，走起路来还蹦蹦跳跳，快乐得像只小白兔，纯纯的那一种。

很多东西都能吸引她的目光，橱窗里摆放的打折包包跟衣服，一切会发光的亮晶晶的东西，商厦墙身贴着的广告海报，路上被妈妈牵着走的一个齐刘海女童，掉了两颗门牙，见谁都笑。最后，她拐进一家英伦时光，从小白兔变成小杰克，跌进了没有汤姆猫的奶酪世界，明亮的眼睛跳跃着从一个又一个装裱精美的蛋糕上掠过，露出一点非常可爱的馋意。

他在陈列架的另一排，靠得那么近，有一瞬间他们的目光几乎是交错而过，在看向同一款水果慕斯蛋糕时。他仿佛听见从她心底发出的巨大叹息——

太贵了。

她挣扎了又挣扎，最后选了一块小小的三角形布朗尼，撒着一层咖啡粉跟核桃仁，用很漂亮的纸盒包起来，连附带的塑料刀叉都很精致，她像捧着什么圣物似的去柜台结账。那天不知为什么光顾的人特别多，两个柜台都排了长龙。曾有一度他们其实非常接近，她就在自己右手边，一臂之内的距离，他一转头就能看见她颈后毛茸茸的碎发，洁白的衣领，还有脖颈的弧度，跟小孩子一样。

那一瞬间，心能痒起来似的疼。

在她看过来之前，他低下头滑开了手机，只有罗嘉的几个未接来电和短信。

他打开通讯录，找到孙超，发了一条短信过去。

孙超回得很快："多大号？"

李栗严肃正直地想了一下，又转过头瞥了一眼，表情不沾一丝邪念："最小号。"

宋一回到家的时候宋勇已经睡了，饭照旧温在锅里，理由很不健康，他又跟人打架了，这一次别人没占到便宜，他脸上也挂了点伤，还淌了鼻血，算是有来有去，旗鼓相当。只是这些都不能让宋一知道。

宋一将那蛋糕竖切一分为二，一半冰进了冰箱，点了一根小蜡烛，双手合上闭上眼睛许了一个小小的愿望，算是过了自己十五岁生日。

[2]

孙超龇牙咧嘴地把手里的袋子递给李栗，他颧骨处两团淤青，由不得人不往那里看，他拿手轻按了按，"嘶"的一声又是一口冷气。李栗懒得管他，先是接过袋子才问他怎么回事。

打输了，当然没面子，况且这一头一脸的伤，孙超闷声"哼"了一句："摔的。"

李栗冷笑，也听说过风言风语，孙超看上了宋一，跑到人家教室去堵，宋一避了几次，他变本加厉从送情书到改送礼物，闹得全班上下都知道。宋一实在忍无可忍告诉了哥哥宋勇，于是就有了这场斗殴。

孙超没看出对方已心生恨意，还无知地追问李栗："栗子，你说为啥啊，我对他妹妹真是一往情深，他怎么就这么不待见我呢？"

他不杀了你就不错了。李栗冷道："因为他不是二百五。"

恋爱中的人智商为负数这个道理放之四海而皆准，孙超呵呵一笑，尤不死心，信誓旦旦地道："我一定会追到手的。"

李栗听了这句话脸色微微往下一沉，只是无理由发作，于是忍着心头一股邪火低下头去看袋子里的东西，入目皆是花色繁杂，大红大绿的，扒拉了一下，侥幸还有几件能看得过眼。孙超还在那边问："栗子，你让我买这些女人用的东西干什么？这给谁啊？"

他没理孙超，提着袋子转身下了天台。

宋勇是在早上跑操的时候突然晕倒的，被班里几个男生合力送到了医务室，检查才知道是营养不良引发的低血糖。

这个年纪的男孩子都已经发育完全，饥饿影响不了个头，都是瘦瘦高高的体形，只要他不说，永远都不会有人知道他在挨饿。况且在这种关键时刻，马虎不得。

班主任认为兹事体大，一定要通知他母亲，宋勇怎么都不肯，挣扎着起来要下地，忙道："老师，我早上起晚了，没有吃早饭，这事您别跟我妈说了，要不然她非跟我急。"边说边还做了几个原地起跳的动作，以示自己身体健康。

班主任也知道这个孩子家庭情况，父母离异，还有个妹妹在念书，心中不由得一酸，忽然叹了口气。

生活多么不易，可是有些家庭有些孩子，分明过得比大人还要辛苦。有一回她在食堂碰见这孩子，铝制饭碗里整整齐齐垒着三个冷馒头，汤是食堂免费送的紫菜汤，面不改色地一口一口咽下去，若非强悍的意志岂能挨过这种生活。

可惜蓬门难出贵子，所能获得的资源已经局限了这个家庭这个孩子未来的发展前景。班主任又叹息，她们做老师的尤其是班主任，总是不遗余力鼓吹高考的重要性，可是扪心自问，这世间艰难的穷少年计以万数，他们中间有多少会有出头之日，怎样的成就才能匹配他们破釜沉舟一样的付出。

有些人轻而易举能获得的东西，这些孩子却要花逾旁人百倍的努力，谈何公平？

而此时的宋勇并不能深切意会这个班主任心中潮起的感慨和过分枝蔓的思绪，他脚踩进了运动鞋，蹲下把鞋带系上，然后跟师长告别从医务室出去。已经到了冬至，除了樟树不知四季为何物地绿着，其他一干草本植物早已枝干凋敝，步入萧条。

天渐渐冷下来，只是还没有下雪。

关于晕倒这件事，他最想瞒住的人除了母亲，还有妹妹。

宋一的同桌沈蓉蓉有个表姐就在隔壁二中当语文老师，跟宋勇的班主任同一个办公室，消息不用两节课的时间就传到了宋一的班里，别人倒是事不关己，听过就罢，宋一正给三角形画上高，水笔一抖，整颗心都揪起，难受极了。

她干吗这么奢侈，她吃什么蛋糕！

一百块买蛋糕破开之后还有零钱，她一分都没有多花，通通上交给了宋勇。宋勇也没问，又塞回她口袋里。妹妹步入了青春期，有许多私人用品是他不方便出面添置，但又必需的。

当天放学之后，宋一早早地走了，沈蓉蓉叫了她好几次也没把她喊住，在背后遥遥地追问她去干什么，她头也不回，声音飘过来："有急事。"

宋一埋头只是走，恨不得脚底生对风火轮，边走心里边计算着自己有多少钱，哥哥现在最缺什么，她这些钱能买什么，不能买什么……想得深了不妨就跟迎面过来的人撞了个满怀，对方张口就骂："走路没长眼睛啊！"

宋一心中焦灼，忙不迭地说对不起对不起。对方见是小姑娘，长得不错，态度也还不错，瞪了她一眼，走了。拐了两条街，一抬头就是林肯药店。她进去直奔补品区，一列的燕窝阿胶人参蛋白质看得她头昏，定睛一看标签，她的头更晕了。

钱……她下意识去摸口袋，脑中嗡的一下，像是一只无形的手狠狠扇了自己一巴掌，耳畔轰鸣，已听不见任何声音。

那个男人！那个撞她的男人！

宋一浑身发冷，如置冰窖，说是万箭穿心都不过分，瑟瑟发抖间眼泪已掉了下来。

丢钱对一个十五岁少女造成的伤害，几乎是毁灭性的。那个傍晚她一路哭着回到家里，宋勇还没从学校回来。她淘米洗菜，眼泪一滴滴从脸上滚下来，溅在水里，却还担心这样煮出来的白米饭会不会苦。

可一旦宋勇回来，还要装成一无所知。那顿饭吃得真是五肺焦灼，宋一不知道如何开口，只怕话未出口眼泪先已掉了下去，于是掩饰着收拾碗筷，快快走去厨房。

人在最最绝望的时候，总会生出一些不切实际的想法。她在无奈之下想到了她抛妻弃子的父亲，宋勇要高考了，做父亲的哪怕再绝情也不可能置之不理。从头至尾将这个决定想了想，越想越有一线生机，她要试一试，就算只是自取其辱，自己的父亲，骂几句又有什么关系，她一定要试一试。

因为知道哥哥会生气，于是她找了一天他有课的周六上午，换了一条最体面的连衣裙，背上包出去，换地铁又换公交车，父亲现在的家在青浦一个老式居民区，很容易就找到单元楼层，她深吸一口气，举手叩门，开门的是个中年妇女，眼下生着厚厚青痕，倦怠地问："找谁？"

屋里摔东西骂娘的声音不停，骂骂咧咧，很快从里面走出一个男子，年约五十，穿着一身短袖睡裤，打着赤膊，财色酒气如愿地掏空了他的身体，他神色萎靡，仿佛永远睡不醒的样子。

这就是宋一的父亲。

心头不由得升起一股灰心，她抓紧书包的带子，局促地叫了声爸爸。宋父原本眯眼看人，待看清是她后眼睛顿时一亮："一一是伐？"

她被热情的父亲迎进屋中，比跟父亲借钱更尴尬的事情大概就是看到满屋狼藉，啤酒瓶碎了一地，地上到处都是撒翻的花生米。宋父现任妻子一声不吭，木然地进厨房继续收拾。宋父倒是热情过了头，将她按坐在昏暗客厅的沙发里，就着灯光仔细看了看她，嘴角挂着意义莫名的笑，仿佛她是一件商品，或者其他可以待价而沽的东西。他满心满意地呼了口气，带出满嘴酒气。宋一下意识一避，他却只是笑眯眯，觉得很有趣："我们一一越长越漂亮了，是特意过来看爸爸的吗？"

她心中一热，隐约还有希冀对方能够担起一丝半点的责任，立刻将家里的困境，哥哥宋勇要参加高考，又因为贫血晕倒等一五一十说了个清楚明白。父亲听罢顿时一脸为难，长长叹口气，说自己最近手头紧，没有余钱，让她过段时间再来。

宋一再傻也明白了闭门羹的意思，便起身告辞。父亲挽留不住，亲自把她送到楼下，殷勤地叮嘱她多来看看爸爸。

她心灰意冷，低着头沿着马路往小区外走。忽然听到后面有人连名带姓地叫宋一，她站住回头，是那个替她开门的女人。女人手里捏着手绢裹的小包，往她怀里一塞，也不看她，脸上尽是那种被生活折磨的灰败神情，漠然道："拿着这些钱，给你哥哥补补身体……别跟你爸爸说，你爸爸不是好东西，以后，别再来了。"

也不等宋一说什么，那女人转身走了。

钱揣在口袋里，宋一走一会儿就摸一摸，鼓囊囊的，心里松了一口气。回到家里就把门关上，拿出来仔细数了数，正好一千一，她留下一百，余下的偷偷地塞进宋勇的书包，又去小区门口的超市买了些鸡蛋、水果跟蔬菜。

去找爸爸借钱的事自然没有对哥哥提起。

　　几天之后，她的父亲出现在她中学门口。

　　宋一刚刚下课，父亲推门从一辆小车上下来，殷勤地笑着迎上来，说老板发了工钱，要去银行取出来给她。宋一摇头说够了，不需要。父亲笑："跟自己爸爸客气什么？"一边劝一边推着她的肩微微用力，将她往车上引。毕竟是自己的父亲，再有恶意也不会作践到自己女儿头上，宋一心里这样想着，不疑有他，跟同桌沈蓉蓉道别，弯腰正欲上车，却意外发现车上已坐了一个跟父亲差不多年纪的中年男子，笑眯眯地打量她。她还在发呆，父亲一推她后背，她踉踉跄跄地坐进车里。

　　这一切被心心念念穷追不舍的孙超看在眼中，顿时觉得大为不妙，翻身上车，猛蹬山地车车轮追上前去，只是那车开过，绿灯恰好转红，硬生生逼着孙超停在黄线之后。出于直觉，也或者可能只是对心仪女生的保护欲，他心急如焚，非要上前探个究竟。

　　眼看着那车越开越远，而他束手无措，忽然之间瞥见身边驶过的李栗家的车。他大叫一声，猛踩车轮，追上前去，单脚落地撑着车身，拍着玻璃窗大叫援兵："李栗，李栗！"

　　他说什么不好，他偏偏说的是宋一被人绑走了。

　　李栗脸色一沉，不顾司机大呼小叫推开了车门，孙超丢下山地车钻进私家车，指着前面那辆夏利道："宋一上的就是那辆车。"

第四章
她有双动人的眸子

[1]

夏利开过几个街口，最后在某幢酒楼门口停下。

李栗等人追上来之前，宋一从车里下来，被一个中年男子拽上了楼。两个男生紧随其后，被前台的工作人员拦下，问他们有没有预约。

李栗看似冷静，实则早已心急如焚，原本就不是什么好脾气的人，沉下脸来更加吓人，一言不发避开他们就要往楼梯上跑。

孙超紧随其后，两个男生都还穿着校服，长得又人高马大，被当成闹事的也是理所应当。

领班见势不对，当即呼叫保安，把两人堵在了楼梯口。

李栗压着火，冷淡道："我们找人，找到人就走。"

孙超跑得满头都是汗，书包也不管了，扔哪儿算哪儿，跳着脚大叫："对，找人，一个小姑娘，被你们藏在这儿，我告诉你们，我爸是法院的，你们这是藏匿人口，是犯法的。"

领班的工作人员也算是经历过大风大浪，直接叫保安请他们出去。一人上前，刚刚才碰到李栗的手，就被他一抓，利落地反手一扣，推得那人一声痛呼跪倒在地上。

剩下几个被唬住，一下子没敢上前怎么着他。李栗一招得手也不恋战，三步并作两步跨上楼梯，迎面撞见下来的一行人等，领头的那位讶异地叫了一声："栗子。"

罗棠今天碰巧跟人约在这里喝茶谈生意。没想到能遇见他，李栗眼睛顿时一亮："罗大哥。"

孙超更加像是见了救星一般，抢步上前，抓住来人西装袖子急道："大哥救命啊。"

事情一下子变得简单。

由罗棠出面找到了刚刚进来的那群人定的包厢，经领班的服务员回忆，那帮人确实带了一个小姑娘一起，穿着跟他们一样的校服，长得也秀气。

罗棠不动声色地看了李栗一眼，李栗脸色霍然一变。

李栗几步上楼，找到包厢，踹门而入，一串动作一气呵成。

果不其然，宋一坐在里面，被一个中年男子拉拉扯扯，抬起头，雪白的一张脸孔满是惊恐。望见他气喘吁吁站在门外，她的眼泪忽然就落了下来。

他听见自己剧烈的心跳声。

他的呼吸声毫无章法。

那一幕无数次在这个少年的心头浮起，梦回百转，夜深人静，像是劫后余生，一帧帧，一幅幅，清清楚楚地藏在记忆里。

哪怕最后他如愿以偿，仍不敢忘。

胸口一起一伏，久久无法平复，当他听到坐她下首的一个男人觍着脸劝："一一，听爸爸的话，敬刘先生一杯……"

这是她的爸爸，她的爸爸！

五脏六腑在陡然间蹿出一股邪火，烧得魂魄都成粉末。

这里发生过什么，曾经她又遭遇了什么，李栗无法想象，当命运疏忽照顾她的刹那，她会不会被凌辱，或许会被践踏，从此一蹶不振，陷入命运的底谷。他还是个高中生，他触摸不到任何命运的形状，他的，还有她的。她只能被动地接受，可是他不准这一切发生。

他踹翻了最近的一把椅子，踩着它一跃而过，拽住了女孩子的手，转身就走。

在饭局当中横生变故，遭人闯入，女孩子没有惊叫，没有反抗，顺从地由着来人，随着他跌跌撞撞奔下楼去，眼泪滴答，打湿了胸前衣襟。

还有他的心。

罗棠打发李家的司机先回去，自己开车送三个孩子回家。

宋一坐在后排位置，从酒楼出来后她就再没有发出一点动静，没有问他们怎么知道，怎么找到这里，也没有问他们将带她去哪儿。

她只是安静地坐着，安静得仿佛根本不存在一样。

如果不去看那孩子的脸，谁都不知道她早已泪流满面。李栗就坐在她旁边，仿佛无动于衷，隔了她很远，也不看她，脱下校服，搁在两人的中间。

她没有碰它，眼泪也只是静静地泊在那里，一行又一行地迅速掉下去。

安静的车厢，只有孙超尚含愤懑的呼吸声格外突兀地响起。

红灯亮起的间隙里，罗棠在后视镜中仔细观察这令李栗阵脚大失的小姑娘。他见过自己妹妹罗嘉号啕大哭，撒娇任性的样子，所以无法想象这个小姑娘到底遭遇过什么，才会有了这种宁静隐忍的哭法，仿佛习惯了无能为力，连眼泪都不属于自己。

她有一双动人的杏仁眼，脸孔巴掌大，眼线微微上扬，显得清丽异常，湿答答的睫毛厚重地盖在眼睑上，只在被人提问的间隙仓促地抬起，放出底下激滟的波光。罗棠温和地问她："小妹妹，你家住在哪里？"

她报了个小区的名字，地段不太好，附近没有停车场，罗棠把车停在巷子口，头顶纵横的线条晾着还未及时收回的内衣床单，花色繁杂，触目惊心。洗过筷子跟碗的污水直接泼在他车轮旁边，油腻地汪成一泊。

所见到的一切景象都超过了他们的想象，唯有沉默才能应对内心的激荡。

她推门下车，回头低声道谢。

李栗一动不动坐在那里，忽然也推门下去，手插在裤袋，漫不经心跟在她身后，隔了几米的距离，仿佛只想看看她到底要去哪里。

孙超见他出去也追了上来。

两人就在巷子口遇见心急如焚的宋勇。

已经晚上六点了，用罢晚饭的人家三三两两支起了麻将摊，巷子口的路灯坏了很久也没人修，要走黑黢黢的老长一段路，有时候宋一晚归，宋勇就会在巷子口接她。

两厢撞面，个个色变。尤其当宋勇看见自己妹妹脸上交错的泪痕，耳边轰然一声，恨意随之翻涌，眼前一无所见只剩一片血红，攥紧了拳头正要上前，被情急的宋一从身后死死拽住：“哥哥，不关他们的事。”

孙超大呼小叫，急得跳脚，将刚才的情形添油加醋，说得一清二楚，最是饭局那一段凶险异常，要是晚到一步谁都不知道会发生什么事。

宋勇的脸色几番更改跌宕。

李栗看不到，他也听不到，那几秒里他只能看到一个人的背影，他的脑袋里只有一句话，一幅画面，走马灯似的回放，她说，人总是没有办法选择自己的父亲……她微微垂下头，尖尖的雪白下颌，微微抽动，被车外一闪而过的霓虹灯映亮，一滴晶莹的泪悄无声息地滚下眼眶。

他在十几岁的时候就清楚地知道感情是怎么一回事，它跟同情怜悯没有任何关系，那只是爱情引发的附属品，是一见钟情，处处留心，从此往后她所遭遇的一切都跟他的呼吸紧密相连，心也为她疼。

这是宋勇有生以来第一次低头：“谢谢你们。”

宋妈妈做好了饭，久久不见儿子回来，因此出来找他，一路走到巷子口。那时候罗棠等人还未走，刚巧打了个照面，宋妈妈光顾着询问女儿的去向，还未怎样，罗棠率先认出了面前这位中年妇女，挺惊讶地叫了一声宋阿姨。

宋妈妈回过头，目光困惑，待看清了罗棠的脸后，面色忽地一变。

罗棠笑道："宋阿姨，你还记得我吗？我是罗棠啊，小时候您还带过我呢，没想到能在这里看到您，这太巧了。"

这下不光是宋妈妈，连宋勇的脸色都有点不对，第一反应竟是本能地将宋一往自己身后一推。罗棠为人细腻，光看表情多少能察觉到不对劲，转念一想也能理解，彼此都是同学，年纪不相上下，母亲给同学家做过保姆，说出去到底有些低三下四。

宋勇忽然紧紧拽住了宋一的手，惹来李栗敏感地一瞥。连最聒噪的孙超也一改常态，始终一言不发。

罗棠等人作别上车，打了转向灯，才刚刚掉完头，宋妈妈忽然追了上来，拍着他那一侧的玻璃。罗棠降下车窗，她竟已泪流满面，语不成调，吓了罗棠好大一跳，只当她担心女儿的事情，便立刻解释："宋一没有事，阿姨您放心，以后要是再碰到这种麻烦您打电话给我，我认识几个不错的律师……"

宋妈妈打断他，忽然问了一句："你妹妹，是叫……罗嘉吧……她现在，过得好吗？"

关于妹妹的话题引发了罗棠由心的笑意："您还记得啊，她小时候您还养过她几年呢，挺好的，就是太闹了，不像宋一这么乖巧。"

她好像听进去了，又好像没有，木然地点点头，退开一些，让车开走。雪亮的车前灯一扫而过，映亮了宋勇跟宋一所在的位置，两人就站在骑楼的雨檐下，面对而立，她被他揽在怀里，她的额头靠在他胸口，哪怕看不到她的脸，李栗也知道她一定在哭泣，而且这次不同于人前的流泪，必定发出了声音。因为宋勇一下一下拍着她的后背心，像安慰一只受惊的小白兔，心疼得不行。

李栗不过扫了一眼，若无其事转开头，看向前方。

孙超踌躇片刻，忽然低声道："我对宋一其实没啥想法，顶多就是好感罢了……栗子，你别往心里去……"

[2]

地理课老师讲到夏威夷某座岛屿时，专门让罗嘉同学准备了 PPT，在课上讲解岛上的风土人情，因为她是全班唯一一个去过那里旅游的学生。PPT 里插入了很多照片，椰风树影，黄沙幼细，碧蓝的大海不见一点波澜，清得像蓝色的翡翠。其中还有一些合影，罗嘉穿着当地的服饰，编着小辫，跟父母，跟兄长，以及当地原住民。

罗嘉从容不迫地娓娓道来，鼠标从一张张照片中滑过，图文并茂，妙趣横生，效果特别好。

罗父在大学任职，罗母也是学教育出身，两人均来自高知家庭，信奉精神的富养远胜于物质，从很小的时候就开始带儿子女儿天南地北地游历，旅游的意义并非只是去旅游，哪怕只让他们见见那些巍峨的高山、跌宕的大海，让孩子们从小就明白自己生活的世界多么浩瀚广阔，人居于其中微小如细沙，更何况眼睛所见，耳朵所听，根本就不值得一提。

罗嘉将父亲的这段教诲放在 PPT 最后，读来令在座好几位学生都动容无比。

罗嘉语气骄傲："我很感谢我的爸爸，他带我去过那么多地方，让我知道原来世界这么大，我们生活的环境原来这样小。"

沈蓉蓉撇嘴，跟宋一咬耳朵："瞧她那个得意劲儿，每次放假去哪里玩，回来一定要嚷嚷得全班都知道……"初中入学第一天起沈蓉蓉就跟罗嘉不对盘，很看不惯罗嘉身上娇滴滴的公主病。有一回，她替老师收作业，不小心碰翻了罗嘉桌上一盒牛奶，引得罗嘉哭哭啼啼一个上午，因为作业给弄湿了，因为裙子给弄脏了，因为对方没有跟自己好好地道歉。罗嘉家世好，老师自然也偏点心，摩擦发生的过程当中多多少少也让沈蓉蓉受了点委屈，两人从此开始就有点不对盘。沈蓉蓉有时候觉得特别无语："就算她是公主，我又不是她母后，干吗总要让着她啊，——你说是吧？"

宋一笑了笑，低下头。

　　她认出了照片当中的罗棠。

　　那个酒楼，那个和气的年轻人，孙超……还有李栗……

　　她不知道宋勇跟他们打过架，但是凭直觉也能猜到，哥哥不待见他们。

　　小女孩子有一种偏执的笃定，限于经验的教训，很相信一面之缘类似的事情，对李栗的第一印象不能说好，反而相当糟糕，概括总结一下，就是坏的，危机四伏的，充满破坏欲，让她觉得很不安。

　　宋一心烦意乱，只是天真地想，不要再见到应该就没什么问题。

　　课间自由讨论的时候，沈蓉蓉问宋一最想去哪里旅游，宋一认真想了想，答："北京吧。"她只在课本中了解过那个气象辉煌的城市，那被无数朝代奉为都城的地方，必定有它的传奇。

　　她们讨论的声音也不算高，偏偏让右前方一桌的罗嘉听到，罗嘉转过来，笑着跟宋一讲："北京其实很无聊的，我小时候跟爸爸去过好几趟，除了故宫跟长城，没什么意思。"

　　问题是沈蓉蓉提出来的，罗嘉的话却故意对着宋一讲，假装没看见她。

　　沈蓉蓉同样回以冷漠的无视。

　　夹在中间的宋一朝罗嘉笑了笑，以示礼貌。

　　待罗嘉回头，沈蓉蓉压低音量，在宋一耳边绘声绘色地模仿："北京其实很无聊的，我小时候跟粑粑去过好几趟，除了故宫跟长城，没什么意思……"那时候台剧刚刚风靡校园，造作的台湾腔在初中小女孩子之间很成流行，"爸爸"两个字都被她惟妙惟肖地发成第一声。宋一撑不住，笑了出来。

　　沈蓉蓉也笑，笑得眼睛弯弯，笑过之后到底还是叹了口气："其实想想真的挺羡慕她，家世好，父母都是有头有脸的人物，还有个哥哥，做点什么事都是前呼后拥，像公主一样……过个生日，请帖都是挨个快递到同学家里。"

　　宋一因为自己有个哥哥，她不知道别人家的兄妹怎么样，反正从小到大宋勇处处让着她，很保护她，便深以为然地点点头，做手足其实也靠缘分，要不然现实生活中怎么会有这么多反目成仇的呢？

宋一想了想，轻轻道："你也不比她差呀。"

沈蓉蓉出身书香世家，父母都是人民教师，她功课出色他们功不可没，因此看到的想到的也比常人来得多。她又叹了口气，幽幽道："现在或许差别不是很大，等到我们长大了，毕业了，要为生活发愁，她呢，出身那种家庭，父母无论如何都会帮她一把，也帮得到忙。她可以做自己想做的事情，过她想过的生活，将来的格局会跟我们所有人都不一样。"

她的话看似毫无根据，听起来却异常失落。宋一试图安慰她，但是又不知道怎么样去安慰她，想来想去只有一句："我们都可以过上自己想要的生活。"

我们都可以过上自己想要的生活。

那时候她太年轻，还不知道这个愿望多么为难自己，为难上帝。

沈蓉蓉笑了出来，凝视她的目光很柔和："你当然可以，你有哥哥嘛。"

沈蓉蓉见过宋勇几面，莫名地对这个女同桌的哥哥有强烈的印象，他高大威猛，看似很凶，温柔的时候有小兔子一样的眼神，比如下雨天来给妹妹送伞，站在她们班级的玻璃窗外，面无表情地往里看，第一回沈蓉蓉真的被他吓了一跳，以为他是来找谁打架的，岂料他的目光转了一圈，落在正在写作业的宋一身上，然后笑了起来。

听沈蓉蓉这样一说，宋一也笑，梨涡浅浅一现，笑的同时眼尾往下低垂，说不出的可爱可怜。

"我羡慕她，更羡慕你。"沈蓉蓉挨到她近旁，单手撑着腮帮，侧首仔细地观察宋一，开学第一天对这位女同学的惊艳渐渐退去，唯有日复一日的视觉冲击强调着某种差别，这种差别不会因为成绩、地位或者家世而改变——她的同桌很漂亮，就算针对小女孩的审美来说，也明白这种美丽多么罕见多么不同寻常。

有时候想想，真是不公平，一样吃着食堂的饭菜，一样的挑灯苦读，偏偏她皮肤好到要命，脸上一颗痘都没有，恨不得连毛孔都看不见。

这一次宋一却再也笑不出来。

罗棠来接妹妹罗嘉放学的时候，在学校门口意外见到了那个小女孩，跟她的同学一起有说有笑地从门口出来。他眼尖地看到，降下车窗，边招手边叫了一声宋一。

后排的李栗抬头从车内瞥了一眼，很快就找到那个女孩子在哪里。

大概刚刚上过体育课，她马尾有些乱，垮下来瘫在肩膀上，鬓间还有散乱的碎发，因为皮肤白衬得运动过后的脸特别红，看着倒比平常镇定一点。她慢慢地走过来，走到车边，目光落下一点，看着问话的罗棠。倒是跟她一起的女生眼神活络，四下打量，看到车里的罗嘉，撇了撇嘴，接着才看到坐在她旁边——也是最里面的李栗。

感觉到注视，李栗掀起眼皮，回了一眼过去。

女生的眼神有一秒钟的慌乱，然后垂下睫毛，脸颊莫名地红了一下，退了几步，躲到了宋一背后。

"还记得我吗？"是罗棠在问。

宋一点点头。

"那罗嘉认识吧？"

又点点头。

"李栗呢？"

点头的速度慢了一些，罗棠还没有怎么样，李栗慢条斯理地调整了一下自己的坐姿，往后靠了一些，仿佛是坐久了觉得不舒服。

罗嘉听得莫名其妙，探身过来："哥，你认识宋一啊？"

"认识啊。"他朝宋一眨了眨眼睛，却没有解释，他一向心思缜密，避而不谈关于宋一母亲的事，"这是我跟宋一的秘密。"

宋一抿嘴浅浅一笑，她对罗棠的印象很好。她对所有温和的人都很有好感。

"哥，我快饿死了，还去不去吃饭啊？"罗嘉因为沈蓉蓉在，表现得相当不耐烦，故意催得很大声。

罗棠于是问："宋一，要不要跟我们一起去？"

她点了三次头，最后一次却是摇头，声音轻轻地婉拒："妈妈在家里等我。"

"我会跟宋阿姨解释的。"

还是摇头，小姑娘有一种莫名的执拗，打定了主意之后谁都劝不动。罗棠反而笑了，有点无奈，但还是很温和："哥哥不是坏人啦。"边说边用手指虚空在额头上写了个好字。

她笑，露出两排贝齿似的细牙，站在那里，依旧不为所动的样子，却一直在笑。

她有点紧张，也可能是，害怕。

罗棠不知道，罗嘉不知道，连她旁边的沈蓉蓉也没有意识到，但是李栗偏偏就感觉得到。

心被一只小小的手有一下没一下地拨弄着，逼得他想逃。

最后罗棠还是开车离开了，因为罗嘉一直催他，他仿佛很失望，没能把宋一给叫上。

车停在一家粤菜馆前，服务生引他们几个进了先前预定好的包厢，依次落座，递上菜单。罗棠刚巧接起一个电话，一边讲一边把菜单递给对面的罗嘉，罗嘉又分给李栗一页，他看也不看，抱臂望向窗外。

落地窗外是一个小型的西式喷泉，偏偏效仿苏州园林，堆砌有花石山鸟，但又因为近冬了，很少有树叶还绿着，所以看着有点萧条。

一片枯叶从窗外飘下。

罗棠站起来，李栗回过头，罗嘉问出声："哥，你去哪儿？"

"你们先吃着。"收起手机放入裤袋，弯腰提起了放在椅背上的风衣，他边穿边走。

十几分钟后，最后一道老火靓汤也上齐了，罗棠推门进来，后面跟着一个人。

李栗颇为随意地抬头，在逐渐打开的视线之间，咫尺迎面而来一朵素色牡丹。

罗棠带来的人，是宋一。

很多年后，当画面的细节无法考究，连形容的词语都欠奉；很多年后，他见过也经历过无数被赞以国色天香艳压群芳的女子，他也难以忘怀那一幕留给他的动容。

于空白处、于生命的待开始与未终结之间寻寻觅觅，以为是找那种感觉，后来才懂是那个人。

那些像烟雾一样缠绕着自己的烦躁、厌恶、苦闷、不快活忽然散去……空山明月一样清，渡头白雪一样静……微微的褶皱，泛起在心头。

他等了这么久……

表现在这个男孩子脸上的神情，也不过无动于衷，夹了一筷子西兰花才发现自己其实不太爱吃蔬菜，筷子既然已经落在了上面，于是夹到碟子上。

他咬了一口，竟然还是辣的。

他又去喝饮料，忘记那是服务员刚刚斟满的热茶。

舌头跟心一起被烫了一下。

看起来仍旧冷静得无懈可击，冷漠得有点爱答不理，所以连自己都骗了过去。

罗嘉很惊讶："啊，宋一，你怎么来了？"

宋一还是笑，挺无奈的。

罗棠帮着她脱下外套，幅度很小地拉开椅子，很注意不碰到她的身体，轻描淡写道："宋一是我的客人。"

他绝口不提关于宋一母亲的事，却是真的很怜爱这个女孩子，一方面也因为宋阿姨，在他很小的时候来他们家当保姆照顾他，把他当自己亲生的孩子一样。父母都是单位双职工，忙起来根本抽不出时间照看自己，在一个幼童的眼中，宋阿姨以保姆的身份充当了所有母亲的角色，送他上学下学，哄他睡觉叫他起床。他七岁的时候发了一场高烧，还是大雪天，连车都打不到，是宋阿姨抱着他跑了几公里路，一路上也不知道摔了多少跤，把他送到了医院。

在内心深处她才像是自己真正的母亲，只是因为妹妹突然出生，父亲正在大学争取一个正级教授的职称，一切发生得猝不及防，他刚刚念初中，根本没有办法也没有能力去改变什么，宋阿姨就走了。

对宋一的态度当中，有爱屋及乌，也有合眼缘的成分。乖乖巧巧一个小姑娘，长得秀气可爱，话也不多，是他憧憬中的妹妹的样子。

自己妹妹不是说不好，就是太闹腾了一些，在内心文艺范十足的商人罗棠心底，是希望有一个长泽雅美似的小妹妹，缠着自己讲故事给她听。

他很照顾宋一，这次吃饭没能叫上宋一觉得特别过意不去，趁上菜的工夫抽身离席，凭着记忆开车去她家里。宋阿姨本来还觉得不太方便，罗棠一说罗嘉也在，宋阿姨愣了一下，也就答应了。

那天在宋一家里，他见到意外中的人，她的哥哥宋勇。宋勇听到声音从客厅走出来，大冬天，却只穿了一身卫衣，极高大地站在门口，先看了看宋一，再转去看门外的罗棠。

罗棠在介绍自己姓罗的时候，明显感觉到那个男生脸色危险地往下一沉。他看罗棠的眼神简直像是威胁，让罗棠有一瞬间怀疑自己是不是抢过他什么东西。

罗棠简直是顶住了重重压力，才胆敢带走了宋一。

吃过饭，又去唱歌，罗嘉起哄要去，无非就是想借此多跟李栗待一会儿。他念高中，在少女的眼中已经是另一个世界的人，潇洒恣意，任性妄为，拥有很多传奇，也创作了很多传奇，这一次也是借着哥哥罗棠的面子才聚到一起，一心一意缠着李栗，问东问西，看多了台剧跟少女言情，咋咋呼呼的，没有一刻安静，总以为女主角是因为这样子才引起了男主角的注意。

李栗已经皱了不止一下眉头，但表面上还是那种冷不丁的调子，向来爱答不理也看不出什么端倪。

只有罗嘉一个人在唱，唱得口干舌燥，电铃叫服务生送饮料到包厢，问李栗想喝点什么。

他回答随便，耳朵里却没有漏下一丝半点。

罗棠在包厢另一边教宋一玩 21 点，绿色的绒布绷得桌子四角很紧，雪白的一盏钓鱼灯从正中央垂下，明亮得仿佛曝光过了头，睫毛于是纤毫毕现，浓烈地洒在眼睑。

罗棠在跟她讲游戏规则，教她棋牌上 bluffing 的技巧，很小声地说话，有时候连笑也都是轻轻的，怕惊扰到谁一样。

某一瞬间，两个人都微低着头看牌，偶尔低声交谈，两人的脸在某个角度同时对准李栗，脉脉的灯光下，低首敛眉的神情有一种让人惊诧的相似。

烦躁、烦恼，发生的时候措手不及，还击的时候无从想起，像是被密密封住了盖子的锅炉，沸腾的水汽一丝都溢不出去，闷在肺腑，流窜于四肢百骸，在曼妙的歌声当中不动声色地烧了起来。

后来才知道，那是嫉妒的雏形，恶魔的镰刀毫无章法地切在心头，太知道是无意，恨起来更加毫无头绪。

只是不想看到谁，只要不看到就行。

李栗从沙发上站起来，起身的动作过于突兀，引得罗嘉停住歌声，在话筒里问："栗子哥，你去哪儿呀？"

显然是叫惯了的称呼，所以出口热络，仿佛他跟她的关系亲密无比。

李栗忽然浮起一个荒诞的、连自己都羞于面对的念头。眼角余光瞥过去，他先是看到罗棠抬起头去看怎么回事，接着才是宋一，仰首的瞬间有一绺刘海无依地滑下她脸颊，眉峰微敛，像是被风吹皱的清水湖面。

她静静地看着自己。

她看着他的时候，她只是看着他，判断他的目的，审查他的用心，其最终目的还是为了得出他是否具有攻击性，他接下来的所作所为是否会伤害到自己。

当所上一切答案都是否的时候，她又与己无关地把头低下头。

安静得只有伴奏的包厢，像一个巨大的空洞，将他一点点往里吸。

他什么都做不了，什么都不能做，只是站在那里，然后，摔门离去。

中食两指之间还夹着烟，他在龙头底下接了一捧冷水，直接往脸上浇，冷与热的狭路相逢激起一个意料的战栗。然后抬起头，掌心抵着镜面，看着里面那张湿漉漉的脸，其实不大习惯这么近地看自己的脸，长得怎么样自己心里明白，也不当一回事，只是突发奇想，要好好看一看。

十八岁的少年，已经有了一张轮廓分明的脸孔，凤眼薄唇，漂亮是漂亮，眼睛却是冷的，仿佛缺少感情，不管笑还是不笑。

不像罗棠，虽然不是英俊一流的长相，苍白皮肤尖下巴，偏于女性化的轮廓显得性格特别柔和，自然能讨女孩子欢心。他偶然听班里的女生聊起那些韩国明星——一个比一个娘。

烟烧到了手指根，烫了他一下，他才意识到自己在想什么。

忽然，就愣在了那儿。

七点左右，罗棠依次送他们回家，还是由他开车，宋一坐副驾驶座，安全带怎么都系不上——是因为不会，微微低着头，很专注地在研究。

那一幕看得李栗心头一绞，动了动手指——也可能是在自己的想象里。他念初中的时候，班里有个从外省转来A城念书的男生，第一次去机房上课，不知道怎么打开主机，面红耳赤地接受着同学们的哄笑。他也觉得好笑，因为没有办法理解，为什么连这个都不会，为什么世界上还会有人，连电脑都不知道怎么开机，为什么这世界上会有人，连安全带都不会系。

哪有这么多解释，不过没有得到生活的教育，光顾着被生活所逼。

罗棠很快注意到，并未多问，而是直接动手，探身拉长了安全带，轻轻一扣，帮她扣上。

她声音很低，但是听得出感激："谢谢罗大哥。"

他还是没说什么，只是伸手把她的刘海弄乱了，动作轻轻的，像对待一个有血缘关系的妹妹。

带她出来，当然先将她送到家里。不出意料，宋勇就等在路灯下，大冬天，只在卫衣外面加了一件外套，仿佛不知道冷一样。等宋一下车，他就过来牵她，不看谁，也压根不跟谁说话。

"真凶……"罗嘉嘀咕了一声。

只有一盏街灯的小巷，光明未能贯穿始终，尽头是凄惶的黑色，月光惨淡地映出骑楼的轮廓，阳台，破败的墙面，影子在灯下被扯得很长。女孩子因为瘦，显得高挑，却也高不过旁边男生的肩膀，慢慢地走着，手牵在一起，相依为命地朝黑暗深处走去。

那是城市的另外一面，是肮脏，是贫穷，是这座城市拿不出手的地方，藏污纳垢，流莺夜行，寄生着下流跟卑鄙，却是养育了宋一的土地。没有行差踏错一个脚印，简直像是侥幸。

罗棠也在目送宋一，不知道想起了什么，扶着方向盘，忽然叹了一口气。

李栗明白那声叹息的含义。

女孩子的命运，很大程度被家庭决定……住在哪里，接受过什么样的教育，接触过哪一类人群，见识过怎样的风景，最后都会变成养分，无声地浸润她们的生命轨迹中，左右着她未来的生活方式，处事态度，甚至决定了将来她们能够站在哪个高度。

况且宋一的哥哥，那个叫宋勇的男孩子，形容凶神恶煞，寡言少语，生活里必定粗枝大叶，甚至可能是粗鲁卑鄙的，宋一在这样一个家庭中，能够得到妥善的照顾跟恰如其分的引导吗？浪子回头从来不接纳醒悟的女孩子，踏错一步就是万劫不复，偏偏还有那样一张脸，如稚儿捧宝物招摇过市，不引人注目谈何容易。

罗棠情感向来细腻，对宋一更加怜惜，想到这里简直无法再想下去，只能暗暗祈祷上帝，若是真的爱护这个女孩子，那么起码，让她别碰到用心险恶的人。

事实证明，罗棠其实杞人忧天。宋一的哥哥看似粗鲁无礼，实则谨慎小心，妹妹日复一日地妍美，像烂漫的春花，无收无管无心无思地径自开放，初中女生情窦初开的不在少数，她却好像总还是懵懂的样子，很大程度因为宋勇，人人都知道她有个打架很厉害的哥哥。

这种保护虽然粗暴，但很有震慑力，即便物质匮乏，也能自在地长大。起码，他从未让她产生过低人一等的想法。

[3]

同桌沈蓉蓉的变化，始于初二的上半学期。

她续长了颈后原本只有半寸的短发，前额剪出刘海，部分头发向后收束，用粉色的蝴蝶结别住，其余部分自然放下，就是偶像剧里常见的公主头。学校的要求就是不准卷发烫发，不准披头散发，这样折中的、又小小满足爱美之心的发型在小女生之间很成流行。

沈蓉蓉用攒下的零花钱买了好些个样式别致的发卡，镜子压在作业底下，抄几行笔记，趁老师回头写板书，移开本子，偷偷往镜子里瞧上一眼。在明令要求穿校服的周一，她学班级中最可人的女孩子，校裤里面另套一条牛仔裤，早操结束，偷偷脱下校裤藏在书包里。

灵秀的少女在追求外貌的精益求精之外，对情感的体察也更加地细腻文艺，看到某一句话某一行诗，契合她当下的心境，抑或联想到诗人的境遇，给予适当的发散，情绪堆叠到一个阈限，眼泪毫无征兆就落了下来，工工整

YUAN
YU SHENG
— 063

整地抄到笔记本上，在课间很动情地将这首诗念给宋一听。

宋一一边做题一边听一边在心里想，我哥哥就是这个样子的啊。

沈蓉蓉看了一本言情小说，将故事中男主角所做的种种感人举动描述给宋一听，比如下雨天来给女主送伞，痴痴地站在雨中，翘首看着女主家里的窗户，或者下班回家，从浴室出来，头发湿漉漉的时候打着赤膊给女主做饭，女主生病期间，堂堂一个公司的总裁纡尊降贵，替女友手洗内衣内裤。这是一个天生擅长讲故事的女孩子，绘声绘色的叙述仿佛亲身经历，亲自目睹。宋一支着下巴，心中想：我哥哥也会做饭，从来不让我洗碗，经常给我洗衣服，不会的题目也会耐心地讲解给我听。

可这就是爱情吗？她捉摸不清，但也不急着询问，时间也是问题的答案之一，她很小的时候就明白这个道理。宋一小时候，厂里效益开始走下坡路，妈妈为了赚一点外快，下了班就去外面摆地摊，为了安全起见把她跟宋勇两个半大的孩子反锁在家里。宋一半夜惊醒，不见妈妈，哭哭啼啼地要妈妈，宋勇也才八九岁，劝来劝去不得章法，仍旧耐心地哄她，妹妹乖，不要哭，一觉睡醒妈妈就会回来了。第二天睁开眼睛，从床上爬起，她果然就听到了从厨房传来的声音。

少女情怀总是诗。

在晚自习开始之前，吃过晚饭之后，沈蓉蓉会拉着宋一去操场散步，沿着800米的绿色塑胶跑道慢慢地走，低低地絮语，说起小女孩的心事。有时候会抱一本英语课本，有时候却是一本徐志摩的诗集，烫金的字，硬皮的封脊，微微抵着下颔，仿佛心事重重，愁肠百结的样子。

敏感的少女往往更加早慧，再加上原生的女性本能，总结出了吸引同龄异性的至关重要的几个特质，诸如温柔、细腻、忧郁、感伤。

除精心修饰自己，在外貌跟气质上向之靠拢外，着装上面避重就轻，蓉蓉身材匀称，唯一的缺点就是小腿有点粗，所以挑长裙子穿，行走时裙摆就像水纹一样荡漾，显得人修长挺拔，很吸引人目光。

她们的中学附属于本市重点高中，篮球场跟足球场两校公用，聚集了很多打篮球的高年级男生，三三两两地扎成一堆，也不打比赛，只是意兴阑珊地拿着篮球往筐里投。

一群男生里头，数李栗最出风头，也不仅仅他高大挺拔，外形俊朗，而是他投篮的时候，十个里面往往能进九个左右。一个男生光是帅这一项也就罢了，偏偏家境优越，篮球打得最好，却是足球队的主力。打架也从未输过对手，时而惩恶斗狠，时而漫不经心，日本漫画中的男主角都他这样。这也能解释为什么只要李栗在，场边总围了许许多多的女孩子，借着呐喊助威的名义，喊出心底深藏的名字。

沈蓉蓉一个人去总觉得有点难为情，拉上了宋一哪怕欲盖弥彰，多少就有了底气。

去的时候有点早，再加上因为没有比赛，篮球场边还有很多空位。这让沈蓉蓉觉得很矛盾，她想过去，但是又拉不下脸，在如何掩饰自己那一颗司马昭之心，又能见到心仪男孩子的同时，宋一忽然站在那里，顺着宋一目光的延长线望过去，就看到了罗嘉。

一样的白色长裙，一样的披肩长发，发箍上零零星星几粒水钻，打理柔顺的刘海，俨然仿版的沈蓉蓉。当然，谁是正版各人心中各有定论。大概觉得冷，身上另外披着一件明显不是自己的大外套，松松垮垮的，像荷叶似的，嘴往手上呵气，搓着细细长长的手指，楚楚动人地坐在场边的家属区域，替打球的看着一堆书包。

沈蓉蓉乍遇宿敌，几乎是本能地感受到某种威胁的入侵。

那天校门外偶遇，罗嘉也在，就坐在李栗身边，有些人的喜欢，光看同性的眼神就能一目了然。但是也不觉得自己就一定会输，感情的事又不能单方面宣布胜利，就算罗嘉是公主，是个王子都要爱上她？

沈蓉蓉一拉宋一，硬是要赌那口气："我们去看看。"

　　宋一不愿过去，跟蓉蓉的原因不同，她看见的人不是罗嘉，而是罗嘉旁边的孙超，捏着一瓶矿泉水坐在场边，也不喝，含了一口在腮帮子里鼓来鼓去，李栗的朋友都差不多一个类型，莽撞的，邪气的，带点吊儿郎当的不正经。

　　孙超看了宋一一眼，又看了看她旁边的女生，跟没看到一样，轻描淡写地撇开头，吐出嘴里漱口的矿泉水。

　　那件事过后，孙超像是转了性，再也没有往初中部跑过，再也没有出现在宋一面前。

　　宋一还在踌躇，沈蓉蓉二话不说拖着她挤进场边。战况正酣，球刚好传到李栗手中，那天李栗表现得特别酷，抢篮板大满贯，扣篮扣得杀气腾腾，像一只威风凛凛的花豹，很快就调动了全场的氛围，女孩子们此起彼伏地尖叫，大声呐喊加油。他满额滴汗，躬身运球，攻入对方篮下，目光狠辣地注视对手，他解释了迷人的真正含义。

　　对方前锋截球，没有控制好力道跟方向，肢体剧烈碰撞，篮球脱手而出，飞往围观的女生，力量极大来势又快，宋一第一反应就是去拽沈蓉蓉，她吓坏了，动也不动愣在那儿。情急之下，宋一抬高手臂护住蓉蓉，背过身预备迎接意料中的疼痛，但事实上，除了周围的惊呼，没有任何意外发生。

　　背后的呼吸沉重，一声高过一声，气息浓烈压抑。宋一迟疑地转身，感受到一道自头顶洒落的阴影，李栗站在她面前。她的视野中只能看到一双球鞋，鞋带松垮，他弯下腰，骨骼分明的手腕上戴着一个蓝色橡胶的运动手环，单手从地上捡起球。

　　他捡球的动作很轻松，但是走路的样子却有点怪，左脚往前顿了一下，右脚才慢慢跟上，中间有一段时间的停顿，不仔细还看不出来。

　　一切发生得太快，快到沈蓉蓉反应了一会儿才反应过来，倒吸一口冷气，下意识地攥紧了宋一的手，太用力些，疼得她皱了皱眉头。

　　沈蓉蓉脸色绯红，目光迷离，断续地追逐着李栗的背影，事发的全部宋一没看到，但是蓉蓉看得一清二楚。意外发生的几秒钟里，那男生一个箭步冲上前来，眼看来不及，直接伸手去拦，球重重砸在他手腕，被他反手狠狠拍开，弹跳着落到地上，也不见他喊痛或者色变，只是垂下手低下头，眼神冷淡，看着面前的女孩子，嘴角微微扬起。

那是个笑？

他在笑！

沈蓉蓉的心咚咚狂跳，快要晕过去了，不仅因为英雄救美真实地在眼前发生，而是这个男生面对险境那种不以为意的态度，甚至有些邪气。四周错乱嘈杂的噪音里，在她的心跳几乎盖过呼吸的响声中，她清楚地听到他轻笑着，说了一句："挺能耐啊……"

细碎的刘海下，他有一双酷似梁朝伟的眼睛，声流的气息夹杂着男生运动过后汗水的味道，经由鼻腔强烈地钻入心底，她双颊滚烫，双足发软，头重得几乎抬不起来，却能在脑海中完美地勾勒出他说这句话的表情，似笑非笑，眼睛很亮，嘴角微微勾起，看着你……

第五章
逢时

[1]

回教室的路上两个都沉默着,沈蓉蓉沉默是因为心潮澎湃还未平静下来,宋一沉默是她发现同桌暗恋的对象,竟然是那个危险的李栗。

那个像花豹一样,行事鲁莽,不按常理出牌,明显不是好学生的李栗,哪怕他曾经救过自己,而且不止一次。小女孩宋一心底善恶分明,甚至到了只剩黑白的境地,好是好,坏就是坏,从来不存在什么灰色领域。

她忧心忡忡地凝视着好友,轻声开口:"他不是个好学生,经常打架,成绩也不好……"毕竟小,衡量好坏的标准单一,光是这几项就已经觉得"非我族类",不能与之为伍。

"不觉得很帅吗……"沈蓉蓉声音轻轻,仿佛梦呓,仰头看着从树叶的缝隙中洒下来的夕阳,点点光斑映在她脸上,连表情都逐渐梦幻,"我觉得他这样子很帅。"

宋一怀疑自己听错了。

沈蓉蓉想起了他说"挺能耐"的时候的样子,那双亮晶晶的眼睛好像就看着自己,湿漉漉的刘海垂在额前,邪气得要命。他在笑啊,可他笑什么呢?

笑自己像个傻瓜，被吓得连躲都不会躲了吗？可她就像个傻瓜，昏头昏脑地红起脸来，头好似千斤重，颈子托不住了，只会往下垂……周围怎么这样安静，傍晚的凉风吹起，裙摆轻柔地打在小腿，搅乱了由他带来的气息，强烈而且无处不在，在她感官能触摸的每个角落，都是那个男孩子的存在。

沈蓉蓉鼓起勇气，不够后果地莽撞地抬起头，就为了能与他发生一场对视……他看着自己，冷冷清清，却像黑色漩涡一样……将一切都吸引……

她想象着那画面，微笑起来，自顾自道："特立独行，英俊潇洒，会打架，像个混混一样，青春里有这样一个男孩子参与，会一辈子都记得吧……"

"混混……听起来怎么都不像是好人。"小女孩宋一有她的坚持。

沈蓉蓉笑了，目光很深地看向宋一。忽然之间，沈蓉蓉发现自己一点都不羡慕宋一，宋一原来这样狭隘，就算有一张流光溢彩的脸又如何，她跟自己不同，自己能欣赏李栗，光是这一点她就比不上自己。她反问宋一："为什么我们一定要喜欢好人？"

说这话的时候，沈蓉蓉的眼中涌动着一股难以言喻的狂热，让宋一觉得陌生，从前成熟理性的沈蓉蓉消失了，取而代之的是另一个被爱情冲昏了头脑的天真少女。宋一无法说服她，也不能被她说服，矛盾只有搁置一边，期末考试如期而至。

这所初中的所有考试，大到一年一度的会考，小到随堂测验，都会跟奖学金直接挂钩。宋一需要这笔钱，迫切地需要。这直接关系到母亲能少加几次班，少打几份工，步入高三下学期的哥哥也能改善一下伙食，增强营养。一个人一旦对金钱表现出执着，姿态一定是不好看的，无论她本人长得多好看。沈蓉蓉笑她："你啊你啊，白长了一张清心寡欲的脸，就差钻进钱眼里了。"

宋一心无旁骛，全力应战，分不出多余的精力来应对谁的风花雪月，她只够管好自己的似水流年。

期末考试被安排在元旦节后，完全按照会考的流程走。出数学题的老师打定主意不让学生过个好年，题量大不说，题型刁钻古怪，连班里学习委员从考场出来都是一脸惨白，一见有对答案的学生迎上来忙摇头躲开。沈蓉蓉的母亲就是高中数学老师，有什么不懂可以直接问她妈，所以考完的状态比旁人沉稳一些。

从考场出来，宋一一直低着头，书包不背，拎在手上，心事重重的模样。

蓉蓉以为她发挥得不好，也不问她，走着走着，走到了体育馆前的樟树下，宋一整个人毫无征兆地蹲到地上，沈蓉蓉吓了一大跳，弯腰去扶她。宋一一点力气都没有，顺着她的手臂滑下来，软软地伏倒在水泥地上，脸色煞白，血色都没有，两鬓的散发被汗水濡湿。沈蓉蓉吓坏了，喊了一声一一，慌了神，第二声的时候连名带姓，带出了隐约的哭腔。

为了照顾高三生，初中的考试都被排在下午场，况且考试结束她们出来得最晚，下过雨后，路上连个人影都没有。沈蓉蓉蹲在一边，抬起她的一只手要架她起来，只是不得章法，力道用得不对，刚扶着宋一站稳，走了几步眼看又要跌倒的时候，一个人从旁边大步过来，扶住她，顺势从沈蓉蓉的手里接过宋一另外一条手臂，蹲到地上，回头看了她一眼。

她愣了一下，孙超嘴角抿得很紧，显得很不耐烦，但还是低声催了一句："快点啊，发什么呆呢！"

沈蓉蓉手忙脚乱把宋一放到孙超背上，他往上一颠，站了起来，立刻朝校医务室跑。沈蓉蓉昏头昏脑地跟在后面，替宋一拿着书包，心里乱糟糟的。

她记得这个男生，从前来班上找过宋一几回，后来不知怎么就不来了。

走完了一整条林荫道，绕过一个花坛，从求实楼中间穿过去，校医院就在食堂边上。沈蓉蓉注意到，孙超背着宋一，两只手却没有碰到宋一，而是扶着自己运动裤的腰带。

女医生替宋一检查的时候，他在外面等她们，打了个电话。不一会儿，又过来一个人，是跑过来的，气喘吁吁，眼神锐利地扫过孙超，他挠挠头，脱口而出："栗子，真的，刚好就碰上了……我没去骚扰她……"

他自己也知道从前那叫骚扰啊。

校医诊断的结果是轻微的营养不良，再加上高度紧张引发的肠道痉挛。

沈蓉蓉推开门，抬起头，看到李栗的一瞬间，脸色唰地就红了，心里混乱地想：原来他们认识啊。

房间里面，屏风后面，宋一蹲在床边系鞋带，女医生絮絮叨叨还在讲："你们小女生啊，别总想着减肥减肥，再减下去啊连命都要没了……"一撕单子，递给她，"去拿药吧。"

宋一轻声地应着："知道了。"提着书包出来，在走廊里看见了李栗和孙超，一个站着一个坐着，听到声音同时回头，四目交接，谁都不看谁，两束目光似乎可以洞穿躯体，投向其他地方。

荒诞感越来越强烈，强烈到让宋一几乎觉得不妙。

混乱的蓉蓉。

焦虑的孙超。

不安的宋一。

莫测的李栗。

像是有一条无形的线，将四个毫无关系的角色串进了一场情景剧，一句话的台词都没有，暗中有波涛涌动。

四个人里面，唯一镇定的是李栗。

他让宋一有一种怀疑，这真的只是一场偶遇，除了地点是在校医院。

药房在楼梯另外一边，只有一个窗口，前面排了两个学生。中学实行一卡通，食堂药店都不收现金，改刷卡。宋一拿了卡在刷卡区一滑，滴的一声响，pos 机提示金额不足，闪跳出卡内余额。

两块六毛。

李栗仿佛无意瞥过那个数字，鬼使神差地往心里钻。她的卡里只有两块六毛。

忘记往里面冲钱也是常有的事，但是不会少到这么少，除非她平常的消费额度本就不高。

沈蓉蓉很快地拿出口袋中的卡，不由分说地主动替她刷掉。她回过头，笑一笑："谢谢呀。"

脸还是白的，微微透出了粉的底子，看人的时候从下往上地看，是觉得难为情，但是太不经意，那样美丽。让他想起从前小时候太姥姥家养过的一只鸳鸯猫，眼珠一黄一蓝，玉雪似的一团，缩在主人膝头，看人的眼神都是湿漉漉的，小心翼翼。

猫是有媚态的，即便在很年幼的时候。

一共二十八块四毛。

很长时间里，李栗都不能把这个数字从脑海里驱逐出去，不经意的刹那，总会想起它，以及它等价对应的意义：一包差一点的万宝路，一顿简单敷衍的午饭……可对宋一来说，是她这一个礼拜的开销。

有一瞬间，是觉得不堪想象的，甚至于无法忍受。

每一分每一秒，都像是虚度着煎熬。

他伸出了手，无数次地，在他的想象里。

[2]

他们在校医院门口作别。孙超跟着李栗走，两人都不怎么说话，没走几步听到后面哒哒哒的脚步声，回过头，是沈蓉蓉。她跑得两颊绯红，眼睛水亮，雀跃地拂视面前人。这种目光李栗并不感到陌生，在他成长的过程中，他就是被那种目光宠着长大。

太多，也就不值得珍惜。

但这一次他多了点耐心。

也恰是这多余的耐心，给了沈蓉蓉并不恰当的暗示。她努力笑着，平凡生涩的脸庞也因为这笑变得生动异常，饱满的苹果脸健康活泼，双眸明亮，凭借着一股冲动才问出了口："这一次,谢谢你了,如果方便的话,我们想请你吃顿饭,就当答谢。"

孙超心道:妹妹啊,送宋一去校医院的可是我,你谢他干吗?

李栗点点头,露齿一笑:"好啊。"

明明都已经是深冬了,他这一笑,却分明比骄阳还明亮,刺破了连日来的阴霾,给少女的心头带来一抹虚幻的光彩,让她有一种错觉,他的姿态如此之低,以至于到了她能唾手可得的位置。

她不由自主地喃喃:"你还认得我吗?"

她胆战心惊地等待着回音,而抬起头时,他已经走出了好几米,只有他身边的孙超回过头,看了她一眼。

司机送李栗回去,经过一家二十四小时便利店他喊了停,老张不以为意,熟练地将车靠边停下。他推门下车,进了便利店里,买了一袋全麦面包,十块两毛。一大瓶鲜牛奶,十块。一盒生菜,几根香肠,零零总总花了三十五元左右。

他拎着袋子回到车上,面包撑出了袋子以外,露出包装,惹来老张好几眼。

没有烟。

回到家里,他把面包牛奶放进冰箱,在水龙头底下简单地冲洗蔬菜,又切了几片火腿肠,煎了个蛋,还煎煳了。做了个简单的三明治。

保姆张阿姨听到声音从二楼下来,他正擎着三明治,拿着一块抹布蹲在地上收拾,越收拾越乱,整个厨房跟遭了殃一样,整个料理台都湿答答,往地板上滴水,菜叶子粘得到处都是。

她系上围裙,走过来问:"怎么了?"

他倒垂着,仰着头去吃三明治垂下的那缕炒蛋,含含糊糊地答:"好吃。"

"饿了吧?"

他一边走一边迅速解决了剩下的一半,说:"我这个礼拜就吃这个。"

在李栗的人生中，很多经验都是空白的，带来的痛苦也是空前的，比如，晚上九点发生的饥饿。

胃里好像有一只永不餍足的小虫，一点点蚕食着他的感受，四肢逐渐无力，人最容易俯首称臣的，是对生理折磨的妥协。

那么，他很想知道，要怎样的饥饿才会让一个正在发育的少女被判断为营养不良。

原来饥饿是这种感觉。

那么，贫穷呢？

忘记是谁说的，想去感受那人的感受，大概离疯狂也没有多远。

深吸了一口气，他仰面跌进床里，身上火烧火燎地难受，如置火窖，难以浇灭。闭上眼睛，黑暗中的视线却渐渐变得清晰，画面中浮现出明确的人物和风景：向晚的凉风，刺鼻的消毒水气息，校医院的狭路相逢，在空旷悠长的走廊，她低下头去，他只看得见她耳后浅浅的青色血管，像植物的茎秆，给人一种无端脆弱的感觉。

恍惚睡去，于夜半陡然惊醒，口干舌燥，心跳如播，剧烈地叩击在他耳膜。升入高中以后张阿姨就再没有随便进过他房间，灯没有关，还开着，睁眼的瞬间下意识抬手一挡，右手撑着床畔，低下头，看见床单上一摊液体。

下床，找不到拖鞋，垂头坐在床畔，在心跳的轰鸣声中，他发现自己连站都站不起来。

期末的考试成绩一门门出来，学委排好名次，叫同学回来分析考卷，还是跟上课一样，上午语文英语，下午数学物理化学，但是，谁考完还看书啊。老师在上面讲，学生在下边聊天说话，商量着寒假去哪儿玩。初中还不分尖子班平行班，有爱玩的，自然也有认真的，比如宋一，一题题听下来，红色的水笔在试卷上画出一条条杠杠，标注出涉及的知识点。

她的强项是数学，化学稍微差一些，这一次的数学出得太难，不容易拉分。最后一题明显超纲，老师的解题步骤都快把黑板写满了，下面渐渐有了骚动，觉得太难了。

但是不管难不难，他总是要把这道题讲完。

写到后来，再抄解题过程的人就少了，只剩下学委和几个女生。宋一一笔一画地往试卷空白处写，写到后来写不下去了，翻了一个面，听得桌子一边"哧"的一声，沈蓉蓉撑腮看着她，笑着打趣道："干吗这么认真啊？考都考完了。"

沈蓉蓉今天特意打扮过，编发，梳成两条长长的辫子垂下，白色圆领衬衫，外面套了一件红色菱形提花毛衣，大衣却是黑色的，现在很流行这种打扮，跟复古沾了一点边，又容易模仿。

才一会儿工夫，她已经照了好几回镜子。

宋一手不释笔，往下写着，她字体娟秀小巧，但是习惯不太好，一律往左偏。所以沈蓉蓉忽然凑过来的时候，圆珠笔头差一点就杵到了她眼睛上，她轻轻"哎"了一声。

宋一终于停下来，带着点歉意的惊慌，看她。

"你猜猜今天我在校门口遇到了谁？"

宋一摇头。

"你猜嘛。"

"猜不到。"

"孙超……"沈蓉蓉脸微不可察地一红，"还有李栗学长。"

宋一抿了抿嘴，用力握住了笔。

"他们还记得我，"沈蓉蓉声音轻轻的，"我说，我们是不是要请他们吃饭……"

"你答应他们了吗？"

"……"她撒娇地带点央求的请求，"去不去？"

宋一摇头："不去……"

"就当陪我啊……"

"不想去……"

"别这么快回答我，你好好想想，上次是谁见义勇为，送你去医院的？"

宋一低下头，果真想了想，数学老师边走边讲，从黑板一边手舞足蹈，蹈到另外一边，讲得激情澎湃，黑板拍得咚咚直响。

宋一抄下两个陌生的公式，正在研究。

沈蓉蓉一捅她胳膊，急了："你想好没啊，到底去不去？"

宋一摇头："不去……"

沈蓉蓉略无语："那你还想这么久！"

宋一有点委屈："你让我好好想想的啊……"

沈蓉蓉做崩溃状，额头冲下瘫倒在桌上，这一下带得前后排椅子移位，砰的一声响，引起了亢奋中的数学老师的回眸。镜片后眼神锐利，如 X 光在教室扫射一圈，最后落在猛低头的沈蓉蓉身上："不想听就出去，没人逼着你学。"数学老师外号"灭绝"，是学校里出了名的千人斩，不徇私情，最好小题大作。

班级的气压骤降，窸窸窣窣的动静渐次销声匿迹。

半空举起一只纤弱的手臂，是宋一，她怯生生地站起来，一张脸绯红，连带着眉骨都是一片窘迫的粉色，低声道："老师，我的笔掉地上去了，想去捡……"

事实再一次证明，老师很少会真的去刁难好学生，尤其是漂亮的好学生，长得漂亮已经很难得了，最难得还能这样心无旁骛专注于功课。

数学老师面无表情，示意她好好坐下听课。

"你真的不去？"课间，沈蓉蓉老话重提，得到确定的回复后，她试图想要纠正宋一的观念，"一一，你先入为主，觉得他们是坏人，才不想跟他们接触。这是偏见。"

　　"他们不是坏人吗？"宋一反问，"打架，逃课，聚众斗殴，欺凌弱小……这也算是好人？"

　　心目中的男神被公然诋毁，令沈蓉蓉心有薄怒，她愤然道："那你哥哥呢，宋勇还不是常常打架！"

　　宋一不作声，不辩驳，安静地低下头去。

　　她在班里朋友不多，亲密的也就只有沈蓉蓉一个。传闻中宋一有个混黑社会的哥哥，打架很不要命，初一的时候有个外校职院的男生骚扰她，被宋勇打得进了医院。

　　再漂亮也成了危险品。

　　沈蓉蓉一语不慎，自己也知道这句话多么伤人，声音渐趋低微，但是抹不下面子道歉："——……我不是这个意思……"

　　宋一伸手抹掉垂下面颊的散发，捋到自己耳后，露出一张清爽白皙的面容，点水似的双眸，嫣红的菱形嘴唇，轻轻地笑着："是啊，我对他们是有偏见。"

　　沈蓉蓉一下子也不知道该说什么好。

　　[3]

　　分析完试卷后，下午三点开家长会，公布成绩和名次，班主任会点明请一些尖子生的父母上台来，向所有家长宣讲他们成功的教育经验，接受台下所有艳羡的眼光。吃一样米长大，别人家的小孩怎么就能这么聪明呢？

　　家长会一结束，讲台被望子成龙的家长们团团围住，向班主任了解自己小孩的情况，哪些科目薄弱，具体又该采取什么对策，以及寒假的时候学校会不会增设辅导班。

　　相较于父母的热火朝天，等在门口的学生显得无所事事一些。三三两两地聚在一起，商量寒假去哪里玩。

　　宋一跟沈蓉蓉站在扶梯口聊天。

　　今天沈蓉蓉爸爸没来，来的是她雷厉风行的母亲，教数学，带的那一届刚巧高三，白天怎么对学生，晚上怎么对女儿，动不动就罚抄，动不动就小考。她缩着脖子惊恐道："我觉得我回去就是死路一条了。"

　　她考得不算差，中等偏上，只是她母亲要求太高。

　　罗棠从教室里出来，立刻就看见了宋一。他替母亲参加妹妹的家长会，他是这样一个人，贵气，文秀，天生翩翩公子哥的风度，看人的时候格外专注，简直柔情四溢，而且最无辜的是，他还不是故意的。语文老师是个刚毕业的小姑娘，在那种目光的注视下没说几句脸先红了。

　　他也就不好意思再问下去。

　　宋一看到了他，一时踌躇没动，他冲她眨了眨眼睛，好像在问：怎么不认识我了吗？连招呼都不打一个吗？

　　宋一跟蓉蓉道："你等等我啊。"

　　罗棠走过去，走到一半忍不住笑了。

　　罗棠是真心地怜爱她，旁人就算有意指摘也挑不出什么居心叵测的地方，情无不可对人言，一切都是坦荡荡的，摊开在明面上。他看了看她，伸手比了比她跟自己的高度："好像长高了一些。"

　　他翻着她的试卷跟成绩单，语气很夸张，但不让人反感："第二名啊，真厉害。"又说起他念高一的时候，代表高三去参加全国物理大赛，拿了金奖，全校师生都为之耸动。

　　其实这种事，他连自己的妹妹都很少提及。

　　她很认真地惊叹，面容真挚可爱："真厉害。"

　　他笑了，颇自得，有些人流露出得意的样子反倒会让人觉得富有幽默感，罗棠就是其中一个，指了指自己："哥哥厉害着呢。"

　　沈蓉蓉看见李栗从楼上下来的时候，他其实根本就没有注意到她。

　　直到沈蓉蓉小跑过来，跑得脸颊绯红，微微气喘，手撑着膝盖，抬头看他，光线跟角度都刚刚好，像韩剧中的某个镜头："李栗学长，还记得我吗？"

他停在走廊的中段，目光微微上扬，落在前方，好像在看什么，又好像什么都没看。

他很沉默。

她不免失望，但仍鼓足勇气："你下午有空吗，我想请你吃饭？"

他的目光隔着一段距离，落在她脸上。在沈蓉蓉看来，这目光深邃撩人，饱含探究的含义，但对李栗来说，他的大脑就像一副被打乱的扑克牌，民间俗称的脸盲。他只是试图将面前这个女生跟记忆中的名字对起来而已。

事实上，他看到的，他能看到的，他被迫看到的，以及最不愿意看到的，都是一个画面。温柔的男人低下头，娇俏的少女仰起脸，他们微笑着，看向同一张试卷。

忽然无力地发觉，一切发生的时候，他都在现场，而他无力改变一切。

宋妈妈从教室出来，罗棠眼尖，叫了一声宋阿姨。她抬起头，看到罗嘉的一瞬间悚然色变。

罗嘉站在哥哥身边，兀自不觉，显得心不在焉，目光若有所思地瞥向另一边。关于李栗的出现，并非只有沈蓉蓉察觉。

宋妈妈浑身发抖，眼中波折出细碎的水光，倾尽全力望着她，不是自己女儿，而是罗嘉。

罗棠将这点反常尽收眼中，心中微讶，想起从前一些事，那时候罗嘉刚出生，正赶上计生大队回城普查，爸爸恰好又在大学竞争正科级教授位置。为了避风头就把妹妹送到了乡下宋阿姨家里，对外都说是他家保姆生下的双胞胎，罗嘉蒙她照顾，喝过她几个月的奶水，想来是有感情的。但是罗棠想不到感情会这么深。

罗嘉对这有过几年养育之恩的保姆却没有太大印象，敷衍地叫了一声阿姨，将目光投向走廊另一边，看到沈蓉蓉仍在跟李栗讲话，心中暗恨，恨得咬牙切齿，又不肯服人，只在心底将她大肆贬低，恨恨道：知不知道你长什么样子，也不去照照镜子。

在上帝眼中，这大概是一条非常奇怪的视觉链吧。

每个人的视线都有归属，每个人的眼中也都只容得下一个对象，而他们的对象回视的时候，看的往往不是自己。

沈蓉蓉悄声问："没有空是吧？"

沉默发生了很久，像是能有一个世纪耽搁在上面，在沈蓉蓉几乎放弃的时候，他低沉的声音在头顶响起："这个双休日有球赛，要不要过来看？"

几乎以为是听错了，沈蓉蓉抬起头，眼中泊着一层难以置信的光亮，且惊且喜地反问："可以吗？"

"九点，市中心体育馆。"

罗棠的车顺路也接李栗一道回家。李栗一上车就把眼睛闭上，听车里两兄妹闲聊。

罗嘉非常想知道沈蓉蓉跟他怎么认识的，聊什么能聊这么久，但是也清楚直接去问非常不体面，于是迂回着从哥哥身上开刀，问他怎么跟宋一认识的。

车子停在一盏红灯前，罗棠无意间瞥过后视镜，那男生的手，前一秒明明放在裤袋中。

罗棠一笑，遂简单地提及她母亲跟罗家的过往，一语带过其中曲折是非。

罗嘉身体前倾，双臂拉长成一，枕着副驾驶座的椅背，自己也知道这个动作在别人眼底多么娇俏，面容带笑道："哥哥跟她聊了这么久，我还以为哥哥喜欢她啊。"

这一次不必抬头，他也能感受到那道陡然变深的目光，于心底微微一笑，面上正色道："喜欢啊，怎么不喜欢，这么漂亮，像只小白兔，纯纯的。"

后排有人轻轻地嗤了一声，转开头看向窗外，仿佛不屑。

看似成熟的男生，幼稚起来更加不可理喻。

"是不是你们男生都喜欢漂亮的女生？"罗嘉好奇地问。

罗棠耐心纠正她："不是男生，是所有男人。妹妹啊，请不要把男生单独分出男人的群体。"

罗嘉浅浅一笑，特意向着李栗道："栗子哥才不这么肤浅呢，是吧，今天我看到栗子哥跟我们班的沈蓉蓉说话，还没宋一一半漂亮呢。栗子哥喜欢沈蓉蓉吗？"

罗棠立刻就明白了，李鬼阴错阳差遇上了李逵。自己这个妹妹不上道啊，郎无情偏偏还会错了意，往别人身上较劲，将来免不了要吃苦头。

他能帮她一把的，但是立刻又觉得，沉默才是最好的办法。小孩子的事情，在将来能有多少算数，还不是当下的荷尔蒙作祟，想一出是一出。

李栗轻描淡写道："不关你的事。"

她好生泄气，一张小脸都垮了下去。

第六章
情到深处人孤独

[1]

那场比赛，李栗最后还是没有去。

从比赛的前一晚起，连保姆张阿姨都觉得他有些心神不定，具体表现在坐不住，走神，叫他的时候没有回声，遥控器拿在手里，频道一个接着一个地换，没有一个他喜欢。

在李栗自己的想象中，他就像一只风筝，在天空里高高低低地飞行，线很牢固，所以挣不断，不知道自己将要飞到哪里，所以没有归宿。

第二天醒得很早，九点的比赛，六点就已经开始准备。他特地又洗了一个澡，站在镜子前把头发吹干，浴室水汽蒸腾，不一会儿就把镜子模糊，于是他吹一会儿就去擦镜子，对着镜子观察发型的变化。

样子有些滑稽。

出门的时候已经八点，自己打车去的市体育馆，下车的地方距离正门还有一盏红绿灯。等红灯转绿的这段时间，他才发现自己整个人都处于一种无法解释的神经绷紧的状态，手心一直在出汗，对面马路边车牌下，孙超在向自己挥手。

跟孙超和球队的其他成员会合，跟体育馆的距离只剩下一条宽街。

他抬起头，视野出奇的宽阔，似乎连一个角落都不会放过，初冬薄荷色的天际线，错落的高楼，体育馆弧形流畅的拱顶，每一个迎面走来或者交错而过的人都有饱满振奋的表情。

他走在队伍的最末，却是第一个看见体育馆门口的沈蓉蓉。视线就在那一秒钟定住，不敢稍移半寸，几步之间已做好了合适的调整跟改变，脸色更加冷漠，表情更加严酷，目不斜视，有一种颓废潇洒的风度。走路的姿态不能太拘谨，但也不可以过于轻佻，让人觉得帅气，但你也不是要上 T 台走秀。

视觉从未这样敏锐专注，感受从未这样贴切真实，隐约的欢愉像一朵花，却在即将绽放的一瞬间冻结。

他甚至能听见砰的一声，什么东西坚硬地瓦解。

只有沈蓉蓉，只有她一个人。

她没来。

没有人保证过她会出现。

谁都没有向他做出任何承诺。

他没有很失落，也并没有觉得意外，只是，愤怒。毫无理智可言的愤怒将他的神经一把攫住。

魂不守舍，坐立难安，神思不定的那个自己正站在自己面前，鄙夷地看着他独自演出。

他设计好了情节中的每个细节，却忘记了那个唯一的观众，她是否愿意出现。

她没来。

隐约的怒火渐渐发酵，渐成燎原的姿态，撩拨着他不堪一击，即刻要绷断的神经。

他从来不是这样子的，他从来没有过这样子的时候。他没有在意过谁的眼光，谁的感受，在他的世界里，他狂妄自大，唯我独尊，怎么会沦落到这个地步。

沈蓉蓉也看见了他们，边招手边向他们小跑过来，今天她穿了一件玫红色圆领大衣，扣带浅底黑色皮鞋，头发编得一丝不乱，怎么看都不像是来观看球赛的。

沈蓉蓉一路奔到他们面前，孙超觉得那哒哒哒的脚步声还响在耳边，瞥了面无表情的李栗一眼，对方形容阴郁，不认识的人都还以为他一贯这个样子。孙超心知肚明，更因为明白才掠过了后颈一层冷汗。一个激灵啊，幸好幸好，幸好抽身得早，否则不知道要死多惨。

孙超仿佛随口问了一句："你那个同学呢？她怎么不来？"

沈蓉蓉了然地看了孙超一眼，这一眼当中明显多了一些同情跟怜悯，她道："她有事。"

"什么事？"

"发烧了。"

她知道是借口，孙超多少也能猜到是借口，谎言能起作用的，往往都是那些心智无法坚定的对手。

李栗站住了。

沈蓉蓉回头，孙超却没有。

有一种冷冽如冰的想法横切入心脏，令李栗不能自控地发抖。大脑涌现出某个疯狂可耻的念头，他想见到她，他想随时随地能跟她见面，非常地想，他是李栗，他不需要胆怯跟迟疑，他根本不必要把自己弄成这副样子。

那些蠢蠢欲动的念头根本无须压制，他为何要对自己如此苛刻，他何必要去过那种苦行僧的日子。

他转身的时候，从未考虑过后果。

他伸手拦下一辆刚刚下客的出租车，然后弯腰上车。徒留背后目瞪口呆的沈蓉蓉，傻乎乎地回头问孙超："他忘带东西了吗？"

"大概是吧。"孙超随口回答，看到沈蓉蓉大失所望的脸庞，才意识到问题开始变得棘手，为什么啊为什么，每一次被李栗伤害的女孩子，都要他来善后，还有天理没有？

沈蓉蓉目光单纯，符合她那个年纪的眼神，连那种故作成熟的镇定也像是额外的点缀，虚浮在她稚气脸庞的上方，她有那种脸，代表着一切乖乖妹的长相，偷跑出来看球赛一定是她目前做过的最出格的举动，而且一定瞒着她的父母。

这让孙超的头更痛了。他接触的女生大多飞扬跋扈，如小太妹之流。该怎么安顿这个女生呢？有一秒钟他惊悚地想，他要是一不小心把她惹哭了，到底该溜呢还是跟着她一起哭。

他问："那……你还要去看比赛吗？"

她想了想，可能也没怎么想，点了点头，看着有点迷糊。

孙超想，她使用大脑最多的时候，是在考场上吧。

他领着她随人群往里走，他跟在身后，因为身高的缘故，一低头就可以看见她头发上的一只蝴蝶发卡，金色的翅膀撒着点点碎钻，在行走间微微颤着，随着主人飘进了人声鼎沸的体育馆内。

"胆子真大啊。"孙超揶揄她。

他其实是记得沈蓉蓉，宋一的同桌，跟在那个惊人漂亮的女生身边看起来呆呆的女孩子。乍一看，好像她年纪略长行为思想略为成熟，是这个小团体的轴心人物，处处领导着宋一。但从心理层面上看，她其实更加年幼弱小，更像是追随着命令的执行者，因为某种不自知的信服而跟在宋一左右。

这跟成不成熟没有关系，取决于家庭环境。孙超看似大大咧咧，只懂打架斗殴，却颇通人情世故，暗自对该名少女进行分析：应该是独生女，父母至少有一位是知识分子，可能严厉，但其实颇为溺爱独女。使她早熟，却漏洞百出，感情上，还有生活上，简直就像一头活泼稚嫩的小鹿，等待在丛林深处第一个猎人的降临，给她安好人生第一个陷阱。

李栗不光是她的陷阱，而是整个舟中三年所有情窦初开的少女的陷阱。

人啊，迟早都是要摔一跤的，早摔跤病早好，痛来得早过去得也早。只是在她跌那一跤之前，曾经有个男生觉得她很乖巧。

"真乖啊……"

他说，带着他特有的逗弄小姑娘的语调，但是这种事情，是看脸的。

沈蓉蓉白了他一眼。

李栗的出租车司机是个新手，载着他在这个车水马龙的城市穿梭，遭遇了无数红灯，几个规模颇大的堵车，近乎探险般地寻找小路捷径，反倒消磨了更多的时间。等车停在那个熟悉的巷子前时，他已心如止水。

没有任何意外的愤怒或者悲哀或者失落，他只是单纯地，想完成一件事。

而万事的开头都险阻非常——每一次，他都只目送宋一到居民楼楼下，他只知道她住哪幢，不知道她住哪一层哪一户。

他挺拔地站在楼下，球袋扔在脚边，手插在裤袋，然后孤单地往楼上望。

无数张探出阳台的窗扉，不知道哪一扇由她开启。

他已经站在了这里，暗自讥笑自己，真丢脸啊你，能再丢脸一点吗？

可以的。

他后退，跳上花圃的石沿，把帽子球衣扔在一边，合掌在嘴边，向楼上某个不知明的窗户，大喊："宋一。"

更加愚蠢的事情发生在他回头的那瞬间。

他想见到的那个女孩子，就站在自己身后，不知站了有多久，眼神很困惑。

那是李栗这一生都很少有过的措手不及。

那一秒钟，他发现自己重新被发现了一次，全新的未经整理过的自己，粗暴而且破绽百出地被人挖出，暴露在她的视线当中。

那一秒钟，他只是个莽撞的男生，雷同于他心目中最不屑一顾的同性。

她貌似镇定，她的害怕只有他真正目睹，这一次也不例外。

她扎了一个马尾，他见过很多女生扎过马尾，却第一次影响了他很多年的审美，她发质柔软，鬓发略为松散，使他觉得她看人的那种眼神分外无辜。

这无辜让他感到莫名的刺激。

不可名状的占有欲、破坏欲在心底涌出。

长大后李栗才觉得，每一个饱受荷尔蒙怂恿而蠢蠢欲动的青春期男性，都该作为心理学的经典案例。

他们阴暗得不能自已，笨拙得无能为力，心中有百鬼夜行，同时又口是心非得要命。

他从花坛上一跃而下，几步之后站在她面前，因为高大，看她的时候简直像在俯瞰一样："我有话跟你说。"

她几乎是本能地觉得，他要说的这些话一定跟哥哥宋勇有关。

能是什么呢？可以是什么呢？自己又该如何应对？这些种种都在这个弱小的少女的考量当中。

心事重重的少女因为不符合年纪的忧郁，却显得更加动人。

她表情紧绷，十指下意识地攥紧了衣服的袖口，很用力，仿佛能从里面拧出水来。那是一件经过加工改良后的灰绒呢子大衣，一看就知道不是她的，因为不合身，但是很干净。纤细的脚踝从牛仔裤里露出一截，仿佛正在长高的小孩子。

初冬的天，还不算太冷，只是风太大了，呼啸着横穿弄堂。李栗看了她很久，就问了一句："你病了？"

她面色红润饱满，健康貌美更胜从前，一看即知是谎言。他这一问让她更加摸不着头脑，她大可以掉头就走，而她没有："你有什么事情？"

"你怎么不来看我的球赛？"

"什么球赛？"

心底可劲儿嗷的怪兽慢慢被驯服，他安慰自己，她只是不知道而已。

宋一不是不知道，而是沈蓉蓉跟她提过一回，她给忘掉了。

对不想细究的人来说，结果才重要。李栗镇定下来，快乐起来，寻回他一贯的腔调，轻松问道："放假了，不出玩，在家里干吗？"

宋一看他的眼神，顿时多了一些惊恐的味道。她想到了谁？从李栗脑子里一闪而过的，是从前骚扰过她的孙超。

妈的，他怎么就叫这么一个人败坏了名声。

宋一从小都在哥哥动辄得咎的保护下长大，就算别人给她一颗糖也会警惕异常。闻此言顿时往后退了几步，再看他的目光更加谨慎小心。他觉得失落，想做出一些解释，奈何距离太远，便自然地走上前来："你饿不饿，我请你吃东西。"

李栗是这么想的，罗棠请她吃饭她都愿意来，自己又长得比他帅了这么多。

可那是罗棠啊，正直善良，豁达爽朗，他没跟谁打过群架，只拿过全国物理竞赛的奖项。

这要求过于突兀，吓得宋一光剩下摇头，动作太大，马尾的末端打在她脸上。

是真的可爱。

看得他心头一软，塌下来一块。从他步入青春期开始就被女孩儿们追求，也意思意思地交往过一些女朋友，漂亮的有，清纯的有，成绩特别好的也有，可是没有一个人给过他如宋一那样的感受。

这个世界是存在一见钟情这回事，从遇到那个人开始。

"傻瓜……"他笑起来，不由自主地伸出手来，想要拂过她的马尾，手还未碰到她的人，身后有人大喝一声："你在干吗？"

一人从昏暗的楼道内跑出，猛力击向他后背，迫得他毫无防备地前扑，踉跄了好几步才站住。回头，宋一被宋勇一把扯到身后，微微气喘，目光如剑带着火焰切向自己。

李栗站住，对眼前的局面感到头疼，想说些什么，才开口，却见宋勇似乎预感到他将说出来的话多么混账，必定会使自己丧失理智，因此更加的怒不可遏，沉下脸，提拳走来。

宋一生怕哥哥在临近高考之前打架滋事，立刻拉住他手臂，低声央告："哥，饭做好了吗？我们回家吧，我快饿死了。"

李栗动也不动，只是看着他。冷静的眼神中藏着他对未来的明确判断，很多成年人都未必有这种笃定，不可更改，宋勇的心一点点沉下来。

宋一软硬兼施，硬把宋勇给拖走了。

[2]

再一个学期宋勇就要迎来高考，课余活动减少，电视很少看，顶多也只是应班主任的要求看看时政新闻。新闻之间会插播一些社会报道，外形靓丽的女孩子为求零花钱寻甜心爹地，一点点堕落，每一回都看得他胆战心惊。

对妹妹宋一，他不忍心多问，一怕伤害到她，二又担心问出来的是他不敢想象的事实。

关于李栗的家世，他或多或少也有耳闻。

妹妹长得漂亮，并不是她的错。让她在这种家庭长大，宋勇其实觉得愧疚，就算妹妹真的因为钱跟李栗在交往，他能因此责备她虚荣吗？他曾经给过她虚荣的家庭条件吗？如果她被富养过，却又贪慕虚荣，那就是她的错，他自己都没有做到最好，又怎么能责备她呢？

这些种种的自我谴责让宋勇夜不能寐，辗转反侧。

对这种家庭成长起来的孩子，行动力都是超群的，他想了一个晚上，能想出的办法都很直接，那就是钱。他找了一间离家很远的小吃店，应聘了洗碗的工作，跟妹妹和妈妈说的都是去学校自习。快过年了，店里也忙，急缺人手，老板娘看他真是缺钱的样子，就答应他留下。就这样断断续续洗了小半个月的碗，拿到了零零碎碎七百多一些，他跟身上的零钱凑了凑，去超市换了整一千。

宋一问他钱怎么来的。他淡淡道："学校发的助学金。"

宋一没有怀疑，临近新年，有很多东西要添置。她把钱放进自己的书包，心里计算着过年要买些什么东西。

大年二十八，她乘公交车去超市，到站下车，后面追上来一个年纪相仿的小姑娘，指了指她的书包，低声跟她讲，刚刚车上有个男人偷她钱。

她立刻拉开书包，然后嗡的一声，什么声音都听不到。

李栗搭罗棠的车出来玩，车子驶过中央公园，忽然就看见了宋一。那么多人，那么多车，那么多风景，偏偏随意的一眼，就看到了她在那里。

李栗莽撞地推门下车，吓了罗棠一跳："怎么了？"

车靠边稳稳停下，解下安全带，李栗却迟疑了。

她在哭。

她蹲在花坛边的地上，脸埋在手臂之间，支在膝盖上面。

好一会儿，她才感觉到有阴影洒落发间。他耐心地等待着，直到她泪眼婆娑地扬起脸，晶莹的泪珠强调了她白皙肌肤，近乎半透明的程度，因为惊诧和伤心，嘴巴微微嘟起，眼睛微红，猝不及防地将他击中。

有一个词，叫命中注定。

很久，他都沉浸在那种陌生的情潮当中，感受着那久违的震惊，一个字都说不出，只有无能为力地站在那里，任由澎湃的思绪、激涌的浪潮一遍遍冲刷着自己。

很久，他才问出声音："怎么了？"

她一定很伤心，才会在她最提防的人面前毫不设防地袒露心事。他起初没听清楚，直到她重复了一遍："钱丢了……"

心刹那的绞痛，只为她的哀伤如此简单。

她那么难过，他不怀疑，如果他恰好没有出现，她会一直在这里，然后一直地哭下去。

一个女孩子，漂亮的女孩子，在街头因为丢钱流泪。

　　他知道，整个中国，这么大的人群基数中必定会有相同的，甚至更加悲情的事情发生，李栗只是无法忍受这会发生在宋一身上。

　　因为他觉得心疼。

　　她展示给外界的，都是破碎的一面，贫穷、哀伤、困苦、拮据、难过……这一切都违背着美好感情发生的所有因素，并不光风霁月，也不鲜艳明媚，她的青春整个基调都是灰色的。可李栗有一种冲动，他想穿过那些灰色，来拥抱她。

　　对宋一，他是充满欲望的，欲望因为浓烈显得势单力薄。

　　他拿出钱包，但也只是拿出来而已。他要思考的比这更多，比如如何将给钱这种富有深意的动作做得单纯一些。

　　然后他就想到了罗棠。

　　他回头看了看停车的方向，却发现他也正看着他们，对视的刹那有一种所谓的过来人了然的哀悯。

　　将来你的路很难的。

　　他也认了。

　　钱是罗棠出面给的，人是他送回去的。她下车的时候脸还是红的，匆匆掠过他们一眼，然后低声道谢。

　　罗棠温和地冲她笑了笑，作势揉了揉眼睛："把眼泪擦一擦，别让大人发现了。"

　　她非常难为情地揩了一下脸颊，仰起来看人的时候，像一朵小小的花，在手心里绽放。

　　罗棠打转方向盘，驶出了小巷，车子在城市的主干道上快速行驶，阳光一波又一波，流畅地扫过车内人的表情，行道树的枝丫阡陌交映，投射在车前盖上。

　　在这明与暗交替中，李栗忽然出声询问："你真的喜欢她？"

罗棠一个跌足，差点误踩了油门，撞上了前面那辆刚刚急刹的雅阁。

李栗果然移目看他，问得更加笃定："你真的喜欢她？"

罗棠想起很久之前，他应父亲之命做李栗的家教，在李家书房第一次见到这个男生，他记不大清楚当时什么情形，只记得是一个样貌非常漂亮的男孩子，头发墨黑，话很少，几乎可以称得上冷漠。算术的时候找不到草稿纸，随手从书中抽出一张信封，看都没看翻过来，演算起来。

他还记得信的抬头，非常之少女心：亲爱的栗……

他觉得好笑，忍着笑问李栗这是谁写的。

李栗一笑，语气中没有轻蔑或者炫耀，因为里面什么都没有："我女朋友。"

作为他初中三年的家教，罗棠也确实见过他的女朋友们，各种类型的都有，无论人前多刁蛮任性，在他面前总有一种小心翼翼，低声下气的神情。女友多了，也发生过一些闺蜜之间横刀夺爱的故事，李栗说起来的时候就跟讲笑话一样。

这样残忍无情，又英俊无匹，竟能留得住女生的心。

可感情上哪有所谓的常胜将军，只有"报应不爽"罢了。

罗棠摇头："我不喜欢女生。"突然发现这句话能够引申太多歧义的内容，立即补充，"太小了，太嫩了，不是我的类型，跟她谈恋爱，我会有负罪感。"

李栗不作声，看着窗外，忽然觉得，自己真是疯了。

[3]

这件事，宋一连宋勇都没有说起。

因为父母离异，算是跟父亲那边的亲戚断了往来，外公外婆都住在乡下，宋妈妈又很要强，不想别人觉得他们是孤儿寡母就看低了去，过年必定遵循旧历，打扫卫生，做腊八粥，贴春联，剪窗花，祭祖守岁。

　　吃年夜饭的时候给对门一对小夫妻送了饺子。这对夫妻刚刚组成家庭，过年过得措手不及，送来的饺子无异于雪中送炭。丈夫在影楼工作，带了相机，为表感激给兄妹俩拍了一张合影。面对镜头宋勇有些拘谨，宋一却很活泼地挽着他的手臂，头自然而然地靠向他的位置。

　　宋勇这个人啊，无论什么时候都是冷漠漂亮的，唯独在镜头面前浑身上下不对劲儿。鼻子不是鼻子，眼睛不是眼睛，眉头皱得死紧，表情永远都是一副不耐烦的样子，可是这一张拍得特别好。他眉目舒展，下巴轻触她发顶心，近乎温柔地冲着镜头微笑。

　　吃过饭，全家人聚在电视机前一起看春节联欢晚会，剥瓜子，吃橘子。等到主持人一齐出来联袂谢幕之后，宋一还腻在妈妈怀里撒娇，说想多陪陪妈妈。宋勇在一边打趣她，时不时拉一拉她的头发，摸一摸她的脸颊，兄妹之间的亲密无声地流转在这些小小动作之间，让宋妈妈既觉得窝心，又倍感心酸。

　　等宋一回房睡觉以后，宋妈妈才走去厨房，发现宋勇一个人正在厨房洗碗。

　　宋妈妈站在厨房跟客厅的隔断处，看着灯光下这个儿子，长得魁梧高大，有责任心能担当，一点也不像他的爸爸。

　　忽然有流泪的冲动。

　　她抬手擦了擦眼窝，才发现这些泪水都是真的。

　　宋勇擦净最后一只碟子，放进橱柜里，拧干毛巾，擦干手，一转身就看见了自己的母亲，隐含泪意怔忡地凝视着自己。

　　他一怔，放下毛巾，过来搂一搂她的肩，亲昵道："妈，怎么还不睡？"

　　"阿勇，妈有些话要跟你说。"话未说完，眼泪接着就落了下来，声音里明显带出了哽咽，"你一定要好好照顾妹妹，妈要是哪天走了，以后无论遇到什么事，你一定要把——一放在第一位，知道吗？"

　　就算宋勇没有点头，做母亲的也知道，儿子早已将她的叮嘱刻在心头。

"妈，我知道。"

宋妈妈欣慰似的淡淡一笑，面容却颇为疲惫，生活的重担都压在这个母亲一人身上，这一年她仿佛老了十岁。她叹了口气："你也早点睡吧，学习不要太辛苦，身体最重要，能考上大学就去考，考不上……妈也不会怪你。"

她扶着门转身出去，听到身后儿子叫了她一声妈。

她回头。

宋勇的眼睛雪亮，站得笔挺，头顶的光影晕开在他发顶心，令他的容貌似乎模糊，唯有说出的句子清楚无比，他一字一句地问："——永远都会是我的妹妹，是吗？"

宋妈妈愣了一下，脸上所有表情顿时消失，取而代之的是一种悔恨交缠的痛楚。她仓促地应道："当然。"

转过身，眼泪不受控制地掉了下来。

因为守夜睡得太晚，宋一一早醒来已经快十点了。家里静悄悄的，妈妈去酒店值班。哥哥呢？她探头往客厅张望，冬天了，没再挂帘子，宋勇的被子整整齐齐叠在枕上。餐桌上有给她准备的早餐，碟子下压着一张字条：一一，哥去图书馆，午饭会回来做的。

她一边喝豆浆一边看电视，某地方台长年累月地点播动画片《猫和老鼠》，在汤姆猫又一次将杰克擒获的紧要关头，座机忽然铃声大作，在大年初一的上午。她提起话筒，刚好咽下最后一口食物，眼睛还瞄着电视关注杰克的死活，心不在焉地说了一声"你好"。

那边沉默了两三秒，只有浅浅的呼吸通过电流清楚地传递。

似乎还被呛到了，在他开口的时候："你好，宋一，我是李栗。"

你好，宋一。

我是李栗。

他是从来不看书的，可不知怎么回事，他觉得好像看过一本书，故事就是这么开始的。

话终于说出口，他握着话柄，如释重负地跌坐进了茶几边的小沙发里，用闲置的右手盖住自己的眼睛，自暴自弃地想：要杀要剐，给我个痛快吧。

整整一个上午的坐立难安。

从卧室出来，经过客厅，又回到卧室，焦躁的脚步声贯穿了两层别墅，可还是逃不掉，那座机的存在原来如此庞然，就这样花枝招展地诱惑着他，连忽视它都觉得困难。

于是，他举起话筒的那一瞬间，连张阿姨都觉得，她的世界终于清静下来。

他调匀呼吸，简单地问："你在干吗？"

"吃饭，看电视。"

"早饭？"

"嗯。"

他笑了，但是也没说什么。

"你有什么事情？"

"没什么……就是想跟你说，"他低下头，看见软底拖鞋金色的边，话到嘴边又咽了回去，语气颇为镇定，"新年快乐。"

"新年快乐。"

"有空吗？我请你吃饭。"

她下意识地问："为什么啊？"

他也蒙了，好久才说："我肚子饿了……"

她沉默了很久，才开口："谢谢你。"

"谢我什么？"

"谢谢你借我的钱，"她觉得窘迫，手指无意识地一圈圈绕着电话线，一鼓作气，才把接下来的话给说了下去，"钱，我会尽快还给你。"

他似乎笑了一下，淡淡的，像一团小小的火焰，被飘忽的风吹灭。

　　寒假很短，初八一过，高三就开始上课。李栗的电话在那之后打过来好几次，有两次接的时候宋勇恰好就在身边，因为亲戚久不联络，家里的座机几乎从来没响过，要打也是直接打宋妈妈的手机。

　　宋一特别慌张，连装都装得不像样，话没说两句，脸就慢慢变红，因为害怕。

　　她不想让哥哥知道那一千块的事，她更不能让他知道打来电话的就是李栗。

　　这就是男生女生思维的差异，李栗只想听听宋一说话，但在宋一看来，他就是在找她的不痛快，让她腹背受敌难以真实地面对自己的兄长。

　　妹妹的日子已经很难了，何必让她难上加难，宋勇不忍心见到她窘迫，倒了一杯纯净水，就走回了客厅。

　　从此他更加小心。

　　但凡她放学稍微晚一些，他已经等在了他们学校门口，因为初高中校区不同，竟从未遇到过李栗。

　　宋一也有意无意地躲着李栗，那之后沈蓉蓉几次想拉她去看球赛，均被她婉拒。有一天放学后，沈蓉蓉红着脸求她，让她陪自己去一趟高中部。

　　宋一安静地看着她手里那封信。

　　粉色的信封，她遮遮掩掩写了好几节数学课，上到空间几何，书还翻在线性方程那一页。班主任不点名不道姓地批评某些学生不把心思用在学习上，每天魂不守舍，也不知道飘到哪里去。

　　沈蓉蓉听不进去，几乎是心无旁骛地，将那封信写完为止。

　　宋一轻声道："蓉蓉，这样下去是不对的……"

　　沈蓉蓉很用力地捏了捏手里那个信封，抬起头，跟宋一笑了笑："要来不及了……"

　　"什么来不及？"

　　不知道是不是宋一的错觉，这个寒假过后蓉蓉清瘦了很多，原本纯净明朗的眼睛里多了一些道不明说不清的东西，使她迅速而忧郁地成长，从同龄人中区别开来。

　　"他马上就要高三了，考上大学就会去别的省市，有可能我再也见不到他。无论如何，要让他知道呀。"

　　宋一忧心忡忡地凝望着她。

　　"我好害怕……"沈蓉蓉低下头，"他一直不肯搭理我……自从那次球赛之后，我不知道做错了什么，我也不知道该怎么办……一一，我想把这封信亲手交给他。"

　　吵闹的课间，唯有她们这一桌安静异常，阳光洒进教室，静静地照着桌上的课本、水笔和笔盒……年轻的少女面对无望的爱情，泪水一下充满了她的眼睛。

　　"我想见见他，一一，你能陪我去找他吗？"

　　上课铃骤然打响，热闹的教室渐渐安静下来，走廊里的学生三三两两奔回教室，回归自己的位置，下节课的老师夹着教义迈进教室，宋一的回答被掩藏在那些噪音当中，并未及时让对方听清。

　　"如果你不愿意去就算了。"近乎赌气般，沈蓉蓉将那封信塞回书包，翻开课本，再不肯多跟宋一说一句话。

　　宋一低声妥协："我陪你。"

　　"我知道你最好了。"蓉蓉欣喜地回过头，阳光照在一张笑脸上。

　　最后一节课结束，趁着晚自习还没开始，沈蓉蓉跟宋一结伴走到了高中部楼下。

　　李栗的教室在三楼，香樟树长得很高，枝冠恰好掩住他们的窗口，枝叶颜色饱满浓绿，片片舒展，像是春天的绿色通通都集中在这棵树上。

　　沈蓉蓉停在台阶下，仰起头。

　　下课铃声响过了第三遍，每间教室的门内都有学生三三两两地拥出来，从楼梯走下来的高中生都看着她俩，因为还穿着初中的制服，抱着书，一脸雏鸟似的惊慌神情，不要太醒目。

　　孙超看到她们的时候，也是差不多的想法。

　　怯生生的两只，仿佛小动物，闯进了一个新的生态圈。

　　柔弱得让人心里痒痒。

　　李栗站住脚步，落下视线。

　　有一秒钟，他怀疑自己听不到任何声音，似乎有风，仿佛是鸟啼。

　　陡然加快的心跳甚至盖过了那一刻自己刻意压低的呼吸。

　　宋一如有感应地扬起头来，风吹拂起她的刘海，露出光洁明亮的额头，夕阳下，眼睛比黑曜石更亮。

　　心怦然微动，像是苍穹之下，因缘际会的恰逢。

　　唯有不动声色才能隐藏那些异常，他继续往下走，孰若无睹，铁石心肠，在楼梯最后一阶跟她们擦身而过。沈蓉蓉叫了他一声，声音略微发颤，好像下一秒就要哭出来。

　　孙超跟在后头，心想：完了，栽沟里了。

　　沈蓉蓉鼓足勇气，将手里捏了很久的信双手递过去。李栗觉得好笑，没问就接过来，也不拆，翻来覆去地看着信封，甜腻的粉色，少女庸常如诗的心事。

　　他得到过太多。

　　让他如何再去珍重。

　　"你喜欢我啊？"

　　明知故问，仿佛还扬扬得意，至少在宋一听来是这样。

　　看，每个人的心愿都跟现实背道而驰，所以很少有人心想事成。

　　李栗跟自己说：我只是凡人，我实在无法忍受，我要做个实验，上帝也会原谅我。

　　他微笑着，目光专注地望向当事人的眼睛，在沈蓉蓉以为自己下一秒就有可能要晕过去之前，他把信放进背包中，向她伸出一只手，纹理干净的手心，面容温柔的笑意："我们去打台球，要不要跟我一起出去玩？"

　　风吹过他额前细碎刘海，双眸璨若繁星，日本漫画中那长盛不衰的美少年。

　　沈蓉蓉不受控地向前，迷离的表情仿佛在接近一个位于云水间的梦境。宋一情急之下，叫了一声她的名字。

　　沈蓉蓉踌躇，犹豫不定地回头看了一眼同伴，想要获得她的支持。

　　李栗仿佛才注意到宋一，探头望过去，笑道："你这个同学好像不太高兴。"

　　宋一不理他，只管对着蓉蓉道："晚自习快要开始了，你要是现在出校，班主任一定会知道的……"

　　李栗一听此言，便向着沈蓉蓉微笑："那算了，下次吧。"

　　他原来这样混账，连他自己都不敢想象。

　　少女被言语所激，横生了一股奋不顾身的勇气，抽回被宋一紧握的手，向前一步对着李栗道："我跟你去。"

　　孙超看了看她，又看着李栗，欲言又止。

　　得到如此回应，仿佛也不值得他多么高兴，低垂着眉睫，似笑非笑地懒洋洋地睥睨着众生。

　　宋一是真的着急，晚自习就要开始，光是想一想被班主任查到她们不在的后果就觉得胆战心惊。但往往越是乖巧的孩子，豁出去的时候越是不肯考虑后果。沈蓉蓉加重了语气，一字一句看着李栗道："我跟你出去。"

　　"是吗？"他扬唇一笑，不置可否。然后在目光的转侧间，接收到另一束雪亮视线，宋一抬起头，李栗就再也无法承受她忧心忡忡的下一眼。

　　他像一头狼，一个肉食性的动物，充满破坏欲，一个动作就能使她的世界翻天覆地。

任何改变都是坏的，她对他的情绪不外乎其他。

在这场无所谓对手无所谓观众的实验中，他唯一获得的评价只有荒唐。夸张的演技，不可示人的心思，沦落至此，可笑至极。

凭什么！心头浮起一点莫名的恼怒，他转身，将单肩包甩在身后，大步地往地下车库走去。沈蓉蓉顿了顿，仿佛被暗示，红着脸小跑着跟上他的脚步。

沈蓉蓉静悄悄地跟在他们身后，像只安静的鹌鹑，低着头，密密的前刘海挡住了表情，只露出一拱鼻尖，两手空空，书包呢，大概是叫宋一带走了。

他该死地又想起了宋一。

司机请假回了乡下，李栗推着山地车，像所有高中生那样，山地车没有车后架，不能载人。终于他停下，在差点就要撞上他的脊背之前，沈蓉蓉才意识过来，慌慌张张停住了脚步，面色绯红，惊魂不定，抬头瞥了他一眼，又迅速地把头低下。

心如小鹿乱撞。

李栗开口："你回去上自习吧。"

沈蓉蓉愣住了，傻乎乎地盯着他看，还以为自己听错了。

孙超心里直摇头，但是也知道，李栗不会把她怎么样，光为着她是宋一的同桌。

只是没料到他反悔得这么快。

"为什么啊？"

"哪儿来这么多为什么？"李栗漫不经心道，"我改主意了，今天要回家看书，不想出去玩了，你也别跟着我了，回教室去吧。"

沈蓉蓉的表情让孙超都觉得不忍心，但是有什么办法，谁叫她先喜欢上他，他也没欠她，感情越主动就越被动，偏偏还让她碰到了李栗。

不等她回应，李栗偏腿跨上山地车，一蹬蹿出好几米，风从脸颊两侧急速滑过，发出巨大声响，割得肌肤生疼。

孙超猛力追赶，骑至十字路口绿灯将要转红，他以为李栗会闯过去，但李栗没有，反而刹车，一阵刺耳的急刹之后，车轮恰恰好停在黄线后。

李栗双臂支着把手，身体微微往前弓，气喘吁吁，一滴汗沿着额际滑下，胸前一枚骷髅吊坠剧烈地摇晃。

孙超跟在他旁边刹住，终于忍不住，低声道："栗子……姑娘不是这么追的。她又不会读心术，能看出你在别扭什么？"

李栗面无表情，看着前方川流的人群，心在某一瞬间陷入了荒芜的黑洞。

如果感情有个节奏，他一定越走越离谱。

第七章
世界好搞笑世界好小

[1]

高三学子的最后一场战役，在沉闷的第一声春雷过后，终于打响。

每一个准高考生都被送上了时钟的秒针，在一分一秒的流逝中，被推送着往前飞奔。宋勇对高三的印象除了漫天的白色试卷，就是永无止境的习题，每天晚上挑灯夜战到凌晨一两点，觉得饿了，就去厨房找点吃的，边吃边回归战场。路过妹妹的房间，顺道进去看看她有没有把被子盖好。

这不过基于长兄对幼妹的疼爱之情，在最开始的时候。

直到有一天，他撞见了穿着吊带睡觉的宋一，毯子翻卷，只盖住了胸腹，两腿毫无意识地交叠一处，又细又直，连条缝都看不见。头侧着门的位置，一臂舒展，一臂自然地放在枕边，眼睑密闭，垂下来像两把小扇子，丰润的嘴角，竟然还是翘着的。

神情分明还是孩童的，却有了少女纤细柔软的轮廓。

宋勇状似从容地替她拉开被她抱于胸口的毯子，遮住她的手和足，然后再也不敢多待一秒，落荒而逃。

气喘吁吁奔回客厅书桌前，他将头埋于手臂之间，悚然目睹了胯间那不同寻常。忽然意识到，面对自己从前看惯了的皮相，竟然也会有一种眩晕的感觉。

美丽也会与日俱增吗？妹妹宋一越来越美，像一朵怦然开放的海棠，从前的稚雅褪至花叶的边缘，炫目的容颜仿佛花蕊沉淀，显得更加娴雅幽深，摄人魂魄。

有时候只是坐在沙发上看书，看得深沉了，整个人仿佛与光影融为一体，变得静谧，只言片语也无，可却还是给旁观者以强烈的视觉冲击。

而生活真正教会了这个男生沉默。这个性格特点在很多年后暴露出了一个致命的缺陷，它将他拖入了独自忍受的深渊，寂寞绝望孤独是它的副作用，失去一切才是它的效果。

对宋一来说，一切的改变始于她对性别意识的觉醒。

以这样一双明知慧事的眼睛再次观察朝夕相处的同学们，忽然听懂了那些只流传于课间的绯闻跟流言，那些跳跃在年轻孩子眉眼间的欣喜，快乐跟羞涩，被老师上课叫起，在同学起哄声中跟那人相视一眼，又迅速地扭开头，双颊慢慢红至耳边的原因。

单纯得仿佛清水，似乎什么都清楚，其实根本一无所知。

也就明白了沈蓉蓉的心情。

在青葱岁月，被那样一个俊美如漫画主角的男生关注，大概会是很多女孩子梦寐以求的事吧。

沈蓉蓉在送出第六封书信之后，终于获得了回音。

一封回信，放在她课桌里，来自李栗。

那时候智能机刚刚开始流行，被视为奢侈品，班里只有罗嘉有，沈蓉蓉软磨硬泡，求着父母也替自己买了一部，能登录 QQ 的那种。她带来学校，在课间摆弄，根据 QQ 号找人，找到的那人昵称只有一个字母：L。

沈蓉蓉将自己的昵称改成了 R。

她对着界面看了足足有十分钟之久，咬着嘴唇，才点了添加。第二天下午第三节数学课的时候，那人通过添加为好友。

弹出提示的那瞬间，心脏突地一跳。

整个世界都亮了。

沈蓉蓉手心全是汗，在无数次的练习之后，选择了一个最庸众的开场白作为招呼："你好，我是沈蓉蓉。"略微发抖的手指，一连打出无数个微笑的表情。

"我知道。"

宋一一边抄笔记一边转头看她。她一手放在桌上作为掩饰，另一只手藏在书桌下，身体略微后仰，手指在键盘上飞快地跳跃，写了删删了又写。脸颊微红，眼神明亮，是陷入爱情才有的模样。

但是快乐非常。

那部手机从此跟她形影不离，上课、吃饭、睡觉，即便在早操的间隙，队列行进的过程中，也会趁班主任不注意，偷偷拿出来看看那人有没有回消息，甚至在卫生间，也不会放过聊天的契机，当然了，地点自然会被文艺地换成图书馆、自习室、下雨的操场边。

他有时候回，有时候很晚回，有时候不会回，从她的表情就能窥见端倪，她时而雀跃，时而失落，大多时候心神不定，她也有安慰自己的理由，他快要升入高三，忙一些也是理所应当。

心思在学业上的转移不可避免地导致了成绩的下滑。一次数学随堂测试，临近下课蓉蓉只磕磕绊绊做完了大题，并且没有一道有十成的把握。宋一都替她着急，卷子往她那边递，遮遮掩掩把填空题跟选择题给她抄，结果成绩出来，得分很低，失分点都集中在解答题。

考差了，也伤心，尤其被那个灭绝老师叫到办公室当众批评，话里甚至有了"你再这样下去，我也不会管你"这种句子。小姑娘好面子，自尊心又强，回来就趴在位置上默默地流眼泪。宋一陪在她身边，给她递纸巾，安慰的话也不知道从何说起。

成绩这种事，又不是两三句没关系就能追上去。

她哭得抽噎，眼泡红肿，从胳膊肘里抬起头，断断续续地说："怎么办啊——，我是真的喜欢他……"

关于那个他，她们彼此心照不宣。

宋一静悄悄地问："那他喜欢你吗？"

她把手机里他们的聊天记录给宋一看。

宋一看了几行，觉得有些不对劲。

宋一抬起头，正巧撞见往她们这一桌看来的罗嘉，与她视线意外相撞，立刻移开了目光。

沈蓉蓉在旁推她："怎么了？"

"他的这个 QQ 号，好像刚刚才注册。"

"他跟我说过，他平时不太玩这种社交软件，为了跟我联系……"说到这里声音渐渐低了下去，面色绯红宛如微醺，不敢看宋一。

宋一轻轻地"哦"了一声，很小心地把手机推回给蓉蓉。

再遇到李栗是在食堂。

他们中学为了照顾高三学子，实行错开时间差用餐制，他们吃饭的那个点，高中生还在上最后一节课。星期五李栗所在班级的最后一节课是体育，加上天气也不好，淅淅沥沥地下着小雨，班里的学生勾肩搭背到食堂来避雨，顺便把饭解决了。

宋一吃东西一向很慢，蓉蓉等几个女生回宿舍午觉，结伴先走了。她低头喝汤，只听对面哒的一声，一只餐盘被扔在桌上，一排连凳动静颇大地坐下几个人高马大的男生。

正对面的就是李栗。

男生不讲究什么荤素搭配，什么好吃就点什么，盘子里尽是些油炸的鸡翅鸡腿，连唯一的素菜青菜都在油锅里滚过一遭。

明明这么多的空位！

他好像压根就没发觉宋一，自顾自拿着手机，回了几条短信，忽然斜眼瞄了瞄宋一，慢悠悠地问："看什么看？"

宋一也不说什么，垂下颈子，只管用汤勺在那清得有如白水的碗底捞叶子。

不一会儿，他又"喂"了一声。

宋一抬起头，静静地看着他，他随口问了一句："有没有 QQ？"

食堂里人不多，跟他来的几个男生自顾自地聊天，吃东西，玩手机，好像谁都没注意他们这边的动静。

天气不是很热，脊背跟额头却隐隐有汗，调羹的把柄都要捏不住。她记忆力一向很好，对数字尤其敏感，那串号码在面前过了一遍就彻底记在脑海中。

"有……"

"多少？"

他一手持手机，等着她说。

她一个数字一个数字地往下念，念到还差最后三位数的时候她停顿了片刻，李栗问："然后呢？"

"我忘了。"

他咬咬牙齿，看看她的样子，又不像是假装，脱口而出就是一个笨。

她低下头，用勺子舀着碗里的汤，里面的涟漪一圈圈地荡漾，映照着此刻她颇不平静的心情。

他埋头在手机上又操作了一会儿，单手拿着，递给她看："这是我的小号，送给你玩，密码是你名字的拼音。"

手机递到她面前，她自然地接过，打开 QQ 界面，好友列表中只加了一个人，昵称是 L，头像是 NBA 某位篮球明星。

她的手指很长很细，真的就跟葱管一样，指甲呈天然的粉色，顶端剪得却很平。

她很认真地在他手机上点来点去，更像个小孩子，然后听到了低低的轻笑声。

她抬头，那人握拳抵唇，还是笑出了声。桃花眼微微上扬，微湿的刘海垂下来，遮住了眼底细碎星光。

"看什么看，再看就把你吃掉。"他吓唬她。

眼睛很大，有点惊讶。

"记住了？"

她又不说话，把头低下，推开那部手机，一声不吭。他开始习惯她那个样子，就算这样也觉得她好乖，像个洋娃娃，想去摸摸她的头发，但最后也只是想了想。

他记得上次的教训。

她会不高兴。

宋一走后孙超凑过来，一把钩住李栗的肩，重重一捶他肩膀，笑得不怀好意："聊了这么久，把人家小姑娘拿下没有？"

李栗一把绕开他的手臂，单手撑腮，看着手机里那个所谓的小号，知道自己傻得冒泡，但是没必要让别人知道。他冷着脸想说一声滚，在那个滚的发音出口之前，嘴角却不可抑制地往上扬。

晚上自习课开始之前，沈蓉蓉把手机放在桌上去卫生间，屏幕叮的一声，亮了一下，提示有消息进来。

宋一随意瞄了一眼，上端滚过一条 QQ 留言。

"我想你了。"一连跟了好几个心。

沈蓉蓉从外边进来，看到 QQ 消息，匆匆将湿手往衣服上一擦，便喜滋滋地拿起手机。

宋一放下笔，才要开口，隔壁班的同学气喘吁吁跑到她班里，满头都是汗，大叫道："宋一，不好了，你哥哥跟人在学校门口打起来了。"

[2]

孙超在学校门口的店里买关东煮，遇到几个常一起打篮球的男生，见他一个人却买了两人份的外带，开起他玩笑来："哟，这是给谁带的啊？"

"还不是那个，"另一个男生挤眉弄眼，怪腔怪调，"刚刚跟你说话的小妞。孙超啊，还别说，你挑妹子的眼光可真毒，从背后看，就一个字，嫩。"

"滚！"孙超笑骂。

"从背后看哪能看得出嫩不嫩？"发问的那人明知故问。

"你没见她穿着初中校服，看她那小腰细得。我听说咱们这一届初中有个特漂亮的妞，叫宋什么来着……"

"这事得问孙超，孙超准知道。"众人齐声大笑。

学校对门就是一中的侧门，宋勇弯腰给自行车开锁，开到一半，把书包随手撂在地上，走上前来，伸手拽住了离自己最近的一个男生的衬衫领子，提到自己面前，二话没说，一拳挥了过去。

一个男生，高大魁梧，明明还是春天，却已经把两只袖子都撸到了脖肩处，露出因常年操持家务发育完全的肌肉。乍一看，很有体力上的威胁感。

等到宋一赶到的时候，孙超一群人没占什么便宜，宋勇也没吃什么大亏，一对几的群架，体力上的抗衡还处于僵持阶段。

孙超旁边的一男生看见她俩，惊奇地叫出了声："哎，那不是那小妞吗？"

众人一回头，宋勇以为会看见妹妹，看到的却是妹妹前面的沈蓉蓉。孙超在学校走廊遇到了沈蓉蓉，沈蓉蓉知道他是李栗的同学，遂改口叫他学长，两人也就说了几句话，意外被人给撞到，于是张冠李戴，有了这节公案。

宋一拨开她走上来，眼睛微红，走到哥哥身边，上上下下看了看他，见他没事，只是脸上破了相而已，明明怕得要命，心中却是又气又急，一句话都不想跟哥哥说，转身就走。

宋勇知道妹妹的脾气，看着柔顺，倔起来九头牛都拉不回来，此刻更是手足无措，捡起书包，连自行车都不要了，只管亦步亦趋跟在她身后，跟到了她的中学教学楼下，手才碰到她胳膊，就被她狠狠甩开。

天明明不热，可他的汗都要流下来了，一边走一边低声跟在她身后道歉："——，哥哥错了，哥哥再也不跟人打架了……你别生气……"

她回过头，大眼睛里水光早已淋漓："你答应过我的！你答应过的！"

长到这个年纪，几乎再也没见过妹妹因为什么哭泣，忍受是他们这个家庭的孩子第一件要学会的事情。她一哭，宋勇顿时觉得一颗心都要碎掉了，有什么能比妹妹的眼泪更加重要？无法再抑制那些漫溢在胸膛的莫名情愫，那些渐渐觉醒的，生命力顽强的枝蔓，它们攻城略地，渐渐收紧，撕扯着他的心。

不想也不必再顾忌别人的眼光，宋勇展臂，将妹妹揽入怀中，轻拍着她后背，让她的额头自然地靠着自己胸口，让她流下的眼泪终于有了归宿。

他喃喃地说，那些由心发出的承诺震动了自己的心："我答应你，最后一次了，哥哥再也不会跟人打架。"

李栗从楼梯下来，走过二楼的回廊，目光随意地往下一扫，人就站住了，站在围栏边，一手扶着铁质栏杆，俯身静静地看着楼下。

夕阳在教学楼的背后缓缓沉下，凄艳的余晖洒下长夜即将到来之前最后的光芒，映照着两人相依相偎的身影。

他收回目光，继续往前，仿佛孰若无睹，插于裤袋的手却在那瞬间缓慢捏紧成拳。

浑身的血因为愤怒而变得火热，像是要烧起来。

他能走下去，将宋一从那人怀中夺走，对着那男生的脸挥出一拳吗？

还是一样，他什么都做不了，除了看着这一切发生。

高考一共持续了两天半，真正到了那一刻，一切都发生得很迅速。

考完之后休息了两天，宋勇就去外面找了份兼职，在小吃店给人洗碗端盘子，一天八十元。

十几天后成绩出来，比他估的分数高了十多分，按照往年的录取分数线来说，Z大没有问题，有问题的是一年的学费还有住宿费，包括妹妹将来的生活费。教育部现在推出了特长加分项，对将来初升高有很大助益，他打听来，想送妹妹去学国画跟舞蹈。

这是他并不深邃的见地中，自己的妹妹该要接受的教育。

开销突然敞开了大口，日子一下子捉襟见肘。

录取书寄到家中，消息传遍小区，蓬门子弟考上重点大学，在当地很成了罕事一桩。白天宋妈妈喜笑颜开，逢人就道多谢多谢，晚上回到家，等儿子女儿睡着以后，默坐灯下静静垂泪。

红色的录取通知书是儿子的希望，却也成了这个家庭的定时炸弹。

家里的情况，她最清楚。

养育一子一女长大成人已经使她负累沉重，疲于喘息，她赚的那些钱也就刚好够两个孩子的开销，平时但逢小病小灾，都是拿药跟白开水硬顶，根本不敢去医院。

贫穷是什么样的。不光是吃不饱，穿不暖，而是每一分每一秒都活在一不小心就会生病死去的恐惧当中，是一种对活着最低限度的妥协。

某日深夜，束手无策的宋妈妈把儿子叫到跟前，商量大学学费的事情。

宋勇很有信心："妈，您别急，我多打两份工，总能攒够的。"

"你以后呢，你要念四年书，还有你妹妹的学费……"

"课余我可以打工。"

"你是去念书，又不是专门为了打工去读的大学。"宋妈妈愁眉不展，"要不……你跟你爸爸去借一点。"

宋勇脸色突然一变，转开了头："我不会去找那个男人。"

"他毕竟是你的爸爸，总不会见死不救。"她叹了口气，"你爸啊人是个好人，就是鬼迷心窍，一时糊涂。"

宋勇沉着脸，嘴角微抿，显然想起了一桩并不让他觉得愉快的事。

宋妈妈注视着他，灯光下的儿子高大俊朗，是她未来的倚靠，却被家里的经济情况拖累得寸步难行，是她害了他吗？

想至此，她的眼泪都快掉下来。

"儿子，要不先别让——上学……"

宋勇豁然站起来："妈，你在说什么？"

宋妈妈说出这种话来，心里岂能好受，手心手背都是她的心头肉，只是儿子好不容易走到这一步，该让他放弃吗？

她的泪水清清滑落。

"妈，她才念初中，要是辍学能去干吗？你不是毁了她吗？"

"先休学一年，反正她成绩这么好，总能追上来的。"

宋勇斩钉截铁地回绝了这个意见："妈，你不能这样，你已经对不起她一次了，你不能再对不起她第二次！"

宋妈妈神色既惊且惧地仰头，目中有惊恐和怯弱，电光石火的一刹那，竟不敢直视儿子的眼睛。

那一刹那，宋勇心头涌动着偏执的恨，这恨让他觉得愧对自己的母亲，无法原谅自己，可却那样分明，真实而果断地插入心脏最深处，搅乱了肺腑。

"妈，如果——是您的亲生女儿，您还会这样做吗？"

她还会这样做吗？

她不知道，因为她当年做错了一件事，使她从此再也没有可能来面对这种选择。

眼泪冲下眼眶，在为自己曾经所犯错误饱受折磨的同时，她最无法承受的是来自其子的拷问，那会让她觉得生不如死。

"妈，对不起……"宋勇难受极了，在她面前蹲下，屈膝半跪在地，将她的手掌合拢放在自己掌心，如起誓般郑重，"妈，钱你不用担心，我会想办法，我可以去申请助学贷款，以后我来供——上学。"

她恻然一笑："你能想到什么办法？"

他坚定地看着母亲："一定会有办法。"

宋一半夜渴醒，去厨房倒水喝，路过客厅，意外发现客厅的灯还亮着，拿着水杯走过去，忽然愣在那里。

[3]

除了白天在小吃店洗盘子的工作，宋勇另外找了一份兼职，在一家二十四小时便利店值夜班，从晚上九点到凌晨三点，再睡四个钟头，然后去打下一份工。

有时候太累了，回来衣服都没来得及换，往沙发上一倒，头一歪，带着响鼾睡着了。

宋一心疼哥哥，蹑手蹑脚替宋勇除掉拖鞋，绞来湿毛巾替他擦脸擦手，盖上毯子。她在沙发边抱膝而坐，头上的风扇吱呀呀地转着，天气还是很热，扇出来的风都带着热气。她靠着沙发，下颌支着膝盖，将自己缩得很小很小，只想减少自己存在的空间，借此跟哥哥靠得再近一些。

在这个少女幼小的心灵中，她感觉自己仿佛乘着一艘小船在海上跌宕，她弱小又无能，一个海浪打过来，随时都有万劫不复的可能，但是哥哥也在船上，保护着她，竭尽全力捍卫她的安全。

从前他是哥哥，现在不一样了。

而且她无法对任何人说起，少女的心事从第一次经期来临开始，变得羞于启齿。

她上过生理课，也知道怎么回事，却没有想过会被哥哥撞破。

毫无防备的初潮，弄脏了她的床单，她不敢在白天洗，只有深更半夜的时候拿到卫生间。宋勇半夜起来上厕所，撞破了这一幕。

无论对谁来说，这都是尴尬的。

宋勇假装镇定，仿佛随口说了一句："这段时间，早点休息，不要碰冷水。"可他明明连耳朵都红透了。

她认为自己该成为一个隐秘的个体，忧郁使她日渐沉默，秘密则严重封闭了她的心。关于她的身世，她的亲生父母，还有身体上日渐发生的改变，都让她变得安静，让她开始学着思考自己存在的意义，在这个家庭的位置。

这些改变从另一个角度看，是迷人的。

它不动声色地改变着她的气质．沉寂，柔和，像是静水流深，不起波澜，将她迅速从同龄的少女中区别开来。

心理上的改变导致着某些感情的发生。

对宋勇，在心理上也变得更加依赖。

她想替哥哥分担一些生活的辛苦，但是没有一家店面胆敢要一名未成年的少女，即便非法经营。

有一次收废品的大爷来她们家．宋妈妈卖掉了宋勇大学三年的参考书，从对方手里接过三十五元钱。

从此她习惯了低头走路，任何一个角落都不会放过。

路人经过，一边走一边回头看她，目光奇特。一个小姑娘，长得惊人的漂亮，却对垃圾箱情有独钟，脑子有什么毛病？

直到被在路上发传单的宋勇撞破。他光靠背影一眼就认出了妹妹。她躲躲闪闪地走在一对情侣背后，然后快步上前，捡起被他们丢在地上的空汽水瓶，放进了自己的塑料袋中。

那袋子半鼓，她通红的脸和大汗的额头能告诉他，她已经在街边找寻了多久。

愤怒或者生气，并不能准确描述那一秒钟他的感受，他追上她，将她拖入树荫底下，沉下脸，问她："这些瓶子能卖多少钱？"

她怯生生的，掏出一把碎票，放到宋勇裤袋。

他觉得特别难受，把自己身上打工所得的所有钱都拿出来，跟那些碎票一起，塞进她裙子的口袋里。

"为什么要这么做？"

她大眼睛里立刻就有了胆怯的水光，答："我想让你多睡五分钟。"

很多年后，宋勇回忆起自己这一生，他这一辈子无论前后，都挣扎得像狼狗，坚硬强悍，心脏被锻造得刀枪不入，却有那么一次真实动容，发生在城市酷热的街头。

他拥住妹妹，以抚慰的态度将她揽入怀中，抚摸着她的柔顺长发，一个压抑了很久的吻借此自然地落在她发顶心。

这个暑假对每个人的意义都不同寻常。

对沈蓉蓉来说，这个夏天充满了悲剧色彩。成绩的大幅度下滑导致她被父母关了禁闭，除了做题还有一大堆补习班等着自己，手机里那个人突然消失了踪影，不再跟她联系，无论她留多少次言，那一端总是静无声息，再无回应。

她既担心又伤心。

直到有一天，她借补习的名义偷偷溜出家，找了一家网吧，选了一个靠里的位置，登录QQ，发起视频。沈蓉蓉想成熟地解决这件事情，比如，当面说清楚。

对方无情地点了拒绝。

在很长一段正在输入的提醒以后，对方发来一段话。

在沈蓉蓉啜泣的描述中，宋一大概听懂那段话的内容，李栗跟她坦诚，这几个月他就是跟她玩玩罢了，他根本就不喜欢她。

有些话很刻薄，令沈蓉蓉当众失声痛哭，几乎崩溃。

她想找宋一，陪她去李栗家里问个清楚。

被所谓爱情辜负的少女总有一种孤注一掷的决绝。

宋一还没开口，沈蓉蓉已经哭了起来。宋一不大会安慰人，面对任何她觉得棘手的或者困难的问题总会惯性地保持沉默。

蓉蓉越哭越伤心。宋一开口："蓉蓉，你有没有想过，这可能是个恶作剧。"

蓉蓉静默了片刻，像是冷静下来，在那个哭腔的余韵中回答："我要当面问个清楚，一一，这一次，你一定要陪我。"

多年后，她会后悔这个要求。

李栗的家，在 A 城新近开发建造的别墅区，闹中取静劈出一块作为居民区，出了小区就是一家大型 Shopping Center，接壤中央公园，随处可见推着婴儿车散步的父母。

来的一路却是千辛万苦，转了两班地铁，最后又改搭公交车，下的站又不是小区门口，一边问人一边走，顶着大太阳，走到小区门口两人的外表都跟狼狈沾点边。

灰头土脸，头发乱蓬蓬的，汗水把鬓发濡湿成一缕一缕，贴在额头，宋一拨开湿发，舔了舔嘴唇。沈蓉蓉站在小区外，早将这气象辉煌的景象收入眼底，此刻明显有点踌躇。

她知道李栗家境优越，只是这样子，真离谱。

宋一看了看她，意思是说：还要去吗？

她一咬牙："怎么不去？"

进了小区内部，他们才看清楚那掩映在亭台间的高树、小溪、花岗岩，东方幽深的回廊尽头是西式的大理石花柱，巍峨耸立。

楼盘环形而建，居中竟然还是个喷泉，此刻流水潺潺，为酷暑增添了一份难得的凉意。

沈蓉蓉早打听到李栗住几栋，此刻轻车熟路找到了李栗家门口。

她深吸了一口气，上前按铃。

开门的是一个和蔼的中年女子，盘发，着制服，妆容精致。问她们找谁，得知她们都是李栗的同学后，便热情地请她们进来小坐，解释李栗不在家，跟朋友出去游泳了。

中年女子自我介绍姓张，是这家的保姆，将她们引入客厅，三言两语间已将这两个小女孩的身份盘问得一清二楚。

客厅仿欧式，冷气打得很足，与外相比宛如两重天。那些微的不安感渐渐发酵，滋滋地盘旋在后颈。

张阿姨给她俩各倒了杯冰橙汁，走去厨房准备下午茶。

等了大概有十几分钟，有引擎声响起，一辆车在入户花园前的栏杆下停下，车门打开，李栗、罗棠跟罗嘉三人有说有笑地下车来。

开门的动静错乱响起，脚步声跟说话声渐行渐近。

李栗在玄关处停住。

因为游过泳，头发湿漉漉地塌下来，垂在额前，有点流川枫的影子。

沈蓉蓉紧张地起身，牙齿咬着下唇，脸色由红一点点透出失魂落魄的底子。

她当然看见了罗嘉，站在李栗身旁，朝她挑衅似的微微扬起了下颔。

她比所有人都清楚，差距横在两个小女孩子中间，不是一句努力就能追赶上的。

宋一安静地抬起头。

目光如冰泉，涓涓流过心间，忽然的一凛，细究下去竟然是火焰。

她变了，变得跟从前不大一样，除了日渐幽美的容貌，她更加宁静忧郁，周身被一种莫可名状的忧伤萦绕，这忧伤迷惑人心。

李栗冷漠地问："你们来干什么？"

他的语气让沈蓉蓉越来越感觉虚弱，况且众目睽睽，让她如何启齿。

罗棠识趣地拉着妹妹走去阳台，留出空间给他们解决情感问题。

从阳台看进来，是听不到说话声的，只能看到三个人，两个人坐着，一个人站着，隔着一张茶几，茶几上细长的玻璃瓶插了几枝月季，嫩黄的芯子，密到毫无美感的花朵，累累赘赘地热闹着。

宋一看着花，越过花，看到了向她招手的罗棠。

她起身，推开玻璃移门，走了出去。

她的离开带走了三分之二的人。

罗棠收起手机，问她："你怎么来了？"

她的目光很宁静，乌沉沉的大眼睛，泊着一层超越少年人的心事："我想见哥哥一面。"

"我？"罗棠有点惊讶，指了指自己，"什么事情啊？"

她说想在暑假找份兼职。

"你缺钱？"罗棠皱了皱眉头，又问，"家里有什么困难吗？"

她很累，让人看着就能感觉到疲惫，小小年纪的，罗棠心想，便道："你要是缺钱跟哥哥说。"

"我不缺钱，"宋一声音小小的，"只是想要一个工作……随便什么都可以。哥哥，我不想念书了……"

罗棠拔高音量，掷地有声，差一点就成了咆哮："你才多大？你在想什么？"

罗嘉全神贯注地盯着客厅的动静，此刻也回头，略带惊讶地看了眼兄长。

李栗不可能听不到，她任何一个细微的举动都能掀起他心底巨浪。

但是他不能反抗，沈蓉蓉在哭，他不习惯女生的眼泪。

除了某一位。

像根麻绳，困住了他的人，让他不得动弹分毫。

心神不定，甚至显得有点暴躁。

心里的那团火越烧越旺。脑子里有人在叫，歇斯底里地咆哮，对他讲，够了，够了！

你忍得够久了，放弃吧李栗，别折磨自己，上帝都会原谅你。

他说："一切都是误会，我没有喜欢过你。"

沈蓉蓉泪眼朦胧地等待着他的凌迟。

意料之外的惨痛。

他看向阳台，沈蓉蓉无法形容那一刻他的表情，困兽一样的绝望，在这个英俊迷人、战无不胜的男孩子脸上。

他开口："我喜欢的人，其实是宋一。"

如释重负的精疲力竭，像一支箭，从遥远的初见激射而来。他跟自己的情绪对抗了日日夜夜，终于妥协和解。

罗棠推开门，宋一、罗嘉愕然地立在移门之间。

第八章

十字开头的年龄就想共度余生吗

[1]

沈蓉蓉扭身冲出客厅，她将毫无尊严可言，倘若再多留一分钟时间。宋一追着她跑出来。李栗的第一反应就是要追上宋一，他要当着她的面把话说清楚，却被罗嘉从身后拽住。

罗嘉不肯相信，神经质地提高了音量，尖亢地反问："栗子哥，你在胡说什么啊？你这样子，会让别人误会的啊。"

他走不开，他走不动，所有的力气都用在说出那句话，仰起头，用手指盖住眼睛，冷汗涔涔而下。

游戏人间的少年也曾软弱无助。

他开口，吞咽的喉结一起一伏，喃喃着："真的……是真的……喜欢啊……"

这是他第一次，也是他最后一次说出口。从此往后，哪怕感情疯狂累积，与日俱增，他也从未说出口。

宋一在小区门口的车站牌下追上沈蓉蓉，手刚碰到她的手，就被她甩开，她回过头，流着眼泪问宋一："你是知道的吧？"

宋一该说什么呢？

她有一个疲于应付的真实世界，那里面混乱跟贫穷并行，哀伤跟窘迫为伍，生活不只是粉色的泡沫，还有温暖和饱食，还有哥哥的未来跟她的学费。她不是蓉蓉，她没有太多的精力来猜测他每个举动背后的深意。

这足够作为她无辜的证词吗？

她有那样一张脸孔。

很多年后，沈蓉蓉都无法为宋一的存在做出一个合理的评价，她不动声色地插足了自己跟李栗的关系，所作所为符合了一个狐狸精和绿茶婊的典型，网路上有许许多多的受害者在哭诉曾经的遭遇，跟自己的经历如出一辙。可那个下午那一秒钟，宋一站在自己面前，太阳很大，热烈地晒在宋一带点自然卷的头发上，宋一柔弱得就像一头幼年的麋鹿，能够任人宰割。

沈蓉蓉抬手抹去脸上水珠，摇头："一一，我心里很乱，你让我安静一会儿。"

宋一一个人回到家里，看见餐桌上放着的一份助学贷款申请书，宋勇大概是急着去打下一份工，才填到家庭背景那一栏，黑色水笔静静地横在纸张上。

电话在吃过晚饭后响起。

宋勇在便利店打工，宋妈妈在客厅看电视。

只有宋一听见了，没有让它多响一声，拿起来，放在耳边。

清晰的呼吸声通过电流传递，通讯时代的遗憾——它无法传递表情。

"是我，李栗。"

"嗯。"

"能谈一谈吗？"

"嗯。"

"方便出来吗？"

"现在？"宋一抬头看了看挂在客厅的一个年代悠久的石英钟，六点一刻，天还没暗透。

"我在你家楼下。"他似乎是笑了笑，长出一口气，"你家真的好远。"

她跟宋妈妈解释去沈蓉蓉的家里写功课，很容易就得到了放行。在玄关处换鞋，想了想，把钱包也给带上。

他真的在楼下。

阿迪达斯的 T 恤，运动长裤，鞋尖有一下没一下地踢着塌了皮的花坛墙角，背对着她站在唯一的一盏路灯下，昏黄色的光晕在他周身撒了一层金色的磷粉，他俊美得好像开天辟地的第一个神。

听到声音回头，他脸上一点表情都没有。

那一秒钟，宋一觉得他像是来寻仇的。

事实上，他插在裤袋里的手心全是汗，喉咙发紧，嘴巴很干。她应该想象不到，她从楼上跑下来的时候，马尾蹦起又落下，眼睛只够看台阶，样子有多可爱。

但是无论如何，场子要撑住。

他看了看她，仿佛随口问："你饿不饿？"他揉了揉肚子，语气很夸张，"我游完泳回来，什么都没吃，快要饿死了。"

她不想被街坊撞见，出了小巷，领着他走了一段路，他也不问目的地在哪里，东张西望，看人看车看树，唯独不看她。

她穿了一条短装的牛仔裤，又细又长两条小鸟似的腿，不知道怎么回事，昏暗的灯光下尤其白得过分。

他竭力控制着自己不往那里看。

最后进了临街一家面馆，店面很小，没几个人在用餐，老板娘负责点单，老板在厨房烧菜。他目光很迅速地转了一圈，选了一张靠近窗户的桌子，率先走过去，菜单贴在墙上，抬头就能看到。

　　她很注意地看着菜单，他看着她，她皮肤特别好，晶莹剔透仿佛半透明，才发现她的眉毛里藏着一颗小小的痣。"你吃什么啊？"他没有发觉自己不由自主地放低了音量。

　　"青菜鸡蛋面。"

　　他扬手把老板娘喊过来，点了两份面条，外加一屉生煎。他真的是饿到了，等面条端上来，生煎已经吃了大半，满嘴都是油，纸巾离得他太远，宋一一张张抽给他。

　　她吃过了晚饭，面条端上来分量又很足，是真的一点点都吃不下了，但是还是努力地，一小口一小口把面条咽下去。

　　李栗也不是傻瓜，呼哧哧吃光了自己那一碗，看了看她，声音很温柔："吃不下了？"

　　她点了点头，但是不敢看他，仿佛因为自己说了个谎话。

　　他端过她的碗，放到自己面前。

　　老板娘过来结账，她拿出钱包，还在低头数钱，他已经买好单，站起来："走吧。"

　　回去的路上仍旧谁都没有说话，他一边走一边踢着地上的小石子，路过一个社区公园，空无一人，银色的月光照着两个秋千。

　　他人高腿长，坐上去的时候，脚还搁在地上，球鞋很大，鞋带系得松松垮垮。她坐在另一条秋千架上，低着头，抓着绳索，小幅度地晃动着，谁都没有说话。

　　"宋一。"

　　她转过头，长头发柔顺地滑下脸颊，眼神很惴惴。

　　他的问题很莫名其妙："你知道我叫什么名字吗？"

　　"李栗啊。"

　　他笑了一下："你知道我在几班吗？"

　　宋一歪着头，很用心地想了想，然后摇了摇头。

他也没生气，伸出手，摸了摸她一侧的头发。她本能地想躲，忍住了。

"不要紧，以后会慢慢知道的。"

大概他自己也觉得尴尬，顿了顿才接着往下讲："那你知道，我喜欢你吗？"

宋一轻声答，落到他耳里无异于天降纶音："现在知道了啊。"

他送宋一到楼下，独自返家，静静地走在小巷的月光下，两旁是参差的行道树，墙上布满了爬山虎，生着小小的可爱的紫色凤仙花，隐约带着香。他走着走着，实在忍不住，忽然大叫了一声，跳起来摘那树冠垂下的一片绿叶。

有下班晚归来的路人推着自行车，边走边回头看他，这个少年脸上是无声的、快活的大笑。

[2]

新学期伊始，宋勇的助学贷款顺利批下。走的那天，宋一送他到火车站，临检票之前兄妹俩一直都没怎么说话，他转身从她手里接过背包，她一直低着头，穿过她垂下的长发，感受到一滴不属于天气的水珠。

从离别那一刻开始，心就好像被一只小手揉着攥着，终于狠狠地被按进了玻璃碴子里去。

她在哭，一声不吭地流下泪珠。

她的人生习惯了由哥哥保护，被他照顾，她不知道在他离开后该如何自处？她才十几岁，已经跌跌撞撞站在了人生的十字路口，那处处险恶的人生，让她几乎感觉到了被抛弃的恐惧。

这是很多原生家庭缺少父亲的孩子共同的情绪。在宋一的生命中，由宋勇承担起父亲的角色，甚至超越了一个父亲所付出。她的啼哭、难过、哀伤等种种负面情绪，都是从宋勇身上才得以被安抚。在噩梦中惊醒，她第一声叫的人，是哥哥。

无论在哪里，无论发生了什么，他都会第一个来到自己身边，抵挡住所有威胁。

她凄惶地望着宋勇，身侧是交织往来的人流，唯有他们两个动也不动，像是被时间定格在原点。她想让他知道她的恐惧、害怕和忧伤，那些强大到无法被她左右的困境，由贫穷造成，美丽只是助纣为虐。

她想问他该怎么办，在他离开以后她该怎么面对那些威胁，而她闭口不言，只说了她最想说的："哥哥，我会想念你。"

口语里很少见到这样书面化的表达，正因为平铺直叙，才显得动人。

宋勇狠下心，掉头往里走，不回头，他不敢回头，直到终于被淹没在人群的中间，才真正放任自己哭了出来，但也还是无声，抬起手背，狠狠擦了一下眼睛。

宋一低着头走在回家的路上，走过一个拐角，一辆运货的三轮车东斜西弯地从弄堂里急驶出来，险些擦到她，一人眼疾手快，上前几步将她往马路旁边一拉，她惊魂甫定地抬起头，是李栗。

李栗没松手，看了看四周的路况，确定安全后低头瞟了她一眼："跟你好久了，魂不守舍的，想什么呢？"

宋一想问他怎么会在这儿，想问他为什么跟着她，跟着她干吗，最后只是张了张嘴巴，又闭上。

他的手再也没有松开，伸手拦下路边一辆刚刚下客的出租车，在车里问她："你饿不饿啊？"

宋一几乎都感到无语了：为什么你每次都问我这个问题。

那时候他们都太年轻，还没有意识到爱情也是一种本能，人类最强烈的本能是对食物的需求。他对她的一切本能，就是从温饱开始，最深沉的爱意，往往表现粗糙简陋——对方吃穿不愁，住行无忧。

宋一摇了摇头，他却还是带她去原生喝下午茶。从前宋勇带她来过，将一整盒的进口糖果倒进她书包，一想到哥哥她的情绪就变得低落，甚至难过。

李栗看着她，心里很痒痒，想靠得她近一些，能碰到她，或者摸一摸她的头发，但是又没有合理的途径，无论如何都弄得自己像个流氓。

谈恋爱该是什么样子？

跟小姑娘宋一谈恋爱，他该变成什么样？幼稚一点，或者成熟一些，幽默风趣还是妙语连珠？

李栗不能控制自己不去想。吃过下午茶，他带着她去顶楼天空之城的游戏厅，站在娃娃机前，问她喜欢哪个，一副信誓旦旦、个中高手的模样。

他骗她的，等到快把游戏币花光了，她喜欢的那只小兔子他根本连碰都没碰到过。

但李栗是谁，再觉得窘迫，脸上还是若无其事的神色，一粒粒地将硬币塞进槽里，也让她试一试。她摇一摇头，一直很安静，安静地站着，安静地看着另一台机子前一对小情侣，那男生特别厉害，一抓一个准。女孩子抱着一堆战利品，偎着男生而立，笑得甜蜜蜜。

她其实也没有羡慕，只觉得佩服，但在李栗看来，那种眼神让他觉得心酸。

他第一次想对一个人好，掏心掏肺地好，但是怎么都做不到，甚至于一见到宋一，心底就在狂叫：你要什么，请告诉我，我求你向我提出无礼的要求。

可是钱，他不方便给。

东西，她不会要。

喜欢一个人的表达方式，原来如此匮乏。

她只是想要一个小兔子，他也办不到。

趁宋一去卫生间，他上前拦住那对小情侣，花了一百块钱从男生的手里买来那只小兔子，很随意地拿在手里，等她回来以后，递给她玩。心扑通扑通地跳，手心冒汗，状似无意地用余光观察她的表情。

她拿在手里看了看。

他立刻就明白，她并不是真的喜欢。

她说喜欢，只是为了应付他的一个提问，就这么简单。

可他有办法吗？他一点办法都没有。爱情从来不是一分耕耘一分收获，爱情要是谈公平，世界上就没有单相思这回事。

[3]

新学期开始，一切无可回避的麻烦在九月向宋一涌来。她胆战心惊地坐在教室，等待着沈蓉蓉冷静之后的发难。

第一个发难的人并不是沈蓉蓉。

这个暑假对罗嘉来讲，更像是残酷的成长，青涩的暗恋尚未成型，已遭遇一场浩劫。她的对手不动声色，蛰伏于暗中，用她略显轻浮的美貌和贫穷才造就的柔弱迷惑了罗嘉爱慕的少年。这不能怪她的栗子哥，因为罗嘉觉得，是宋一的花招过巧，且处心积虑，是个男生都无法抵抗。

这才更加下贱又可恨。

罗家刻意地培养女儿，甚至达到了溺爱的程度，阴错阳差地造就了她在情感上的空前自信，以至于到达了极度自我的地步。在她这个位置，她根本就不能相信贫穷跟富贵的结合是出于真爱，任何地位悬殊的恋爱都被她视为居心不良。

但是能怪罗嘉吗？

她出身于知识分子家庭，她的父母恰是以知识为标准，衡量着世俗社会中的出身、地位和权力。

在她的世界中，为己而战的斗争都是合理恰当的，但是一个贫民的少女被王子爱上，则暗示了女主角的虚荣跟物质。

一个人生下来在什么等级，那么她一生就该在这个位置挣扎，妄图向上爬，不过是自取其辱罢了。

但罗嘉也不是傻瓜。

开学第一堂体育课结束，秋老虎的余威还在作威作福，小卖部成了好去处，铃声一响，男生女生一蜂窝地朝校门口拥去，三五成群，勾肩搭背，宋一自己带了白开水，因此落了单，走在最后。

没了沈蓉蓉的陪伴，她似乎形影单只的时候居多。

罗嘉手里零花钱多，花钱大方，向来很受同学们追捧。看见宋一独自一个，便回头，微微笑着叫了她一声："宋一，我请你喝东西啊。"

宋一摇了摇头，在教学楼下跟队伍错开，朝教室的方向走去。

一直跟在罗嘉左右，俨然跟班的女同学张倩装模作样地叹了口气："她也真是不容易。"语气听起来惋惜，最藏不住的恰恰是那轻蔑的语气。

罗嘉弯腰，从冰柜里挑了两瓶冰红茶，不看说话的女生，只是淡淡地反问："她怎么就不容易了？"

张倩知道这一次又是罗嘉请客，选了一支雪糕中最昂贵的，亦步亦趋跟在罗嘉身后，去柜台结账，一听她问便紧接着回答："家境不好呗，但凡班里有什么活动，她总是不去，能省就省。就像现在，每次都是从家里带凉白开，连饮料都舍不得买。"

张倩平时就有点八卦，而且为人势利，爱贪小便宜，知道罗嘉家境好，一向都很巴着她。

班长从旁边经过，听到这里听不下去，插了一句："我觉得喝白开水很健康，宋一这么做没有什么值得议论的。"

张倩笑了一声，造作地用手捂住嘴巴，很自然地做出了联想："宋一长得漂亮，班长大人当然替她说话了。她要是长得难看，早不知道被你们男生怎么笑话了。"

班长眉头一皱，把汽水瓶的瓶盖拧上，说话的态度表情极为郑重严肃："谁都不会因为贫穷而被嘲笑。"说完这一句，板着脸人直挺挺地就走了。

罗嘉将找来的零钱放进钱包，这才回头看了一眼张倩："你觉得宋一很漂亮？"

张倩咬了一口雪糕，一笑："长得漂亮有什么用啊，那个家庭出来的女生，再漂亮也只能去公司给人当秘书，我表姐现在嫁了个老外，总跟我说，女生长得好不如嫁得好，宋一家什么家境你不知道？以后能碰到谁啊？"

多讽刺，罗嘉想，她竟然能碰上李栗。

宋一从卫生间洗完手出来，在走廊撞见了罗嘉。罗嘉扎着很高的粉色发带，梳着时下最流行的侧刘海，明明一式一样的初中校服，总在细微处显示出她颇为用心的装扮。这些打扮不仅需要时间，还要花费金钱。

罗嘉坚持把冰红茶递给宋一，笑得很活泼："我请你喝啊。"

几个女生陆续从卫生间出来。

瓶子很冰，水汽在瓶身缓缓爬行，蜿蜒而下，滚下一滴水珠砸在罗嘉的手背。宋一摇了摇头，声音轻轻："谢谢，我不渴。"

罗嘉笑着，笑意在她眼中渐渐冷了下去，连同语气："拿着吧，栗子哥跟我们家关系特别好，你就当是他请你的好了。"

宋一不作声，这条走廊因为靠近女厕所，少有人走过。

人走光了，四周特别地安静。

罗嘉放松地倚着栏杆而立，背后是田径场，三三两两的学生在练习八百米，夕阳仿佛是从旗杆顶端坠落，余晖清楚地映亮这个小女孩脸上居高临下的神情。

是年幼的，稚气的，但仍具有杀伤力。

她字字有音，忽然笑着问起宋一："你是不是特别嫉妒我？"

宋一抬起头，看着她，听她往下讲。

"我知道，我命好，没办法，谁叫我生在这个家庭，生下来应有尽有，从来没有不择手段争过什么东西。就像沈蓉蓉，死缠烂打，弄得自己像笑话一样，样子好难看的。宋一，你可千万别学她。"

她施施然的语气，俨然正在教训这个同龄女孩子："我们家跟李家关系特别好，我从小跟栗子哥一起长大。栗子哥这人啊，看似冷冰冰，其实很大方，心肠又软，有些女生死缠烂打，不识好歹，真的让他好为难，接受不是，又不能拒绝，完全不知道该怎么办。宋一，你知不知道，从前还有个女生，被栗子哥甩了，哭着闹着跑到他家里，笑也笑死人了。你不知道吧，那个女生家里也很穷，简直把栗子哥当成了金主，吃相别提多难看了。我哥总笑话他，我的女朋友都是穷人家的女生，跟济贫一样……哎呀……"罗嘉惊呼一声，瞥了一眼宋一，似有歉意，表情根本没有这种意思，"我不是在说你啊宋一。"

少年的刻薄，仗着年少无知，不必承担一点道德上的负罪感，更加显得残忍。

宋一轻声答："我知道的。"

罗嘉死死盯着她，手指甲几乎嵌到掌心里，忍着才没叫出声音："什么？你知道什么？"

"死缠烂打，真的很难看。"

罗嘉冷冷道："知道你还做，要不要脸啊！"

"你喜欢李栗吧。"

"我跟你们可不一样……我……"罗嘉待争辩，被宋一打断："是啊，是挺不一样的。"

罗嘉的青筋都要爆出来，被她认为的弱小到不值一提的对手公然挑衅，并且，直击要害。

"你说什么？"

"给沈蓉蓉的回信，都是你冒充李栗写给她的吧。"宋一笑了笑，倒不是故意的，是真的觉得挺好笑的，"你还冒充李栗的小号，加蓉蓉的 QQ 跟她聊天。做了这么多，挺辛苦的吧。"

"你胡说！"

宋一一笑，凑近来，在她耳边轻声道："你说得没错啊，死缠烂打……真的，很难看。"

罗嘉勃然大怒，本能地扬起手臂。这个被娇纵的女孩子，她十五年的人生从未有人使她面对过这种教训，根本与奇耻大辱无异。宋一不动不躲，站在那里，仿佛毫无防备这记巴掌的发生。

有人大喝一声"住手"。

脚步声从楼梯的拐角处错乱地响起，行动有风，声音很重，将宋一一把拉到自己身后。

罗嘉随后叫出的那个人的名字，证实了宋一的猜测。

"栗子哥。"带着惊恐，接着被委屈的哭腔覆盖。

上体育课的时候，宋一已经看到他，在三楼的走廊，跟几个男生聚在一块抽烟，打火机在他们手里抛来递去。

完全不是一个世界的人啊，宋一心里就一个想法。

他确定了宋一此刻被他保护，安全无虞后，才朝罗嘉瞥去，脸上也没有生气或者动怒的痕迹，因为他压根不在乎，闲闲道："罗嘉，做到这份上就有点丢人了吧。"

罗嘉脸色由红一下转成惨白，再待一秒都觉得像是自取其辱，眼泪夺眶而出，推开面前两人，从他们中间穿过，头也不回大步往教室跑。

李栗才不会管她，只把宋一拉到自己眼睛下边，拢在他两臂之间。

他很想对她做这个动作，他一直都很想。

她抬起头，其实连他下巴都没有到，看他的时候得凭借仰视。

"别抽烟了。"

他挺意外，也挺高兴的："看到我了啊？"

"嗯。"

不知怎么回事，看到她就总想笑，幸好忍住了这一次。

他问她："800米及格了吗？"

"没有……"她赧然地答。她最怕体育课，她没有运动细胞，自己也知道，宋勇有段时间教她滑旱冰，手一放开她就摔跤，摔到后来连走路都不会走了，这一点她跟宋勇真的一点都不像。

跑个 800 米跟要了她的命一样，可偏偏体育老师是个爱较真的人，一秒两秒都要补考。

他不由自主地又笑了。

她不明所以，被他笑得莫名其妙："怎么了？"

"大汗淋漓、气喘吁吁的……"他龇牙，扬眉，很不怀好意的模样，"可真丑啊……"

"我本来也漂亮。"声音被放低，也不知道认真还是赌气。

"自我认识很准确嘛。"

"那你怎么还喜欢我？"

"我眼光不行。"

"如果我不漂亮，你是不是就不会喜欢我了？"

"瞎想什么啊！"他伸手摸了摸她刘海，故意把它弄乱，"小孩胡思乱想影响长个儿。"

宋一幽幽道："如果我不漂亮，而且……根本不是你想的那样……你是不是就不喜欢我了？"

"我想的是什么样子啊？"李栗收回那种不正不经的腔调，低下额头，鼻子快要碰到她的鼻子，凑得很近看她，眼中有柔软的波光荡漾。

"单纯的、天真的、善良的女孩子……"这是她在这段感情里总结出来的关键词。

李栗只是看着她，不说话。

她轻声解释："我早就看到你了。"

"什么时候啊？"

"罗嘉叫住我的时候，我看到你从楼梯走下来。"

"真巧。"

"不是巧合，我看到你站在那里，我也知道你一定听得到我们说话，所以……"她抿唇，神态有一瞬格外的倔强，"所以我故意激怒罗嘉……"

李栗神情一点点松弛："这样啊……"他扬唇一笑，并不关心这个解释，"那我就放心了。"

宋一仰头，仅仅只是张了张嘴巴，随后又闭上。这不是她想要的答案。

"我从楼梯上下来，看到你了，也听到罗嘉跟你说的那些话，——你知道吗，那一秒钟我其实很害怕，我从来没有这样觉得慌张。

"我很害怕，害怕你像只小白兔一样，太单纯，太天真，太善良，当我不在你身边的时候，我害怕你会受伤，被人欺侮，我一想到你在哭，就变得更加害怕。"

宋一不作声，被他揽到怀里。她非常小，肩膀很薄，像纸片一样，被他握着，忽然就有一种冲动，想把她嵌进他身体里去。

"答应我……"

宋一静静地伏在他胸口，少年看似高瘦的身材已经有了坚硬的轮廓，她能清楚地听见他的心跳。

匀速坚定，一切他想要的都会得到。

"一一，如果你被人欺负，如果你想躲起来偷偷掉泪珠……一定要躲在一个我能迅速找到你的地方，无论在哪里，一定要第一个让我知道。

"我会保护你，直到你彻底安全为止。"

他说这句话的神情，像效忠的死士。

[4]

罗嘉伏在课桌上啜泣，身边围着几个平时关系挺好的女孩子，安慰的话因为不知内情，显得那样虚弱无力。

沈蓉蓉从外面回来，坐回自己的椅子上，开学快有一个礼拜，她都没有跟宋一说过一句话。宋一低头写题，一个汽水瓶的立影进入她视线余光范围之内。她抬起头，沈蓉蓉翻开课本，颇不自然地咳了一声。

宋一静悄悄地等待着。

"……请你。"

宋一微笑："谢谢你。"

"我知道了……"沈蓉蓉故作轻松，描述时却跳过了她如何知道的过程，"那些信和那个 QQ 根本就不是李栗。"耸肩一笑，自嘲道，"我也太自作多情了，竟然会觉得李栗能看上我，真不知道我是怎么想的。"

她以若无其事的语气说出这句话，眼中却有分明的水光淋漓。

"对不起……"宋一低下头，难受极了，糟糕又抱歉，混乱并且无序。

一切都不是她本意，可是发生的时候，她甚至无法避免以胜利者的姿态出现在好友面前。

为什么，仅仅因为她美丽，就足以令王子垂青。这么站不住脚的理由，却成了爱情的证据。

连宋一自己都觉得荒唐无比。

沈蓉蓉忽然道："罗嘉来找过我，比起她，我更愿意相信你。"

上大学以后，远在外省的宋勇不定时会打来电话，了解宋一的学习状况，问她钱够不够花，通话的主要内容还是鼓励她，让她放松应对中考，不要紧张。

她刚刚挂断电话，紧接着又响了。

她拿起来，放在耳下，那边并没有立即答话，只有丝丝缕缕的呼吸声，若有似无地通过电流传递。

她"喂"了一声。

轻轻的嗤笑声，点醒了宋一对方的身份。

"怎么一直是忙音？跟谁讲电话？"

"我哥哥。"

"宋勇？"

"嗯。"

拖鞋里的脚趾难耐地动了动，李栗换了个手拿话柄："你们经常打电话？"

"偶尔……"

李栗顿了顿，知道对方分明是不想承认，于是"哼"了一声。

"干吗……"

"以后给他电话，也要给我打。"他又补充了一句，"不准在他之后，时间必须比他长。"

"……有些题目不会做，我哥哥在教我。"

我哥哥，李栗在心里又"哼"了一声，表情臭得要死："哪些题目不会做？我来教你。"

"你行吗……"

李栗偏科很厉害。成绩不算太差，但也跟好差得十万八千里，他不甚在意，家境殷实，他从不需要为自己的未来担心。也恰是这一点落拓不羁万事不挂心的态度，才真正引人着迷。

"怎么？不信我。"见宋一还是不吭声，只有咬咬牙齿，抛出更有利的筹码，"我请了家教，包教包会，要不要来我家写作业？"

"不太好吧。"

他从沙发上坐直，说话的语气仍旧随意："做作业而已，平时你不去同学家写作业？"

宋一沉默。

"小孩子心思太重，影响发育。"

还是不作声。

李栗觉得好笑，又很无奈："怕什么啊……我又不会吃了你。"

"我不认识路……"

立刻就有回应："我去接你。"

上一次只到了他家的客厅，这一回却穿过客厅，被李栗领到了书房去。推开门，入目是复古装潢，花梨木的长案书桌，整面书墙高耸入云，乌木地板近乎无尘，无声地反射着冰冷的气息。

　　张阿姨端来两杯鲜榨橙汁，还有一个坏消息，家教今天有事，不能过来补习。

　　宋一从课本里抬起头，哀怨地看了眼李栗。

　　他竖起三根手指："我真的不知情啊……"

　　大骗子。

　　她低着头，马尾从脖颈一侧滑下，黑与白的对立截然分明，半晌又抬起头，乌玉似的眼珠很无辜。

　　"这道题你会不会？"她只能把最后一点希望寄托在李栗身上。

　　他把唯一的一把圈椅让她坐，自己则随意拉过一把扶椅，坐在她的对面——书桌的另外一边。

　　习题本被她推到两人的中间。他落下目光在这上面，借此掩饰那一瞬间陡然加快的心跳。

　　她离他很近，史无前例，身上有淡淡的香气，从四面八方打压而来，仿佛无处不在。

　　看这道题目的时间有点久，直到她出声催促："会不会啊你？"

　　气息拂过他额头，带着果糖甜甜的香气。

　　他无意识地、喃喃地念出声音："已知 A、B、C、D 为化学常见物质，之间的转化关系如下……写出符合的化学方程式……"

　　"会吗？"

　　紧绷的身体，松弛的灵魂，濒临的意志……只有一个念头，她到底吃过什么东西啊？

　　高中男生个个都是禽兽。

　　他手自然地垂下，转开头，淡淡地开口："不会……"

　　宋一的大眼睛里有四个字"我就知道"。

　　她根本什么都不知道。

　　冷气打得很足，他离开书桌，起身去拿遥控器，站在出风口调节空调的温度。小区都是独门独户的别墅，隔音措施做得特别好，周围静悄悄的。

她握着笔，唰唰地书写着。

他看了她很久，她都没有抬过一次头。于是他坐回椅子上，认命地翻开自己那本英语书。

入目第一个单词：Fidget。

坐立不安。

下午三时，下午茶时间，烤制的蛋糕刚刚出炉，屋内满溢着扑鼻的香气。他把笔一丢，如释重负："不写了。"起身拉着她下楼找点心。

张阿姨很喜欢宋一，特别打听来她的喜好跟忌口，知道她喜欢甜，多加了鸡蛋跟轻乳酪，做出来的提拉米苏微湿细腻，咬一口就能彻底化在嘴里。

李栗从卫生间洗完手出来，宋一乖乖站在烤箱旁，张阿姨切下一小块，放进她嘴里让她尝一尝，略显期待地问她："好不好吃啊？"

她满脸都是吃到甜食的甜蜜表情："好吃……"

他站在客厅跟厨房的隔断处，忍不住就笑了。

李栗不喜欢甜食，家里好不容易来了个捧场的小姑娘，张阿姨一直劝她多吃一点，她真的有点吃撑。

张阿姨洗净手，解下围裙坐在她旁边，怜惜地抚着她肩背，问她："小囡怎么这么瘦啊？"

李栗从电视机的球赛前转过一眼，故意笑话她："吃这么多，像只小猪。"

"小姑娘还在长身体啊。"

"都变成肉了。"

张阿姨瞪他，他走过来，从她背后经过，玩心大起，忽然从她碟子里掰了一小块，仰头丢进嘴里，唑……好甜啊。

这么甜怎么吃得下啊。

张阿姨作势拍了他一下："要吃自己不会去拿啊。"

第九章
八千米深海

[1]

元旦当天上午结束了最后一门考试，大学开始放寒假，宋勇坐长途车在傍晚时分回到家里，刚把门打开，却见宋一赤脚踩在椅子上，努力要把一件湿衣服往衣架上挂。不及多想，宋勇丢下行李大步上前，扶住椅背。听到动静，她低下头来，一束夕阳将最后的微光投射在她眼睫上，呈现一种柔媚异常的琥珀色。

脸上旋即绽出一个惊喜的笑，她叫了一声哥哥，扑入他怀抱。

他的身体骤然一僵。

怀里是正在成长的少女的躯体，非常香并且非常软，曾因为时间的关系变得不再熟悉，却仅仅只在几秒之间，就调动了他对过去所有的回忆：静谧的黑夜，狭小的卫生间，她更衣时毫无防备的一眼，将他轻而易举地置于万劫不复的境地。

日渐幽美贞静的少女，似乎与时间达成了某种秘密的协议，它鬼斧神工地改变了一切的人和物，给了少男少女形形色色的青春期烦恼，独独将她剔除。一切都变得与从前不一样，只有她旁若无人地美丽着。

他沉默地伸手，把她从椅子上抱了下来。

她快乐地绕着哥哥喋喋不休地讲这一个学期的变化，追问他大学生涯的感受，蹲在行李箱边看他收拾东西，好奇地打量着他从箱子里拿出来的每一件东西，仿佛他去的不是大学，而是外太空。

宋勇道："小心点啊，小心碰到你。"

不过几件衣物，书，洗漱用品。

没有异性的痕迹。

宋一不可示人的居心，像是多变的天气，忽然灿烂明朗起来。下巴枕着膝盖，侧首端详宋勇，面孔深邃俊朗，黑了，高了，却也瘦了，跟那种病弱的消瘦不同，只是形体上的瘦削，仿佛同等的力量通通蕴藏在衣服底下，带着一种野性的蓄势待发。

她小猫似的喃喃着："哥……"

宋勇腾出一只手，揉了下她的头发："怎么了？"

"我想你了哥……"

"哥在啊。"

"人家刚刚才不想的嘛……"她嘟囔着，似抱怨，却又仿佛撒娇。

再克制自己一秒钟都觉得像是酷刑，放弃跟那些说不清道不明的焦虑作对，宋勇终于妥协，展臂，将宋一抱入自己怀里。

她柔软安静地伏在他胸口，沉默了片刻，忽然问："哥……"

"嗯？"

"你有交过女朋友吗？"她故作轻松，努力让自己的语气听起来像一个好奇的妹妹。

"没有啊。"

"好多人都在大学谈恋爱了……一定有很多人喜欢哥哥吧。"

"不知道呀。"也懒得知道。

宋勇小心地扶着她的头，方便他的下颌枕着她的发顶心。她很瘦弱，胸口微微起伏，带给他一阵又一阵异样的战栗。

他看不见她的表情，但能够感受到，她将她的脸颊在他胸前蹭了一蹭，半隐在衣物跟发丝之间的侧脸，有个小小的笑，但很快，笑脸迅速隐去，一道不期的阴影浮上心头。

被光影充满的斗室悄无声息，空气里只有浮动的微尘而已。

电话铃声大作，打破两人之间的宁静。

宋一动了动，宋勇松开她，眼睛看着她："谁啊？"

她不作声，离开他的怀抱，起身过去听电话。

听筒拿在耳边，她瞥见宋勇拿着一件羽绒服进了卧室，手指无意识地绕着电话线，然后"喂"了一声。

"又这么慢……"对方拉长了音调，有点不耐烦，却隐隐带着笑，"在干吗？"

"写作业。"

"我一个高三生都没这么多作业。"

这也好意思说，宋一撇了撇嘴，强调："我初三了，马上就要中考了。"

他大笑："哇，好犀利哦。"笑过之后才言归正传，"能不能出来啊？我在你们初中部的篮球场。"

"今天不行……"

"怎么？不吉利啊今天？"

宋勇提高音量，在卧室里问她："一一，这件衣服你不穿了吗？我把它一起洗了啊。"

她来不及捂住话筒，那边听得分明。

李栗的眼睛顿时一眯，停住了动作，篮球弹跳着，渐渐离开身边，滚到篮筐下，停在了稍远的地方。

"咋了？"出来一起打球中的一位叫出声，被喝水的孙超拽住，按低了头，老老实实地坐下。孙超抬起头看了李栗一眼，听到旁边那人嘟囔了一句，"一天都心不在焉的……还打不打啊？"

岂止心不在焉，都快赶上魂不守舍了。

声音却还是若无其事，至少听起来是这样子："你哥回家了？"

"嗯，放寒假。"

"他不让你出来？"

"没有。"

"那为什么？"

"每天往外跑，我都没空做作业了。"

"每天？"李栗抓住那两个字重复了一遍，真的有些怒了，但有些人往往越生气，语气反而越平静，"7 号、19 号，还有前天，这一个月你才出来几回啊？"

他记得清清楚楚，但从前的李栗，根本不是这个样子。

"我要中考了。"

像是在膨胀的气球上再狠狠扎了一针，爆裂在一瞬间发生，啪的一声，他挂断了手机。

"每天往外跑？"宋勇走出来，手里还拿着他的那件羽绒服，看着宋一，目光仿佛探究，但真实涌动的是那些名为不安的因，焦虑，犹豫，无法确定，但他早已习惯用不动声色来应对难题。"一一，你在跟谁讲电话啊？"

"蓉蓉，沈蓉蓉。"她若无其事地捋了捋散发。

自己的妹妹再清楚不过，一点细微的变化都逃不过宋勇的眼睛。

她很淡定，淡定地好像不是谎言，可在话出口的那瞬间，耳朵明明红得快要滴下血。

宋勇已经虚弱到不敢揭穿她。

这个目的成疑，来路不明的电话，在除夕那天早晨再度响起。他刚巧把一条活蹦乱跳的鱼按进水槽，然后利落地破腹开膛，根本腾不出手接电话，扬声唤了一声——。然后刹那之间，周围静了静，并不是因为宋一拿起话柄，终结了那烦人的铃声。而是那个疑惑，那个不安的，让他忍不住要冲出厨房的疑惑在脑中轰然炸裂。

他僵立在原地。

片刻之后，宋一走过来，站在门边，眼睛看着他的眼睛，仿佛她说的只是一件再寻常不过的小事："哥，我跟女同学约好了去她家拿点复习资料，要出去一趟。"

"什么时候回来？在哪里呢？"

"在城东植物园那边，路有点远，不确定什么时候能回来。"

她在玄关换鞋，蹲在地上系鞋带。

宋勇走出来，站在客厅，提醒她带点钱。

她摇摇头："我带了公交卡。"

"要是在外面吃饭呢？"

宋一躲闪了一下宋勇的目光，轻声道："不会的。"低下头又重复了一遍，"不会的。"

宋勇的心，一径往下沉着，沉到了海底，然后被庞大的重压挤得喘不过气。

"还是带点钱比较好，说不定有急用。"他边说边将口袋里的散票全拿出来，都塞进了宋一裙子的口袋里，心里湿漉漉的，仿佛被一场大雨浇透。

那是父亲的心态……

兄长的……不舍……

还是恋人的，恐惧？

[2]

打来电话的是李栗，软硬兼施，各占一半。他想见宋一一面，无论如何，他一定要见到她。

感情中付出的多少，从此决定了压着秤砣的那一位，姿势永远不会好看。

但他是李栗啊，再无礼的要求，他都不会说成哀求。

他让宋一出来，已经做好了被拒绝的准备，没想到她应得很痛快。他十八岁生日刚刚过完，父亲送了他一辆宝来，停在她家小区靠外的一个车站。她拉开副驾驶座的门，他回头看了她一眼，"嘁"了一声。

背了这么大一只书包，恨不得叫所有人都知道她要中考。

他动手动脚，去翻她的书包，嘴里自言自语道："我要看看，藏了什么宝贝？"

试卷、课本、习题簿……中间有东西一闪而过，被她劈手夺走："干吗！"

个头小，音量低，连生气都是软绵绵的，没有一点杀伤力。

他嘴角扬起，笑得不怀好意，凑近去看她的眼睛："到底藏了什么啊，小坏蛋。"

她有点吃不消这个称呼，别开头，紧紧拽着手里的书包，眼睛看向窗外。

他也就没有继续追问。

他带她去吃饭，歪歪斜斜的弄堂，曲径幽深，下了车还走了二十来分钟的路程。很小的一家店面，隐藏在曲折纵横的巷子深处，连牌匾都没有，只能看见黑黢黢的屋子里头，错落地摆了几条凳子。进去才发现别有洞天，俨然一个小小的四合院，二进二出，有天井，院中栽了一棵巨大的槐树。

纯老北京的建筑风格。

因为不是饭点，再加上临近新年，店里食客寥寥，各自占据了一张桌子，吃得全神投入。没有菜单，由李栗给她介绍这里的特色菜，宋一凭直觉点了几个小盘，李栗想了想，又补了两道硬菜。

拔丝山药入口的一瞬间，宋一原谅了这段长途跋涉。何谓大隐隐于世，蓬头垢面不掩天姿国色，跟她第一次领他去的小馆子岂止天壤之别。

宋一忽然意识到，这才是李栗对物质要求的起点，精致繁复，粗中有细，可以为美食而不惜投入巨额的人力财力，但明明上一回，他又吃得这样高兴。

为什么啊……宋一不是傻瓜。

她去卫生间，书包搁在座位上。

很旧，但是洗得很干净，肩带泛白，连接处有丝丝缕缕的缝隙。他搁下筷子，在心里跟上帝讲：我太难受了，我必须知道我错过了什么。

再多等一秒都像是折磨，他伸出手，拉开了她书包上的拉链。

吃完饭才十一点多一些，路过新华书店，她想起有些复习资料要买，李栗陪着她进去。快过年了，书店里还是人头济济，充满了望子成龙的学生家长。李栗替她拿着书包，挤到了学习资料的区域。她在挑的时候，他在旁边打转，东张西望，没事干，随手翻开一本没有塑封的杂志，大幅的铜版彩页有图有真相地介绍了维多利亚几位超模。

她恰好转过头去，瞥见那不雅的一幕。

他脸色一涨，倒不是因为尴尬，只怕她会多想，若无其事放到一边，转念一想又觉得这样做实在昭然若揭，这样一蹉跎，算是彻底没了洒脱跟潇洒，跟个情窦初开的小子没什么两样。

宋一抿了抿嘴，拿了资料转身去柜台结账。

他懊恼地小步追上。

他们在到底谁付钱这个问题上发生了一点争执。宋一带了钱，而他坚决要为她买单，僵持不下，宋一收回了手，语调依旧轻软无害："那我不要了……"

一次次的妥协，退让的永远不会是她。而他也在一次次的退让中变得越来越不像自己。

一共三十六块二毛。

从她口袋里出来，他在一旁看着，票面散乱，最大的一张是二十块。她数了两遍，然后递给收银员。

找回一大把的零钱，放在裙子口袋里，一走路就丁零当啷地响。

他拿着她的书包下楼来，一路走得飞快，板鞋在光如镜的地面摩擦，动静嘈杂。她得小跑着才能追上，追得跌跌撞撞，硬币相互碰撞，声音嘹亮。

隐约地，如丝线般的怒意在那些噪音中渐渐化为无形，只有些许酸楚不忍从心底涌了上去，攻城略地，占据了一切情绪的上风。

他忽然停住脚步，她无法收势，差一点就撞上了他的后背。

他回过头，叹了口气，声音无奈得几乎像是叹息："花我的钱，就让你这么为难吗？"

"一一，你到底要我怎么办啊……"

"就这样……我们就这样……"她轻声道，"谁都不要欠谁。"

他的心像穿越在深海海底，无声无息，咫尺都是深不可见的黑暗环境，只有往下，却看不到方向。

他苦笑，重复她的话："谁都不要欠谁？一一，你教教我，到底该怎么做？爱上一个人，他是控制不了自己的，像个傻瓜，越挣扎，陷得越往下，把心捧出来，也害怕吓坏她。"

她低着头，不作声，站在那里，不靠近也不远离，像一根永不会开窍的柱子。

将来的日子很难的，忽然，他想起了罗棠曾经说过的那句话。

除夕晚上，兄妹二人聚在客厅电视机前看春晚，宋一虽然学习很辛苦，但是作息相当规律，很少有熬到这么晚的时候，困得东倒西歪，还挣扎着不肯把眼睛闭上，头一点一点往下，小鸡啄米似的，靠在了哥哥宋勇的肩膀上。

毯子滑到了她的手肘以下，他替她往上拉了拉。手背无意识触到她的脸颊，惊动了她，她困得要命，怎么都睁不开眼睛，转了转头，喃喃道："哥，跨年的时候，一定要把我叫醒……"

宋勇拨开她脸上的散发，睡得热了，原本白皙的皮肤呈现一种静态的嫣红，带着青春期特有的细腻湿润。

他低声道，声音温柔如水："困了就去睡啊。"

"要守岁……给妈妈开门……"

"哥哥在呢，乖，睡吧。"

他的世界从未这样安静，黑暗的客厅，只有电视上寂寂流转的光影，那感受强烈的幸福感从四面八方汹涌而来，心湿漉漉的好像被一场大雨浇透。

春晚主持人倒计时的时候，她还是睡沉了，呼吸轻微，像羽毛，每一下都拂过他心口，胸口沉甸甸的，被一种名为现世安好的情愫充满。

他伸手，手指停在她脸颊咫尺之遥的地方，目光眷恋地拂过她的脸庞，凭空勾勒着她的轮廓线条。

他深知，此时此刻依偎在他身旁的，不是他的亲妹妹，但在过去十多年相依为命的岁月里，他从未有过一刹那，去怀想那流落于时光之外的手足，那依稀相似的轮廓会有怎样的结局，他其实根本就不在乎。

血缘能够决定亲疏远近，但是它也仅仅只是影响而已。

血缘之外，还有更加惊心动魄的东西。

零点。

窗外烟火齐发，姹紫嫣红，在叠加的爆炸声中，几乎将半个天空映亮。她隐约被惊扰，不安地动了动，在睡梦中。

他伸手盖住她耳朵，喃喃轻哄，说的都是一些让她安心的句子。

回头，窗外正是满天烟火，亮如白昼。忽然温暖地发觉，他前半生所有让他觉得温馨的画面，都有宋一陪伴在身边。

客厅电话铃声大作，掩盖在爆竹声中，不算刺耳，却分明。

她动了动，皱着眉头哼哼唧唧，睡相特别不老实。他起身离开沙发，小心地将她的头侧向沙发扶手，同时抓来几只软枕，垫在她脑后。

走去客厅，拿起话柄，他"喂"了一声。

周围有一瞬的安静，光影沉淀下来的间隙，四周立刻暗了下去。

"宋一在吗，方便她听电话吗？"

是个年轻的男孩子的声音。

烟火再一次炸裂，在天空在心底。嘈杂的背景弱化了很多东西，但凭同性的直觉，宋勇立刻感受到了某种领地的入侵。

毫无防备，一招制敌。

他用这种方式，来挑衅。

客厅里有错乱的脚步声，半晌之后再无动静。他捂住话筒回过头，宋一搂着软枕，瘦骨嶙峋地站在光明与黑暗的交接点。

背后烟火明灭，客厅漆黑一片。

冰和火原来只在一线之间。

长发散乱纠结，从中仰起的下颌尖尖，表情无辜到可怜。

她说："哥，是找我的吗？"

好像拳头抵住他的喉咙，让他刹那失声。无言地递还话筒，她接到手中，他看了她一眼，等待着她表情一丝的松动转变。

因此有了胆怯跟恐惧，如百鬼夜行，在这个黎明与子夜相交之间。

他的听觉从未这样敏捷，任何的细枝末节都不会放过一些。

她说："喂。"

是李栗，声音放松愉悦，带出了笑音，仿佛干了这件浑蛋事情的人，他压根不认识："一一，新年快乐。"

可她又不能不回他："新年快乐。"

"你在干什么？"

"看春晚。"

"跟宋勇？"明知故问。

"嗯。"

"想我吗？"

"没有。"

他轻笑出声，悠悠却笃定："口是心非。"

停了一下，他才接着说："我们在江边放烟花。"

我们？

"罗大哥也在啊？"

"不在，"语气一落千丈，"就我跟罗嘉，我们两个，孤男寡女，荒郊野外。"

她低声道："能不能让罗大哥听个电话？"

气得够呛，还是硬不下心肠，他咬牙切齿道："求我啊。"

她坦然道："求你啊。"

"没有诚意。"

余光瞥见宋勇进了卧室，她从善如流："我好有诚意地求你。"

"哼"了一声，他将手机递了过去。

"——？"清澈明朗的男声。

"新年快乐，罗大哥。"

"新年快乐。"

"我哥哥的助学贷款批下来了，谢谢您的帮忙。"

"谢我干什么啊，你要谢……"手机劈手让人夺走，混乱的通话噪音里，闪过一两句破碎的对话，"给我……""哎，我这话还没说完啊……""你给我闭嘴。"

手机重新回到李栗的手里，他走开一点，走到了江边。初一凌晨，零点十多分，烟火声告一段落，只能听到飒飒的江风，嘴边呼出白气扣在听筒，他暂时没有吭声。

"很冷吗？"她问。

"你是关心我吗？"听起来气鼓鼓的。

那样一个男孩子。

她又不说话了。

他笑，被风扯远，扯清："我不冷，这里很漂亮，放烟火的地点就在江的对面，烟花在空中炸裂，五彩缤纷地倒映在江面上，波光粼粼的，让人感

觉好像自己就在烟火的中间，真的很壮观。但是我并不快乐，——，你知道
为什么吗？

"因为这一切发生的时候，你不在我的身边。"

她挂断电话，宋勇从电视机前回过头，看着她，暂时没有说话。

两束目光清浅地相撞，她率先移开了目光。

"谁呀？这么晚……"他问，手心里握了一把汗。

"同学。"

"男的？"

她笑了："同学除了女生，就只有男生了啊哥。"

他没笑，他甚至连笑的样子都装不了，低下头，心里有种绝望在叫嚣。

妹妹如果开始谈恋爱……

他连立场都没有。

[3]

初三最后一个学期，班里弥漫着大战来临之前的紧张感，连平时最松懈
的学生都开始收心养性，认真听着课上老师的讲解。对知识点扎实的好学生
宋一来讲，复习按部就班地进行，日子虽然辛苦，但是条理清晰。

当然也会遇到难题。

她在草稿纸上演算，快要写完了一页纸，还不能证明这两个三角形相似。

"哎，错了，你辅助线画错地方了。"

头顶有声音飘下，她抬头，课桌旁是站了不知道有多久的班长，额头宽
亮，典型的聪明人的长相。

她仔细研究那道题，还是不得要领："那要画在哪里？"

他拿过她的自来水笔，在沈蓉蓉的空位坐下，一笔下来，豁然开朗。

她由衷道："哇，你好厉害啊。"

班长不是死读书的孩子，承蒙夸奖，也风趣地答："没有很厉害啦，天才而已。"接着又分析，"其实这道题在前年的压轴题里出现过，今年出题老师应该会回避。"

"你还有什么不会的？"班长转着笔，闲闲地问。

"还有一道……"

冲刺的关键时期，年轻的孩子们通通自顾不暇，投身于学习做题，两人的互动并没有引来过分注意。

她抽出另外一份试卷，展开抹平，推到二人中间，他一边低头读题一边在纸上唰唰写下解题思路。

窸窸窣窣的动静渐渐消失，周围诡异地静了一静。

她后知后觉地抬起头，看见了站在他们教室门口的李栗。

手插裤袋，刘海细碎，瞳仁黑亮得出奇，抿紧的嘴角暗示了他的怒意。

这样一个人，生气起来是这个样子。

"你出来。"

罗嘉站起来，脸色微粉，匆匆小跑了出来。

班长低声喃喃："什么情况？"

宋一还看着题目，努力把班长刚刚的解题思路印到脑子里去，问："然后呢？"

他写写画画，间或看她一眼，确定她的表情没有疑惑的意思，才接着往下讲，条理清晰，句句切题，直到一道阴影的降临。

周围静得出奇。

李栗站在座位旁边，俯视二人："方便出来一下吗？"

宋一抬起头，罗嘉正一步步从门口挪回座位上，面色涨红，眼中有利箭射出，含着分明的怨怒。

班长义不容辞地起身："干吗，你想干吗，你怎么随便进别人的教室？"

李栗掠了他一眼，少年走出青春期的影子，高大挺拔，像一只寓居的兽，从不轻易地亮出自己的爪牙。

可一旦他动怒，那就是大祸临头。

宋一是真的怕他动手，推开试卷站起来："我们去外面说。"

他眼底隐约的怒气如飓风，渐渐成形，看她几秒钟，掉头就走。

经过讲台，沈蓉蓉在擦黑板，他目不斜视，看都没有看她一眼。沈蓉蓉的目光停驻在他背影上，嘴角浮起一个无人知晓的苦涩的笑。

宋一跟上去。身后一个教室的孩子，可以集中用一个成语形容：噤若寒蝉。

他快步走了一段路，到了走廊尽头，右下是楼梯，有追逐打闹的学生正往上走。他回头，一把扣住她手腕，将她拉进旁边储物室中。

稍一用力，她被按到了门上，门应声合拢，头快要撞上门板之前被他用掌心护住。

呼吸声压抑，精壮的胸口起伏，她在他手中。

他垂下眼睑，自上而下地打量她，足足有一分钟之久。

"干吗呢？"终于他开口，像个傲慢不逊的鸭子，这比喻在她脑海里仅仅只是闪过就知道不恰当，因为他那么漂亮。

可他明明又这么生气。

这反差也太有冲击性，她实在忍不住，笑了起来。

"你笑什么？"身体危险地前倾，呼吸若即若离，与她不过咫尺的距离，眼睛清楚地倒影出她的身影。

她摇头："你来找我干吗？"

"我来找你……谁说我来找你，"他反应过来，当下脸色一沉，重重强调，"我只是恰好路过。"

骗谁啊，高中部明明在另一个校区。

"他是谁？"轻掐着她的脸，迫得她抬起头，她皮肤白，稍一用力就泛红。

"谁啊？"她明知故问，表情简直天真。

他越凑越近，快要撞上她的眼睛，呼出的热气就喷在她额头，一字一句道："宋一，我可警告过你，千万别惹我。"

她白了他一眼，显然没把他的话当真："否则呢？"

小妖精似的，胆子越来越大，一点都不怕他，不知怎么，心里却怦然微动，像是有一只小小的手，若有似无地撩拨着他的神经。

那些愤怒变得像烟雾一样，在她一颦一笑间消失殆尽。

他撑着手臂，将她环绕在墙壁跟他的胸膛之间，形成一个困守她的小小天地，她在这里安耽自在，无比镇定。

这段关系中看似由李栗主导控制，但真正身处其中却并非如此。

李栗忽然明白过来："你在笑我傻！"

宋一眨了眨眼睛，心道，你傻谁信啊。

他的手臂越收越紧，眼睛锃黑发亮，亮得惊人，落在她脸上，带着灼人的热度，周围的温度仿佛也正在发生变化，以肉体可感的速度一寸寸发烫。

她说："我要走了，下节课要开始了。"要推开他，但是没用力，反被他抓住，按在他胸口。

坚硬挺拔，触感真实。

她觉得不舒服，但是也不挣扎，仰起头，从下而上地仰视着他，以小鹿的姿态，用小鹿的眼神。

鲜荔枝似的清水脸，五官里，最出彩的当数这对眸子，琼瑶小说里写过千百遍，像海一样深邃，仿佛会说话，再平凡无奇的女主也靠这对眼睛救了她。

他的喉结微微滑动，再开口的时候，声音哑得不可思议："一一，把眼睛闭上。"

她反而睁大双眸，肆无忌惮地打量他："你想干吗？"

得不到回应，他干脆伸手，盖住她眼睛，她动也不动，黑暗中，有一个温热的东西落在她额头，不过浅浅的一触，很快就离开了她。

"这是个警告，一一。"他在她耳边喃喃，"以后要乖。"

她安静地垂下睫毛，掩藏了其中闪烁的光。

宋一回到班里，罗嘉眼睛微红，自双臂之间抬起头，狠狠盯了她一眼。

整个班级都在隐隐躁动，窃窃私语，像是闷在锅中即将沸腾的水，逼得班长现身主持大局，纵身大喝："安静，上课了啊。"

身处漩涡中心的宋一异常冷静，相比之下，倒是旁边的沈蓉蓉显得心神不定，欲言又止。

沈蓉蓉想知道李栗此行的目的，但是只是想了想，便黯然地选择不提。

迟来上课的语文老师中止了这场躁乱的成形。

事实证明，八卦注定会失真，流言必定会走样，况且当事人还是高中校草李栗，再加上某些人别有居心的挑拨离间，简直成了铁板钉钉，罪证确凿，仅仅只用了一天时间，就传进了班主任的耳朵里。

班主任姓曹，是个带了十五年毕业班，资历颇深的女教师，在处理学生感情问题上早就轻车驾熟，游刃有余。她将宋一叫到办公室谈心，总结了她这些年目睹的形形色色的恋情，得出一个结论：学生时代的恋爱通常都是不对等的，男生会越发自信，精神逐渐成熟，从而成绩节节高升，相反，在感情问题上女孩子更加容易患得患失，导致学业一落千丈。这种情况屡见不鲜。

宋一点点头，也不分辩，轻声答应："您说的话我记在心里。"

班主任看了看宋一，叹了口气。能怪这个女孩子吗？她就是有这样一张脸，就算安安静静，也会有麻烦找上自己，让人无法相信她跟麻烦毫无干系。

"你是个聪明的孩子，有什么烦恼都可以跟老师说。"

但也仅仅只是说说而已。

宋一心里跟面镜子似的，亮到透明，生活上的困窘，经济上的拮据纷至沓来，她需面对的是一整个真实的世界。

没有洋娃娃，没有公主裙，要为学费发愁，要学着省吃俭用，让远在外省的哥哥能少打一份工。

生活对一部分女生来说，是痛苦的，因为感情上的，学业上的，甚至皮肤上的烦恼。对另一部分女孩子来讲，是残酷的，是剧烈的，是时时刻刻，都徘徊在绝望的边缘。

她陷在里面，不是一场谈心就能解决。

她的成绩并没有如班主任预料的那样一落千丈，复习稳步进行，一模二模以正常的水准发挥。

成绩永远都是衡量人缘的第一把秤。她没有被孤立，或者说被排挤，好学生乐于跟她讨论难题，后进生也愿意请教问题，只是女生们在跟她交往的过程中，多了些好奇跟探究。

那可是李栗啊。

这个年代，灰姑娘可以批量产，但白马王子可是限量版的。

在接近中考的这段时间，宋一班级里的女学生们只见过李栗一次。初中难得上一次体育课，被老师用在了800米测验，在最后一圈冲刺的时候，有几个跑在前面的女生发现了站在二楼栏杆边的李栗。

轻柔的风吹起他额前细碎黑发，他静静地站在那里往下看，挺拔高大的身材，一件格子衬衫也穿得有型有范。

宋一落在最后，跑得气喘吁吁，面色嫣红。跟她同一条跑道的女生捅了捅她胳膊，示意她抬头。

她一抬头，看见李栗拿起手机，也不知道在拍什么东西。

她不会问他，当然，他也没有主动跟她说起。

最后十几米把力气都耗尽，鼻腔发酸，喉咙里有分明的血腥感。幸好体育老师也通情达理，夹着口哨一边吹一边催她们快跑，直到最后一位挪到终点才掐下秒表："行了，都及格了。"

沈蓉蓉精疲力竭地跌坐在塑胶跑道上，宋一撑着膝盖大口大口地喘气，跟她着急："跑完步别立刻坐下呀。"

每一个女孩的学生时代似乎都有这个传言，这样坐下去的话屁股会变大。

沈蓉蓉无动于衷，仰起头看着二楼，那里早已人去廊空，喃喃道："他在看你……"

连自欺欺人的余地都没有。

宋一没有回头，只是看着蓉蓉。她知道沈蓉蓉说的是哪位。

沈蓉蓉抬起胳膊擦了把脸，却久久都没有露出眼睛，宋一只听见了她的声音，仿佛自言自语："为什么啊，就因为我长得不够好看吗？"

抱歉，这个连上帝都不能回答你。

第十章

眼底下着雨，心里却为她打着伞

[1]

高考早于中考一个礼拜开始，也因此早于一个礼拜结束。

这就意味着，在宋一备战的前夜，李栗已经步入了完全放松完全无所事事的解放中。

成绩，向来不是他会关心的事。父母一直打算送他出国，但也打算等高考成绩出来看看。在他们圈子中，送子女出国，多的是出国后往浪荡路上走的活生生的例子。做父母的也怕孩子在那种充满诱惑毫无制约的环境里失控。

大考前，学校例行放了两天假让学生们在家里复习，但也有学生约好在学校温书，每天都有老师在校值班，有什么不懂的能够立刻得到解答。

最后一天晚自习提早结束，但也已经是晚上八点，天彻底暗了下来，宋一跟几个女生从学校里出来，在门口互道再见，相互鼓励明天一定要加油。

分别后，往不同的方向走。

因为夏天，街上散步的人较多。走到快要接近小区的弄堂时，宋一才发现身后一道颀长的阴影，险些要盖过自己。

心跳陡然加快，她不由自主捏紧了自己的书包。

这一段路，恰好还是路灯辐射不到的地方，唯一的光源来自头顶的月光。

冷淡，凄清，听觉史无前例的敏锐，脚步声越来越靠近自己。她身体发僵，当一只手搭上她肩膀的位置。

那人也感觉到，诧异过后，叫了她一声："——。"

是李栗，李栗。

他转过她的身体，见她脸色已是后悔不已，他原本只想暗中送她到家里，不想在中考前影响她情绪，千算万算没想到，反而骇了她一跳。心中痛悔不已，不由分说将她拉入自己怀里，感觉到她在怀中的战栗，连声道："——，别怕，是我，是我。"

她在他怀里发抖。

他慌乱无比，一边摸着她的头发，一边抚着她后背，嘴里说着安慰的话，想使她尽快平复下来，半晌忽然一顿，低下头，见她的脸藏在刘海下面，只看得见一弯弧度挺翘的鼻梁，嫣红的唇，嘴角微微上扬。

他停住手，慢腾腾地问："小朋友，狼来了的故事，总听过吧？"

她摇头，仰起脸，月光清楚地映亮她两丸明眸，忍笑的表情生动得不可思议："我听过三只小猪的故事，有只小猪又笨又傻，被一头大灰狼骗得团团转……啊！"

那一声不合时宜的"啊"，是他突然低头，张嘴咬住了她鼻尖。她被他拢在两臂之间，不局促不慌张，镇定自若，因为她再清楚不过，他不会也不舍得把她怎么样。

这种认知从某种角度看，不过是一种仗势欺人，她仗的是李栗的偏爱。

"属狗的啊！"她往后仰，脑袋还在他手上，躲开了他的攻击，小小声地尖叫。

他心里痒痒，想凑得她更近一些，抱抱她，或者，亲亲她。

"紧张不？"

“还好。”

“睡觉之前定好闹钟，考试之前别喝太多水，试卷发下来，题目看清了再做，别着急。”

“知道了……”

“考差了也没关系，成绩不能决定一切。”

她慢悠悠地撩了他一眼："老师可不是这么说的。"

他被这种眼神撩了一下，喉咙发紧，心口发烫，抵着她额头，低笑了一声："那是她傻。"

两人边说边走，一直走到了她家小区楼下，她朝他挥了挥手，算作别，刚要准备上楼去，他忽然在背后叫了她一声。

长身玉立于路灯下，容颜明亮，他是那种男生，让人不能不相信他前景辉煌，有顺风顺水的人生，任何爱情任何女人都能斩获在他脚下。

太漂亮了，无论男女，太漂亮了总是不好。

“一一。”

“怎么了？”

“就是想问问你，考完之后想去哪里玩？”

“没想过。”

他笑了笑，摇了摇头："你好好考，等考完再说。"

她不知道他考完想说什么，细看他脸色，他还是一如往常，没什么异样。

那只是因为宋一没接触过从前的李栗，要不然她就会知道，从爱上她以后的李栗都在异于往常。

是"在"，一个时态的进行时。

两天半的中考，说快也不快，难熬的是两天之间三个夜晚的等待，因为什么都做不了，知识点看过无数遍，文言文背得滚瓜烂熟，光剩下等待。

考完最后一门从学校出来，李栗开车等在校门外，降下车窗，朝她挥了挥手，没多少人注意到他，门口太多开车来的家长，来接从战场下来精疲力竭的孩子。

除了沈蓉蓉，她停下脚步。车水马龙的学校门口更加拥堵，车与车之间毫无缝隙，她眼看着宋一冲进马路，心中刹那之间闪过一个荒唐的念头，她期待出现一辆失控的私家车，狠狠撞向宋一。

猛地回神，她被自己这个想法吓了一大跳。

能怪她吗？她不到十八岁，是宋一的密友，曾经也善良，只是失去得太无奈。

宋一飞快地拉开车门，刚刚坐下就被他拎着手脖子提到了眼皮底下，她还穿着校服，因为校服大，显得藏在里面的人特别娇小稚嫩，他眼中恶狠狠的光，射在她脸上，宋一没闹明白。

"这么多车，命不要了啊！"

她眼睛滴溜溜一转，嘴巴一噘："我饿了。"

他的话通通被堵在喉咙里，等她系好安全带，才打转方向盘。

带她去的不是酒店餐厅，就是些地道的私房菜馆，他对自己不上心，尽吃些垃圾食品，但是点上来的菜却都是荤素搭配，四菜一汤。经过几次饭局，也了解了这个女孩子的口味，爱辣爱甜，是个极重口欲的孩子，倒跟罗棠有的一拼。

他吃不了辣，陪着她喝了一碗罗宋汤，她胃口不大，但因为真的饿了，吃得大口大口，很香甜的模样。

真好养啊……

他没问她考得怎么样，尽跟她说些闲话，内容很有趣，话又句句俏皮，他很会讲冷笑话，不动声色间就能把对方逗得哈哈大笑。

回到车里以后，他递给她一个盒子。她颠来倒去地看，不认识包装壳上的字母，但也知道那是个手机的样子，斜着眼看他："干吗啊？"

他驱车穿梭在车流之间，学着她的样子："送你啊。"

"我不要。"

"给你你就拿着，别小孩子似的。"他不以为意，换挡，驶入另一条车道。

她没说话。送她到家楼下，待她下车以后，他眼尖地发现她不小心把盒子"落在"了车后座上。又是好笑又是生气，他推开门追了上去，没叫她，直接从背后拉住了她的手。

"你东西忘了。"

她的眼睛黑白分明，字字有音，有点任性："这不是我的。"

他立刻就明白了。这小女孩跟他从前认识的姑娘都不一样，敏感如斯，是他主动想要的，是他第一个伸出手的，关系变了，性质就变得大为不同，光有耐心不够，他要更加温柔、小心地照顾她的感受。

他说："宋勇给的，那你会要吗？"

"这不一样。"

"这就是说，宋勇给你的，你会接受，那是不是从此往后，你不打算收任何人的东西了？"他温言继续道，"有时候别人送你礼物，并不是想要获得什么，只是想让你觉得高兴，你快乐地接受，并且在使用，他就觉得足够了。"

他徐徐说道："况且将来你念高中了，有部手机不是更加方便吗？"

她不知道他心里的小九九。看他父母的意思，哪怕不出国，他将来大学也得去北京或上海等一线城市，将来更加难得见到她一次，有了手机方便跟她保持联系。

她低着头，他摸着她头发，碰了碰她脸颊，心里满是甜蜜的柔情："考完想去哪里玩啊？"

他很自然地提议："我知道一个特别好玩的地方，到时候我们把罗棠也给叫上，吃烧烤，怎么样？"

果然成功转移了她的注意力，引起了她的兴趣："在哪里啊？"

"到时候通知你。"

宋勇的大学直到 7 月中旬才开始放暑假，宋一成绩早就出来，在电话中得知她直升本校的高中没有问题，宋勇松了一口气。

而某些改变，也在宋勇离开的这段时间悄无声息地发生，并非一朝一夕，也绝不是一蹴而就。

等到发现的时候，已经无法挽救。

手机在宋勇回家之前被宋一小心地藏在一个饼干盒里，饼干盒就放在书桌抽屉，换作平时宋勇是绝不会翻她的东西，只是那一天刚好要填报志愿，需要宋一初中的学生证，他去找的时候翻出了这部手机。

刚好就有一条短信："一一，明天早上六点我来接你，别睡迟了。"

他脑中一片空白，什么都想不出，看了那句话很久，然后放回抽屉中。

宋一午睡醒来，已经是下午三点多，正是一天最热的时候，她睡得满头大汗，脸上被竹席压出了几条浅浅的杠杠，去卫生间洗漱，弯腰在水龙头前接了一捧清水往脸上浇。抬起头，在镜子里看见了宋勇。

瓜子形的脸上水珠淋漓，衬得肌肤清丽无匹仿佛半透明，眼睛很大，下颌尖尖，精灵似的耳朵小而白，仿佛 A4 纸，掩映在散发之间。

那些话堵在他的心里，卡在他肺腑之间。

她是他的妹妹，如果不想失去她，除了严守这个秘密再无他法。那么，你该知道，你不可能阻止她跟别人接触，你的人生不过是眼睁睁地看着失去她。

她叫了一声哥哥。湿漉漉的眼睛一眨一眨，眨得他心情七零八落，不成形状。

妹妹……他的声音含混不清，模糊地从喉咙发出这两个音节，说给自己听。

像某种警示。

傍晚的时候宋一果然过来跟他说，班级明天有活动，去烧烤，早上六点就要出发。

她不惯于当着兄长的面撒谎，目光躲闪不肯看他，磕磕绊绊说到一半，耳朵已经彻底红透。

他内心荒凉，有野草疯长，低下头黯然提醒自己，不要再问，不要盘根究底，你不是变态，你没有控制欲，你这样子，只会吓坏她的。

[2]

第二天五点半，她的房间里就有声音，动作放得很轻，十几分钟后，听到了门轻轻阖上的动静。

宋勇翻身坐起，走到窗边，拨开纱窗一角，夏天天光亮得很早，昨天夜里一场小雨，早晨的空气清新，温度凉爽，空中还有乳白色的雾气。

她背着书包下楼，很快走出他的视线外。

束手无策，原来是这个意思。

心头泛起点滴潮痛，无力地靠在墙壁，任由一种莫可名状的恐惧将他彻底击中，一个从未想过也从不敢去想的念头清晰地浮起在心头：他将失去她，在未拥有她以前。

在此期间，他唯一能扮演的角色，只是兄长而已。

李栗的车停在附近一个公交车站台，她拉开车门往里一看："罗大哥他们人呢？"

"另一辆车。"李栗见她第一句话就是问罗棠的去向，没好气地"哼"了一声，脸色臭得要死。

烧烤的地点定在茶人谷，跟市区大概一个小时的车程，等他开到的时候罗棠差不多把东西准备妥当，抖开桌布，摆放碗碟，罗嘉也在，看见李栗过来眼睛顿时一亮，一声栗子哥还未出口，却在宋一现身的刹那沉下脸色。

李栗牵着宋一，走过一段颇为泥泞的浅溪石子路，罗嘉印象中那个冷漠的、不可一世的、从未将任何人的感受放在眼中的男生，他走得小心翼翼，边走边回头叮嘱宋一要小心。

仿佛他牵着的那个人，是他全世界的中心。

罗嘉该怎么办？

她才十几岁，在父母兄长的呵护下千娇百宠地长大，这一生应有尽有，顺风顺水，却在宋一身上领略到了最惨痛的失去。

她又该怎么办？

当着爱慕的男生的面跟这个女生撕破脸皮？恶形恶状地让她滚远一点？哪怕再恶意凛然，她还没蠢到这种地步。

她深吸一口气，仰起脸，仿佛过往都成云烟，她向走来的二人露出一个甜美温馨的笑容，道："栗子哥、宋一，你们来了啊。"心里恨意滔天，捏紧手掌，指甲都快戳破掌心。

李栗看了她一眼，笑了一下："罗嘉啊。"再没多话，拉着宋一在他身边坐下。

那个位置刚好跟罗嘉成最远的对角线。

昂然的斗志、隐忍的苦心还未萌芽，已被一盆冰水兜头浇透。

客厅墙壁上的石英钟定在数字"10"上，宋一离开已经四个钟头，那就意味着，他在沙发上整整呆坐了四个钟头。

什么都没有做，什么都想不起来做，心里空荡荡的，像饱受饥饿的胃，隐约的疼痛提醒他距离上次进食的时间之遥远。

喝点水吧，他跟自己讲，躯体由大脑操控，潜意识似乎总跟动作错开两个节拍，僵硬地起身走到厨房，忽然想不起自己要干些什么。

夏天以残酷的高温临幸了这座小城。

还有他焦灼失控的心。

那条短信的备注，是一个他不会觉得陌生的名字——李栗。

升入高中对宋一来说变化其实不大，还是一个校区，每天经过同一条林荫小道，路两边种满了乌槐，花坛里五色的小花。

沈蓉蓉中考没发挥好，以几分之差考到她母亲执教的高中。

高中开学之前，李栗被北京一所高校录取，走之前只跟宋一发了条短信。

所有人际关系重新洗牌。

同学都是那一届的翘楚，学习氛围浓烈，竞争也相对激烈，虽然辛苦，但是心无旁骛。

宋一在渐渐长大。

在流动的光阴和一页页翻过的书页中长大，改变不仅仅体现在那些不再合身的衣物，略为增长的饭量，变长后难以打理的头发，还有视野上的豁然开朗，气质上的坚硬挺拔，对自我的认识，对人性闪闪发光的地方的追求和欣赏。

漂亮的人在成长路程中总会得到较多的宽容，而曾经的苦难也加重了她灵魂的厚度。那改变肉眼可见，在每次从北京返回 A 城的李栗眼中，他的姑娘一天一天地发亮，璞玉褪去了蒙尘的外表，显现出一种不可逼视的光芒。

没有人会错把钻石当成玻璃。

少女的悄然成长并未让他失望，他看似惊喜，其实慌张。

堂堂李栗也会害怕，说出去就跟笑话一样。

虚张声势的人都会不自觉地做出一些幼稚的举动，李栗也不能免俗。比如开车等在门口接她放学，旁敲侧击问她班里其他男生的消息。她无意间说起学校某个男生篮球打得好，他立刻酸溜溜道："有我好吗？"过了两三个月还时不时提及这个问题，直到亲耳听到否认的答案为止。

幸好她在高二文理分班的时候选择了文科，班里总共六只雄性生物，他还是不放心，趁那年寒假她们班级聚餐，打听到酒楼地点，跟一群狐朋狗友假装路过，声势浩大，她一眼就认出了他，又是好笑又是好气。李栗见过那六人才彻底安下心来，六个男孩子平均个头不到一米七，最高的那位饱受青春期折磨，多看他一眼都让人觉得抱歉。

高二下学期的时候宋一选择寄宿，宿舍里五个女生都知道宋一有男朋友，长得帅家世好，对她呵护备至。

有时候真的烦了，宋一也会生气："你们有完没完啊，我都没问你大学有没有找女朋友，为什么你们总来打听我的事？"

李栗在电话中慢条斯理地问："你们？还有谁跟你打听你的事？"

她不作声。他很快就反应过来，"咻"的一声："宋勇，是不是？"

"你还没跟他说起过我？"

"我哥不会答应的……"

他倒是不担心："管得可真宽啊，他找女朋友可以，你就不行，他只是你哥，又不是你男朋友。"

宋一愣在那里。

李栗看不到她表情，也察觉不到异样，自顾自道："他还真是，就没见过他这样的，只许官兵放火，不准百姓点灯。"

他中学最差劲的就是语文。

这拙劣的比喻，也让她产生了一瞬的惶恐。

成长的这些年里，她几乎是刻意回避了某种可能性的发生，她的哥哥是个男人，是个有正常生理需求的男人，会遇见心仪的女孩，会发生各种恋情，直到遇见他的真命天女，跟他相互扶持度过后半生。朝夕相处的亲情并没有得天独厚的优势，不过是眼睁睁看着他越来越离开自己。

其余种种，不过是时间的问题。

结束跟李栗的通话后，她还呆在阳台，学校靠着镇鳌山，秋风吹过漫山的林木，带给肌肤一阵瑟瑟的凉意。

十一点半，宿舍熄灯，两个舍友已经爬上床睡了，两个舍友还开着台灯在下面自习，动作都放得很轻，偶有一两声椅子拖动的声音。宋一拿着手机出去，舍长刚好提着开水瓶推门进来，在黑暗的走廊碰了头，不免一惊："你要去哪儿呀，阿姨快来检查了。"

"出去打个电话。"

宿舍里住着班里唯一六个住宿的女孩子，经过苦读才考到这里，都以学习为高中生涯第一要务，较少干涉别人的事。入学自我介绍那会儿，几乎所有人都注意到了宋一，稍微好看一点就成，漂亮成这样，就要让人担惊受怕，唯恐城门之祸，殃及池鱼，但是朝夕相处下来才发现，她其实没什么不一样，一样念书，一样学习，一样跟别人一起上课自习。举止并不轻狂，也没有想象中混乱的人际关系。

一个学生什么样，她就是什么样，胆子还特别小，经不住一点吓。开学后陆陆续续有人来女生宿舍楼下打听宋一，舍友们也会凶神恶煞地替她挡回去。

宿舍感情一向和睦，舍长叮嘱她："那早点回来啊。"

"知道了呀。"

走到走廊尽头她拿出手机打给宋勇。按照往常他都是掐断，再打过来。这一次响了几秒钟后直接接通，回答她的，是一个女孩子戒备的声音："你是谁？"

在接近午夜。

她无意识地抬起头，看见走廊玻璃反光镜的自己，表情依稀镇定，发抖的是她的手。

对方是谁。

她该如何向这个人介绍自己，宋勇的妹妹，但是他们没有一点血缘关系，宋家不被公开的养女，她却对自己名义上的兄长有超越手足的恋恋之情。

心渐渐地往下沉，压得她喘不过气。

她将失去什么。答案就在那一刻清晰地浮现在眼前。她将失去从小保护她的兄长，她将让出她得到的大半关爱，她将寸寸失守，也不能守。

失魂落魄中，她挂断了手机。

[3]

夏薇得意地合上宋勇的手机，一转身，就看见了从自习室门口大步走来的宋勇。这个钟点仍有好几个学生自习，因此哪怕他面有惊怒，也不得不压低了声音。

"你在干什么？"

夏薇背倚着课桌，为了看他，头向后仰去，精心打理过的栗色鬈发惊心动魄铺了半个课桌，散漫地一笑："干吗？上自习啊？"

宋勇打开自己的手机，脸顿时沉了下去。

"谁啊？"她仍旧笑眯眯，望着李栗。

他在联系人——的名字前加了一个字母a，以便她在任何时候都是他通讯的第一位。这点心思根本就逃不过一个女生的眼睛。

夏薇跟他在大一的某个社团活动中偶遇。迎新晚会，他们音乐系要排练一个情景剧，要一面大鼓作为道具，大鼓很重，几个女生根本搬不动，大热的夏天，一时之间又请不到搬运工，后来是辅导员出去打了个电话，花了五百叫来了个男生，找了三四个人一起，也不知道用了什么办法给运了过去。夏薇去彩排的第一天才见到那个人。

板寸头，块头高大，肌肉贲张，像头狮子似的踞在通风口，有豹子的眼神，味道不太好闻，经过时能嗅到他身上一股强烈的汗酸气。

但是他这样冷又这么硬，像钢铁一样，只用一眼，就深深地、深深地插入别人心里。

他站在那里，等雇主给他约定好的五百元酬金。

夏薇从他面前经过，跟辅导员打了声招呼。他复点过那五张一百后，揉成一团塞进自己牛仔裤袋里。

抬起头，他啐掉嘴里叼着的一根牙签，正好看见她在自己面前站住。

他皱起眉头，然后掉头离开。

跟这次一模一样。

他低头收拾自己的课本，干脆利落地往包里一塞，拉开凳子走出去。她只来得及拿上手机，就追了上来。他走得快，她走得也不慢，紧追慢赶，跑得气喘吁吁："你怎么能这样对女孩子！"

夏薇漂亮，家境优越，追求者众，自己也想不明白怎么会对这种男生一见钟情，对方脾气古怪，对自己爱答不理。她的手终于抓住了他书包带子，十指嫣红，灯光下妆容姣好的脸双颊绯红，有一种稚气的恼怒。

他沉着脸："松开。"

"给你打电话的到底是谁？"

"关你什么事？"他低声喝道。

她不管不顾，莽撞地往上一跳，双唇与他的唇轻轻一触，并不能将这称之为吻，不过是牙齿跟牙齿之间意外的相撞。

他挣脱开她，狼狈地往后退了好几步，用手背一擦嘴唇，眼中有厌恶之色一闪而过，不过冷冷道："你想干吗？"

夏薇背着手，裙摆只到大腿一半处，迎风拂动，露出珠圆玉润的一双美腿，连骨头都没有，面对他的提问狡黠一笑，理所当然道："不管打你电话的人是谁，现在你是我的人了，你可以有三天的时候，解决好那个女人。"

宋勇脸色遽然一变，转身走了。

回到宿舍，另外三个男生都还没睡。他们学校有一点好处，哪怕零点之后也不会断网，三人各对着笔记本电脑，戴着耳麦厮杀正酣，屏幕上是爆炸的画面。

他把书包放在桌上，拿着手机进了卫生间，再打过去，已经关机。手机里只有一条短信："哥，我睡了。"

手机在掌心几乎被握得滚烫，然后无力地垂下。

宋一高二最后一个寒假，宋勇坐高铁从省外回来，宋一去接他。不知道因为隔了太久没见，还是因为中间变化太多，两人从车站出来坐上公共汽车之前都没有说几句话，只是沉默地交接，宋一跃跃欲试想去拖那个看起来比较重的行李箱，被他不动声色地躲过。一路沉默地上了车，宋勇看着车外风景，连看都很少看她。

宋一不理解他的沉默，她惴惴不安地偷瞄他，有点疑惑。

她不知道他为何沉默，她不知道在这个已经成年多年的男人心目中那难言的惆怅，和一种强烈的不满足，妹妹已经不是小姑娘，不是窝在他怀中撒娇的小小少女，在他缺席的那些日子中悄然长大，并且长得越来越漂亮，他困惑地问自己，一个人，怎么会一天比一天明亮？

这种种改变让他觉得不知所措，不知如何应对？只有沉默。

任何人对沉默的解读都有相异的含义，在宋一的眼中，这种沉默是一种排斥，是一种跟自己划开界限的标志，是他从此拥有了新人生的解释。

她的一切疑窦，在回家后宋勇避开她接的一个电话中得到证实。当时她在客厅写作业，手机响起，他正在看电视，拿起来看了一眼，然后挂断，在这样重复了五六次以后，他被迫走去阳台。

剩下她的空间里，头顶上只有空调发出的声音，吹出来的尽是热风，高温扭曲了视野中的轮廓。她其实没有偷听，一切声音在那一刻都变得格外清晰。

"我不在学校……别打过来……我要挂了……你别过来！"

大概是错觉，最后一句即便提高音量听起来也缠绵。

笔尖顿在一个公式开始之前，再写下去，却怎么都想不起来下一个数字。他从阳台回来，隐带怒容，却一声不吭，把手机往茶几上一摞，也余怒未平的样子。宋一抬起头，小小声地问："哥，怎么了啊？"

"没事，你安心写作业。"

傍晚四五点钟左右，他在浴室洗澡，宋妈妈在厨房做饭，宋一在擦桌子。

听到敲门声，宋一放下抹布走去开门，站在门口的是个高挑个子的女生，一袭风衣衬得腰身窄细，栗色的长发披散两肩，发梢末端烫成了俏皮的卷，手撑住门框，笑眯眯地望向门里，不料开门的却是位少女，顿时愣在那里。

宋一问："您找哪位？"

"宋勇在吗？"她收敛起笑容，眼中有戒备一闪而过。

"你找我哥有事吗？"

夏薇听到称谓，松弛了神情，扬起嘴角漾出一个娇媚的笑："我是他女朋友，跟他约好了来这里找他，我能进去等他吗？"

一片白色的浮光掠过尘埃的心事，将宋一悲哀地笼罩。

夏薇换鞋进了屋里，饶有兴趣地四处打量，宋勇用干毛巾擦着头发从浴室里出来，湿漉漉的眼睫毛，水珠沿着发梢一滴滴往下掉，显得发色更加浓黑，眼珠锃亮。

夏薇双手叉腰跳到他面前，歪着脑袋，语气可爱："Surprise！"

他不惊也不喜，撂下毛巾冷冷道："你怎么找到这儿的？"

她简直扬扬得意："那还不容易，请你的舍友吃顿饭，什么信息拿不到。"

宋勇厌恶她那副打听别人隐私，却自以为理所当然的嘴脸，眼里无声地聚起一股漩涡，只是碍着妹妹在场不好发作，忍气吞声道："你现在就得回去，立刻，马上。"

"喂，你这人怎么这样啊，我好不容易坐了几个小时的车到这里，你说走就走啊。"

"你怎么来的？"

"坐长途。"

"那就再坐长途回去。"

"我不！"

宋勇懒得跟她啰唆，掉头进自己房间换衣服，就算她不肯走，他也打定主意一定要把她送走。

穿外套的时候，宋一推门进来，低声问："哥哥，她真的是你女朋友吗？"

女疯子才差不多，宋勇心想，但也没点破，见宋一小受气包似的站在门边，猜想那女的一定没少给她脸色，顿时于心不忍，遂低声道："跟你没关系，你先回屋做你自己的作业去。"

他一边系着外套的纽扣，一边从她身边疾步而过，所经之处带起一阵冷冽的寒风。她在身后亲眼看着他离开，拉着那女孩的手腕。

她一个人孤零零地站在忽然变得空荡荡的客厅，猝不及防的脆弱跟寒冷袭上她的心头。

你该知道的，你们都将有自己的生活，不过是早晚的问题。问题恰好在于，你是否能够忍受一个你深爱的人离开你的生命。

人们来来去去，最后只剩下她一个。

连她的亲生母亲都不能够来爱她，她还能值得谁来爱。

养母，她太辛苦，生活已经让她疲于应付；哥哥，他对她的情感一无所知，终将奔向另一段幸福生活；还剩下谁，李栗吗？

那个心神不定的男孩子，连他的爱情都像是一场心血来潮的话剧，她只是一不小心闯入幕前，被他兴之所至，钦定为童话的女主角。任何童话故事都没有结局，她根本无法想象他的爱情中，有任何真心实意的成分，这能怪宋一吗？是他给了所有人这种感受。

这就是爱情的悲剧，人们皓首穷经，却做不到有一刻心意相通。

可她接到李栗电话的刹那，还是软弱地想要投降，想要一点点可耻的、虚幻的温暖，但话到嘴边，她还是选择了缄口不提。

这是她的惯例，宋一从来不会主动跟他联系，他每天晚上都会打电话到她手机，她有时候接，有时候只是放在一边，任由它响个不停。

很快，他就察觉了她低落的情绪，感受一个人感情的变化并不是一件困难的事，只要他足够关心，足够在意。

他那时候还在北京，刚刚结束完最后一门考试，走在回宿舍的马路上，冬天的夜晚来得特别殷勤，才五点左右，就已出现了月亮跟几颗稀疏的星星。

他一边听一边走一边问，嘴边呼出白色的雾气，在这个凛冽的初冬的傍晚："你在干什么啊？"

"写作业。"

"然后呢？"

"什么然后啊？"

他耐心地问下去："写完作业要干什么？"

她沉默下来。

宋勇送那个女生离开，还没回来，她原本的回答是等哥哥回来，那然后呢，等到他回来，他就还是属于她的吗？

从出生起就已经注定了她的一无所有，连她的亲生母亲都将她抛弃，还有谁能来真正地爱自己？

李栗忽然叫了她一声。

"嗯。"

"怎么了——……"

她抬起手背在脸上一抹，才感觉到那蜿蜒的泪意，肆无忌惮地滚下一滴，溅在她手心。

她光流泪，不说话。

李栗停住了脚步，仰起头，小雪不知从何时开始，纷纷扬扬地覆盖在他心上，有沉甸甸的重量。他伸手接住了一粒七角的雪花，握紧掌心，却怎么都抓不紧那即将融化的水滴，虚弱无比，几乎是喃喃地，叫着她的名字："——……不要哭……"

原来无能为力，是这个意思。

"不要哭……"

她的眼泪肆无忌惮地滑下，才发觉，人类有脆弱的天性，面对虚幻的温暖和慰藉，也会飞蛾扑火般地接近。

手机一直在通话中。

可是无人再说话。

她很放任自己，放任自己哭出了声音，那些抽泣声像丝线一样，一寸一寸收紧了他的心。

贫穷到需要为自己的生活费发愁，她没有哭泣；丢失了钱财，她也只是伤心，她的人生因为宋勇的保护很少体会到孤立无援的窘境，他就像一株向阳的树木，努力使自己节节生长，就是为了能庇护她这一朵小花。

可是一个故事的结局，总不能跟原先设想的一样。

宋勇送人去车站一直没回来，宋一因此也一直没睡，宋妈妈因为要值夜班，叮嘱女儿几句便出门去。电视已经从八点档偶像剧一路放到了夜间新闻，她窝在沙发里，拖着抱枕到怀中，下巴枕在上面，光影无声流转间，她木然地望进去。

直到手机的振动将她惊醒。她跳下沙发一看，心头一灰，是李栗。

这个点？她疑惑地接起，他的第一句话是："下来。"

她愣在原地，有点反应不过来："你在哪里？"

"你家好远啊。"

熟悉的句子强烈地催使她想起关于从前的点滴，中间几年的时间忽然缩为弹指，在他这句话里，仿佛过去只是昨天刚刚翻过的日历的一页。宋一几乎难以置信，披上大衣，随手拢了拢头发，匆匆奔下楼。

他风尘仆仆地站在她家小区楼下，只穿了一件黑色的羽绒服，连手套都没戴，站在路灯下，听到声音转过头，眼睛布满血丝，向她呈现一个疲惫的笑。

为了迎接考试周，他已经连续几个晚上都在通宵复习，没怎么睡好，这一次是从学校打车出来，直接上的飞机。

他说："一一，别哭了。"

站在那里，他打开了手臂，像千古不可更改的磐石，有矢志不渝的初心。

他没有徒劳地询问她为何哭泣，他也没有苍白地说些无用的安慰句子，他用行动解释心情，他用动作表明担心，他担心她，却无能为力，那么，他千山万水也要到她身边去。

她一步一步走过来，每一步都好像小美人鱼在刀尖上的舞蹈。

她将失去什么，她知道。

她将迎来什么，还未明了。

她在距离他一步之遥的地方停住了脚步，心事七零八落，无从选择，无从纠正。

一盏昏黄的路灯在中间洒下淡色的光，温柔地将她跟他一起圈禁。

他伸出手，朝她伸过去，等待着她做出最后的决定，然后向他走近。

这本来就类似于博弈，他孤注一掷，倾其所有，刹那之间，一个惨败的念头在他心间一闪而过，眼中流露出狼狈的惊痛。

他会不会输，他是否可能一败涂地？

不。

他绝不允许这种情况的发生。

他爱她，那么，她只能够属于他。

他眼里闪现某种决绝，伸手打破了两人之间无形的屏障，用力抓住她的肩胛骨，像抓住一只心神不定的小动物，将她狠狠地带入自己怀中，一只手抬起她的下颌，吻不管不顾地落在她唇上。

他从未想过他的生命中会出现这样一个人，哪怕绝望，也不想她害怕。

吻只是浅浅地触及她双唇，最后停在她额头上，喃喃着心底的名字："一一啊……"像一声低回的叹息。

他的怀抱承接了那些纷繁的，终有归宿的泪珠。她那样伤心，也不肯告诉他原因，只是哭泣。

他拥紧她，低声道："一一，我在这里，别害怕，我一直都在的。"

第十一章
没错我要做你一生的土匪

[1]

宋勇出席了她生命中所有场景，却唯独缺席她最伤心的时候。这会不会是一种暗示？暗示他们兄妹的缘分，再纠缠得紧密也只能到这里。

可不可以……她可不可以？

心头滚过一阵战栗，宋一在李栗怀里抬起头，眼睛被泪水洗过，清到透明，像两泓清泉倾泻在他怀里。因长时间飞行的身体从僵硬渐渐变得松弛，因寒冷而麻痹的四肢渐渐回暖，心里柔软得不可思议，清粼粼的，光为着她看他的眼神。

越来越清，越来越明，像是初醒的懵懂孩童，终于看见他真实存在的影子。

她才想起来问："你怎么在这儿啊？"

他并不急于回答这个问题，在她额头上落下细碎的浅吻，低声道："我想你，非常非常……有时候，我也不知道自己是怎么回事，你明明就不喜欢我，你明明就很怕我，我怎么就放不下呢？"

"我没有不喜欢你，也没有怕你……"她只是习惯被宋勇保护了，对任何浓烈的感情都被动着接受。她的世界除了哥哥，从未出现过一个男性，这样浓烈，像团火焰，经年不灭。

他深知在这个内敛沉寂的少女心中，这已经相当于告白的句子。虽然并没有想象中的热烈，但还是有蓬勃的欣喜覆盖在心间。

他伸手，顺着她的长发而下，食指描摹着她的轮廓，拇指按着她唇边，那里有一枚精致小巧的梨涡。

"一一，你要记住你说过的话。"

从前我不是一个什么好人，我打架滋事，劣迹斑斑，为了你，我统统都改了，现在我把身家性命都赌上了，倾家荡产，像个疯狂的赌徒，一一，不要让我失去最后一条退路。

否则，我会疯的。

宋勇从外面回来，路灯因年久失修，一路上都看不清人影，直到楼下才看见相依相偎的那对年轻人。怒意涌上心头，心中叫嚣着一种冲动，跟当年如出一辙的冲动，想冲上前去，狠狠揍他一顿，然后夺回宋一。

然而他寸步都无法移动，双腿如注铅，僵立在光明的边缘。

[2]

爱情像洪水猛兽一样闯入年轻人的世界，破坏了现行世界的秩序，让他们除了束手就擒，再无他法。

宋勇过完年回到学校，夏薇仍旧穷追不舍，宋勇保持他一贯爱答不理的态度，直到有一天他打工打到很晚才下班，侥幸搭到了末班公交车，他刚刚在后排坐下，紧接着又匆匆忙忙上来一个女生，他没留意，直到她在自己身边坐下，侧过头，才知道是夏薇。

她跑得气喘吁吁，没怎么化妆，也可能是化了，黑暗中看不大清，只隐约一张清水似的鹅蛋脸，嵌着两颗葡萄大扑闪扑闪的大眼睛，睫毛特别长，一根一根流利挺翘。

她说："哥哥啊，怎么这么晚才下班？"

黑暗之中，似有什么在胸腔震动。

她从背包中找出一盒铁盒糖果，倒了一粒在手心，摊到他面前："你要不要吃？"

他认得这个牌子。

他漠然不应，目视前方，置于膝上的双手捏紧成拳，以全力压制那些即将崩溃的回忆，而他已经没有力气。

他没有接这颗糖，只是低声自言自语："你就这么喜欢我？"

夏薇看着他的侧脸，明亮的大眼睛里忽然被泪水充满。她不敢点头，生怕眼泪决堤，谁都以为她没脸没皮，可是她有什么办法，情感要是能由她控制，她根本不会为这个冷酷的男生动心。

就是从那个晚上开始，夏薇成了他的女朋友。

跟校园里所有情侣一样，他们一起去食堂吃饭，一起在教室自习，月上中天的时候手牵手漫步在操场，但在夏薇看来，感情即便发展到如胶似漆的地步，也总感觉像缺点什么。

他很心神不定，她于是步步惊心，感情的每一步都力求完美，这样嫌隙丛生，却也一路安全无虞地走下去。

爱情里觉得轻松的一方，总有许多小心翼翼交由另一方来承担。夏薇爱他，非常地爱，这就注定在感情的天平上她永远都是压秤砣的那个，爱得最深的最可怜，毫无退路可言。

大三下半学期结束放暑假，他带着夏薇回家，介绍她给宋妈妈认识。

他计划性地想将他们的关系往前推进一步，至少在夏薇看来是这样的。

以旅行为目的，计划在他所在的城市逗留一个星期，这个星期里，她就住在宋勇家旁边的宾馆。宋妈妈特别喜欢夏薇，夸她漂亮聪明，举止得体，一看就是从大门大户里出来的女孩子，这种喜欢因为迫切甚至带上了点讨好的味道。

天太热，宋妈妈拿了一张二十，喊宋一下楼去买西瓜。

宋一闻声从卧室姗姗出来。

高中最后一年即将开始，因为连日苦读，宋一瘦了很多，两颊的婴儿肥彻底消失了踪影，显现一张标准的瓜子脸，皮肤雪似的白，穿一件无袖 T 恤，白色的短装裙裤，露出脖子跟手臂大片洁白肌肤，四肢纤细，因为母亲仓促的呵斥，不知所措地站在那里。

宋妈妈急于照顾夏薇的情绪，唯恐怠慢，免不了在言语上责备女儿几句。

宋一也不说话，立刻接过钱要下楼去。宋勇拉住她："我去吧。"

夏薇视线自然地落在宋勇跟宋一身上，他握着宋一的手腕，轻轻捏了捏，在她耳边低声道："你回屋做作业去。"兄妹之间天生的亲密流转在这小小动作之间。

夏薇的心，仿佛被一只无名的小虫子咬了一口。

"你别，你在这里陪陪小薇。"宋妈妈开口阻止。

夏薇立刻道："阿姨，没事儿，水就好了，不用去买西瓜。"

宋妈妈立刻就去厨房倒水，宋勇这才松开了拉着宋一的手，若无其事地跟夏薇介绍道："这是我妹妹，怎么样，漂亮吧。"

宋一抬起乌沉沉的大眼睛，仓促地在夏薇脸上绕了一圈，心中有微微的钝痛，也明白这一天迟早要到来。她向夏薇笑了笑。

她的世界还未有钩心斗角的经历，这一笑由心发出，充满了祝福的温柔意味。

身边宋勇凝望着她，脸上不自觉流露出某种悲哀的神情来。

宋勇不知道。

宋一没看到。

夏薇无意瞥见，心头微微一震。

为了照顾快要高考的女儿，家里唯一的空调装在宋一的卧室，天又实在是热，电风扇开到最大还是有汗淌下来。

　　夏薇跟宋一一道被宋妈妈推进了她的房间。

　　夏薇知道宋勇有个妹妹，也给宋一带了礼物，是一条裙子，宋一看不懂牌子，怎么都不肯要。夏薇虽说爱慕宋勇，却也实在看不惯他们一家小家子气的作派，只是忍着，没在明面上露出来，微笑道："这是宋勇让我挑的，你要是不喜欢，那我真不知道该怎么跟你哥哥交代了。"

　　三言两语说得宋一不得不收下。

　　夏薇又打量她，在这之前见过宋一几面，到现在还觉得惊讶："你们兄妹俩还真不像。"

　　宋勇走过来，听到这句话，笑道："这是在说我丑吗？"

　　宋一低着头，握着笔唰唰地书写着，听到这句揶揄嫣然一笑。

　　异样滋生得如此强烈，让夏薇难以克制地抬头看了他一眼。

　　这个连一身臭汗都能坦然处之的男孩子，竟然在自己妹妹的房间流露出不自在的神色来，仿佛胳膊和腿都安在了不合时宜的地方。他略站了站，就借故走开。

　　之后的一个礼拜，宋勇确实尽到了东道主的义务，领着夏薇到处玩，名胜古迹走过，博物馆也逛过，最后一天搭轮船去了普陀山，全国闻名的佛家圣地，观音道场。

　　不知道为什么，那天来上香的人特别多，都是一些中年阿姨，个别带着儿子女儿。夏薇带着游玩的心情，拿着相机东拍西拍，累了就在树下休息，搓防晒乳。宋勇跟着人流进了法雨寺，双手合十，虔诚地跪下，用额头再三触及光裸的青石地面，态度庄重。

　　夏薇有刹那觉得动容，那个为了五百元钱卖命的男生，也信奉睥睨众生的神佛。

　　午饭他们在普济寺吃素斋，餐桌上她好奇地问他求的是什么，他一笑，简单道："七情六欲，皆有所求。"

中间他去卫生间，背包放在凳子上，未彻底拉拢的拉链一角，露出黄色的丝线。服务生过来收碟子，不小心踢到他的凳子，他求来的符从包里滑出，夏薇俯身捡起，看清上面的字，忽然万般滋味涌上心头去。

他求的是：宋一身体健康，高考顺利。

夏薇提前一天退了宾馆，住在宋勇家里，跟宋一挤一张床，理由是方便明天早起赶飞机。吃过饭，她跟宋勇和宋一在客厅看电视，时不时地聊几句，气氛相当融洽，宋妈妈俨然将她视作了未来的准儿媳，招待得非常殷勤，又是倒饮料又是递水果。

夏薇也很懂事，每回都是站起来接："谢谢阿姨，我们够吃了，您坐下休息一会儿吧。"

宋一口袋里的手机振了一下，她没立刻去看，而是磨蹭了一会儿才起身离开。

CCTV 的电影频道放着老港片《无间道》，黄 sir 死了，大厦被警察团团包围，傻强闻声不对，拉着陈永仁就跑，在车上中了一弹，痛得满头冷汗跟陈永仁交代："程哥说，今天谁没去，谁就是内鬼，我没跟程哥说你去按摩了，让他知道你就死定了。"

《无间道》里最经典的一幕，曾经看哭过宋勇一帮没心没肺的大学舍友，就算泪点奇高，也不至于在这个节骨点上发笑。

夏薇哧的一声轻笑，顿了顿，又笑了起来。

宋勇奇怪地看她一眼："怎么了？"

"你妹妹宋一，去干什么了啊，怎么还没回来？"

"估计去写作业了吧。"

她忍着笑："你妹妹也真是可爱，今天我去卫生间，看见她拿着手机在里面回短信呢，看见我进来，躲都没处躲，脸都红透了。"

宋勇目视前方，没有看她一眼，冷淡地发问："是吗？"

　　夏薇奇道："她是不是有男朋友了啊？"

　　"我不知道。"

　　"你这当哥哥的，怎么一点都不关心妹妹啊。"

　　"她要是哪天想跟我说了，总会跟我说的。"

　　夏薇牵唇一笑："你们兄妹感情还真好啊。"

　　宋勇语气颇为平静："我只有一个妹妹。"

　　这句话落到她耳朵里，让她只觉得难受，明知他们是手足，感情深厚无可厚非，但是也不知道自己为什么要赌这口气，因为他虔诚求来的符，只写着对宋一的祝福，还是凭直觉认为他们手足间的互动太过情深意重，已经伤害到她身为女友的权利？

　　夏薇来自单亲家庭，一想到未来的男友将有一半心思投注在妹妹身上，光是想想就觉得不能忍受。

　　[3]

　　宋一小心地将房门反锁，拿出手机。李栗发来的短信，明明可以合成一句话的问题，偏偏被他财大气粗地分成了无数条。

　　"一一，你在干吗呢？"

　　"实习好辛苦啊。"

　　"北京特别地热，你那里还好吧？"

　　"成绩怎么样，考得差没关系，将来我养你。"

　　她忍不住回了一条："你管好你自己吧。"

　　刚刚发出去，他的电话就追了过来，声音里憋不住的喜气洋洋，到底还是笑了出来："姑娘，心情不错嘛。"

　　"一般一般。"

　　"在干吗呢？"

　　"看电影。"

"什么电影？"

"《无间道》，梁朝伟好帅啊。"她听粤语有点费力，光顾着去花痴陈永仁了。

"……"

宋一很无语："你不会连梁朝伟的醋都要吃吧。"

"那怎么会？"他闲闲开腔，话题一转，还是问了出来，"我帅还是梁朝伟比较帅？"

"那可是香港影帝啊，你哪能跟人家比。"

李栗真的就生气了，慢腾腾地开腔："怎么就不能比，我多帅大家有目共睹，就不说了。我身材有多好你知道吧？而且我还比他年轻，体力上我就赢定了。"

李栗其实也挺坏的，知道宋一脸皮薄，总爱跟她说些露骨的句子，故意撩拨这小姑娘。有时候她是真的听不懂，一不小心让他占了便宜去，有时候她听懂了，生气了，反被他将一军："小小年纪的，能不能纯洁一点啊。"

男生个个是色狼！

宋一连耳垂都红了，因为他愤愤道："没看过你总摸过吧。"

不想再跟他继续这少儿不宜的内容，宋一强行改变了话题，聊了十几分钟，直到她说要去睡觉了，他才肯挂了手机。

平时看着冷漠矜持的男生，谈起恋爱来黏人得要命。恨不得每时每秒都知道她的行踪。

她舒出一口气，把手机搁在书桌，去拿衣柜里的睡衣睡裤，打算洗完澡就去睡觉。手机忽然一振，屏幕亮了一下。

她拿起来一看，李栗发了一张彩信过来，才加载到一半，宋一的脸"噌"的一下就炸开来，一路红到了脖子根。

那是他的自拍，在浴室里对着镜子拍的，没穿内衣，肌肉壁垒分明，就穿了一条休闲裤，跟欧洲男模似的，裤子穿得特别低……低到她能完整地看清人鱼线的轮廓，还有部分毛发……

幼稚，幼稚，幼稚！她又羞又气，手下一用力，手机重重拍在桌上，咬着牙齿，脑袋里就俩字，无耻，无耻，无耻。因为愤怒一时不慎，她竟真的叫出了声音，宋勇在外面敲门："一一，怎么了？"

她匆匆把手机丢进抽屉，用手背镇定了下滚烫的脸颊，才起身开门。

宋勇站在门口，目光关切，问她："我好像听到有人在说无耻，一一，到底发生了什么？谁无耻了啊？"

她低着头，胸腔里好像藏着一只东突西奔的小鹿，心跳得飞速，简直要拦不住。她吸一口气，声若蚊音："没有……"

夏薇站在客厅门口，笑着给她解围："宋一说的是电影吧。我刚刚看电影的时候还跟宋勇说，刘建明这人太无耻了，明明是卧底，还总想做个好警察，自以为是伸张正义，害了这么多人无辜因他而死。"

宋勇的心像被置放在炭火上烧烤，灵魂都在忍受煎熬，每分每秒。

宋一低着头，红着脸，弯着腰，从他面前匆匆逃走，溜进了卫生间。

夏薇不动声色地看着他，直到他转过脸来，才微微向着宋勇一笑："我猜她是有男朋友了吧，这个年纪情窦初开两小无猜的，想想就觉得挺美好的。"

她等待着宋勇的回应，没有臆想中的勃然变色，也不见得多么难过失落，他只是说："我先睡了。"

第二天早上七点，宋勇送夏薇离开 A 城。在飞机上，夏薇告诫自己，他们感情太深了，别掺和进去。

可是一转头，就想到那一天，他像头狮子一样站在通风口，有花豹的眼神。

粗鄙高大，寡言少语，可他的眼睛里，满满都是疲倦。

日子真他娘的辛苦。她总以为下一秒他的嘴里就会吐出这句脏话，在跟他交往的过程中，她时刻准备着他要骂娘的可能。

而他没有。这个男生，从未接受过任何礼仪上的教育，可即便在最热的酷暑的中午，他也会穿得整整齐齐，出现在宋一跟她的面前。

太奇怪了。

她看着舷窗外的云，笑起来。

假装感受不到心底微微的难堪。

[4]

高中最后一个学期是在卷子跟习题中度过，心无旁骛，日子其实过得飞快。黑板上用红笔写的倒计时一天一天减少，从三位数变到两位数，两位数到个位数的时候，李栗就不打电话过来，换成了短信，句式很短，她回不回都不要紧。

他也给她发笑话，也不知道都是从哪里找来的，一个字一个字敲下来发给她。

一学生考试作弊，被老师当场逮到："站住，你穿裙子考试，是不是把小抄写在大腿上了！""老师，这都让您给发现了，莫……莫非您是过来人？""过来人个屁啊，全学校就你一个考试时特意穿条裙子的男生。"

宋一正喝水呢，被呛到好大一口，好久都没喘过来。

他却得意极了："我觉得我幽默感还是挺不错的。"

她最惊心动魄的几天，他一样过得辗转反侧，有一次实在忍不住，想见见她，跟学校请了两天假，从北京飞到A城，清晨五点的飞机，九点到了她高中门口。

但还是不敢，怕她分心，最关键的几天，他自己也是这么过来的。

他在奶茶店坐了两个小时，点了两杯奶茶，一杯加冰，一杯温的。他喝完了加冰的那一杯，把手机放进口袋里，起身出去。

他连短信都没有发，打的去了机场，预定的假期用了不到二分之一。

他看着出租车外沿路的风景，像一个获得之后又失去的孩子；有些伤心，但不知道该如何表达。

弯下腰,他把脸埋在手心里。

整座城市似乎都有她的呼吸。

他只觉得难过,特别失落。

高考两天都在下雨,夹杂着雷声,宋一还担心会听不清英语听力,但是幸好,老天有意襄助,那二十多分钟很安静。

这一年的高考文综比以往的容易,题型常规,更加考验耐心跟是否仔细,结束铃声快要打响的前几分钟,还有哗啦啦的翻卷子的声音,她平心静气地反复检查。

直到铃声响起。

那个壁虎脸的男监考老师露出了从他踏进这间教室后的第一个笑容:"恭喜你们,解放了。"

窸窸窣窣的动静,所有人安静地离场,脸上带着一种松懈的疲惫,仿佛失去最后一点力气。

外面下着小雨,一顶顶伞浮在林荫道上,各种颜色都有,安静地往外漂流。

还是觉得难以置信,高考已经离自己而去。宋一淋着小雨走在人群里,打开书包里的手机,手机里有好几条短信,来自李栗,她将书包抱在怀里,小雨滴滴答答溅在屏幕上,她笑了出来。

因为想不到,打下"高考只是人生的一个过程,而非结局"的李栗,到底是什么表情。

跟所有父母一样,宋妈妈打着伞等在门口,有着相似的焦虑跟期待。

看见女儿从学校里出来,脸上露出一个舒心的笑容,两人挽着手,一起去买菜。这一路絮絮说着家长里短,挑选新鲜的蔬菜跟豆类,还有鱼肉。

几次欲言又止的宋妈妈,最后还是什么都没有说出口。

心事像蝴蝶一样,茫然地飞行,却飞不出雨季。

　　高考结束的时候，各大高校才刚刚进入如火如荼的考试月。几天后，宋一所在的班级办了一场谢师宴，召集了所有同学，在市区某个酒楼，没想到会偶遇初中同桌沈蓉蓉，更想不到陪着她的人竟然是孙超。

　　两个人大概是来这里吃饭，十指相扣，在包厢门口偶遇了宋一。

　　宋一睁大眼睛，因为惊讶，睁得很大很大。

　　所有人都在变化。沈蓉蓉烫了一个栗色的梨花卷，自然垂下披散在两肩，画了淡妆，又文了眉，对美的认知不再流于理论，在实际的操作上更加得心应手，变得清秀漂亮，气质上却更加疏离冷清。

　　孙超原来就不是读书的料，因为家里有钱，念了个专科，两年前靠父亲法院的关系找到一份还算不错的工作，混得如鱼得水，举止上更加世故老练，一点没有了从前跟着李栗的混混样。

　　宋一无论如何都想不到，乖乖女似的沈蓉蓉会跟孙超在一起。

　　沈蓉蓉打了声招呼："宋一，好久不见。"看进了包厢里，了然一笑，"班里聚餐吗？能不能跟你说几句话？"

　　宋一发现自己根本无法拒绝。

　　沈蓉蓉抽回被孙超握着的手，语气很温柔："你先去点菜，我待会儿就过来。"

　　沈蓉蓉回过头，看进了宋一的眼里，仿佛能够窥探她的心事："很震惊？"又一笑，"至于吗？你不还是跟李栗在一起？"

　　宋一只有沉默。

　　蓉蓉从容地解释初遇："孙超的学校跟我的高中就在一条街上，他被家里管得太严，一气之下就在学校旁边租了一家店面，卖章鱼丸子，生意挺好的，给我们宿舍送外卖的时候遇到了。那时候我的日子特别难过，中考没考好，我暗恋的男生却喜欢我最好的朋友……那之后隔三岔五孙超都会来找我，安慰我，开解我，陪着我。我也是从他那里才知道你跟李栗终于在一起了。

"宋一，你知道我听说你们在一起是什么心情吗？"

"我没有觉得你过分，我也不觉得李栗可恶，我只觉得我自己很可怜。"

"很可怜的……"沈蓉蓉抬起头，还是微微笑着的模样，仿佛已跟过去和解，可是只有自己清楚，她还有心结，不能解的心结，哪怕过去三十年都一样，"跟你做好朋友很可怜的，不能嫉妒，不能羡慕，因为你是我的好朋友，就算所有人都爱你，我还是一句话都不能讲，委屈不能讲，嫉妒不能讲，讨厌也不能讲……

"我跟孙超在一起，并不是因为他喜欢我，而是他是唯一一个，见过你之后，却来追求我的男孩子。"

太难受了，眼泪夺眶而出，无声地滚落下来一颗，又一颗。

人人都有心魔，有些可说，有些不能说。

可是这么多年里，太多的委屈藏在心底，变得肮脏龌龊。

沈蓉蓉流着眼泪哭泣，大声道："如果有下辈子，我不要遇到你了宋一。"

"对不起，对不起……"再多的道歉也不能抹平少年时期无意的掠夺，她的出现看似轻描淡写，却给了好友血流成池的灾难和翻天覆地的毁灭。

她就算承担起所有罪责，也不能抚平对方心头的创伤。

宋一抽噎着，真的伤心，可这伤心一点用处都没有，眼泪一大串一大串地滚下去："对不起，下辈子，我不想长得这么好看了。"

沈蓉蓉边哭边笑，昔日同窗的情谊重回心底，往事如烟涌到面前，穿过时光岁月，拥抱了宋一。

宋一还是宋一。

她的难过没人能看见。

最可怜的是，谁都没让她来选过。

[5]

知道是高中最后一次聚会，大家都放得很开，男生们偷偷摸摸准备了啤酒，班主任也是睁一只眼闭一只眼，只是叮嘱学生不要太过。

宋一从没喝过啤酒，也不清楚自己的酒量，可是太多人在起哄，她们班本来女生就多，最后舍长过来给她解围，给她倒了两杯果酒。

果酒也是酒，喝多了一样会上头。

她头晕，但人却很清醒，大概是包厢空气不流动，让她觉得有点闷。

或者其实是难受。

走廊特别长，她东拐西弯，都快迷路了也没找到厕所在哪儿，想找个服务生问问，一转头看见休息区一排沙发，放着一盆铁树盆栽遮挡。走得有点累了，宋一过去坐下。

不知道谁的手机在响，响了第二遍才知道是自己的。

她拿起来，放在耳朵边，嘟囔了一句："喂。"

李栗多精明一人啊，光听声音就知道不对了："喝酒了？"

她有点口齿不清："没喝多少呢……"

"手机不要挂，你现在人在哪儿？"

他又生气了，他怎么这么容易生气。

宋一也不高兴，宋勇就从来不会这么对自己大声说话，他是她谁啊，他凭什么啊？

酒劲是一点点泛上来的，开始只是肢体不协调，到后来整个人都变得昏昏沉沉，手臂和后背特别特别痒，抓又抓不到，她握着手机，努力地让自己坐直，很认真地在回忆，我在哪里啊……

她想起来了。

"李栗，我碰到沈蓉蓉了。"

下了飞机的李栗拦下一辆出租车，坐进去。他急于想知道宋一现在人在何处，对她提到的那个人毫无兴趣，只是问："你附近有什么标志性建筑？"

"树……"

她指的是面前挡住她视线的一株铁树盆栽，接着又喃喃："她怎么跟孙超在一起了呢！"

李栗立刻挂断手机，打给孙超，问他要来了地址。

她穿了一件短袖 T 恤，窝在休息区一排沙发上，露出来的胳膊两侧都是红红的疹子，看着怪吓人的。李栗把她打横抱起，匆匆奔下楼去，出租车还停在那里，他把她给放了进去，一只手轻拍着她的脸，拨开她散发，叫着她名字。

她迷迷糊糊睁开眼睛，想吐。

"你别碰我嘛……"

"你过敏了，我现在带你去医院。"

她动了动，又觉得浑身上下哪儿哪儿都痒，他握着她的手，还不让她抓。

"你走开……"

"——乖，忍一忍，越抓越痒的。"

到了地方停下来，他抱着她就往急诊室跑，她被颠得难受了，叫起来："你压到我翅膀了。"

幸好看病的人不多，医生给她开了药，交代去点滴室挂水。

扎针的时候大概把她给弄疼了，她哭起来："翅膀疼。"

小护士没见过这场面，扑哧一声乐了。他搂着宋一，把她脑袋给按到了自己怀里，不让看，跟那施针的护士讲："烦您轻点。"

他给她举着吊瓶，找了一个地方坐下。

酒精代谢快，不一会儿红疹就退下去大半，但是劲头还没缓过来，她昏昏沉沉的，睁眼看到他，笑得跟个向日葵似的，甜丝丝的："李栗。"

虽然觉得她生病的时候更加可爱，但还是不忍心她遭这份罪。他脸庞凑过去，蹭她挺翘的鼻子，眼睫毛拂在她额头上："看看你这张脸，差点就毁容了，我看你下次还敢不敢这么喝了。"

"我毁容了，你是不是不喜欢我了啊？"

他啼笑皆非："胡思乱想什么呢？"

"我要是不漂亮，你根本就不会注意到我吧……"

李栗笑了，还生着病呢，不想跟她计较："别瞎想了，要吃什么啊？"

"草莓。"她瘪瘪嘴。

医院门口就有人在卖，刚上季，又大又红，带着阳光的香气，她嘴馋了。他下楼去给她买，看见点心铺在卖白粥，带了一盒上来。

等到他回来，她又睡着了。

挂完第三瓶水都快下午四点，护士替她把针头拔下来，她立刻惊醒，瞪大了眼睛，看见了李栗，忽然地，有点不太想看到他。

李栗光顾着给她披上他的外套，没留意。虽说是初夏了，但还下着雨，空气中带着一丝凉。

问她饿不饿。

她点了点头。

问她想吃什么。

她还是说："草莓。"

李栗笑了，变戏法似的从包里拿出一个红色塑料袋，打开，里面红滚滚地躺着一排洗干净去了蒂的草莓。她真的很馋，被他拉着，一边走一边往嘴里塞，真甜。两腮撑得鼓鼓的，他也由她去，进电梯，一个被妈妈带过来看牙齿的小病号看着她直笑。

进到出租车的时候，她才想起来问："你带我去哪儿啊？"

"带你去吃好吃的。"

罗棠在某会所请客，庆祝妹妹罗嘉高中毕业。这家会所李栗从前跟着父亲来过，真正的销金窟，主厨祖上是宫里的御膳，就是熬出来的白粥也比五星酒店的地道。

进了门，李栗熟门熟路找到包间，门一开，罗棠正在 TV 前点歌，转身过来，"哟"了一声，立刻变得笑眯眯："一一啊。"

"罗大哥。"

李栗哼了一声："这声大哥可不白叫，——，记住这个地方，以后有什么想吃尽管过来，账记你罗大哥身上，你罗大哥有的是钱。"

宋一抿嘴一笑。

包间还分了会客厅出来，小小一张圆桌，不过是摆设，放了一瓶鲜艳欲滴的英国玫瑰。李栗拉着宋一在桌边坐下，给她点了一客砂锅粥。

罗嘉坐在沙发另一边，抬起头，牙齿咬着嘴唇，心里恨得要死，眼中仿佛有火焰，射向宋一。

中途李栗走开去抽烟，宋一抬起头，看见面前站着的罗嘉。

很漂亮的玫红色洒白点短裙，头发绷得紧紧，露出结实饱满的额头，额际一根碎发都没有，通通往后梳成一个结实的发髻，眼神跟她的发型一样倨傲。

这三年宋一几乎没怎么见过她，但是她的名字如雷贯耳，不是办了派对，就是出国旅游，很出风头。班里有女生跟她一起组织过学校的活动，议论起她来："架子大得不得了，长公主似的。"口头禅是：只要能用钱解决的问题，都不是问题。

罗嘉站在桌边，一手撑着桌面，有点咬牙切齿的意思，压低了声音恶狠狠地问她："你来干什么？谁请你来的？你能不能要点脸啊！"

任何反动派都是纸老虎。宋一才不怕她，就是烦她，把调羹放下，看着罗嘉："你就那么喜欢李栗？"

"关你什么事？"纸老虎恼羞成怒，好不火大。

"喜欢他你就去追好了。"

"还不是因为你！"

宋一心平气和地说："如果你喜欢，那就去追，跟我没有关系。"

李栗恰好走到门口，手已经握住了门球，却顿住了。

李栗送她到她家小区的楼下，这一路都不怎么说话，宋一大考完又生完病，整个人都恹恹的，像株打蔫了的禾苗，自顾自低着头往楼上走，却被一股突如其来的猛力攥紧了肩膀，踉跄后退了几步，倒在了他怀里。

她看着他手背，太用力了点，上面因此暴出几条青色筋脉。

有点慌张，但也是一刹那，她说："我得走了。"

"——，考到北京来。"他在她耳边低语，热气喷在她耳郭，有淡淡的烟气。他不要和她分开，多一秒钟都不想要。

她声音轻轻："我要跟妈妈商量一下。"

停顿了两秒，他才心有不甘地把手松开。

上楼，她用钥匙开门，屋里一片漆黑，没有开灯。

借着从客厅窗外射进来的月光，她看见宋勇一个人蹲在客厅角落。

她走过去，在他身边蹲下，没有作声，伸出手臂，抱住宋勇。他慢慢地、慢慢地转过头，连眼睛都通红，看到她，就说了一句："我跟夏薇分手了。"

从来只往心里流眼泪的宋一，眼泪这一回终于夺眶而出。

彼此的心事，贴得再近也是南辕北辙。

他们想到的，看到的，伤心的，难过的，落泪的，通通不是一件事。

感情里从来就没有，也不可能有以身替之这回事，是这个人，就只能是这个人，走再远的路都不能改变初心。

他们大错特错，都错得离谱，仗着自己年轻，为所欲为，无意中伤害到别人，却总以为时间会替自己纠正那些错误。

还来得及吗?

宋一仿佛在迷雾中穿梭，走了很长很远的一段路，直到依稀出现光亮。

那光芒有万丈，虚空中有力量浮起，灌注了她的胸膛。

无论代价多么巨大，她也要纠正它。

她说："哥，我不会离开你的，我永远不会。"

宋勇展开手臂，月光从窗外射进客厅，映在这一对相依相偎的身影上，仿佛亘古以来，开天辟地，他们是世间最后两只蜉蝣，此身为彼此有。

宋一躲着李栗，电话少接，凡约她出去的要求，她一定推三阻四，找来无数借口。她甚至一度消极地希望，他莫名其妙的爱恋会突然消褪，从此消失不见。

一个非要见她一面，一个非躲着不肯，李栗也不是什么好脾气，向来都是女孩子们巴结着他，宠着他，何曾吃过这种闭门羹。每次都是他气冲冲挂了电话，掉头就跟自己讲，别理她，别去找她，你是个男人，有点自尊心好不好。

可怎么都忍不到晚上。

心里有螃蟹，有蜘蛛，有史前时代所有脊椎科动物的横冲直撞，一方面生闷气，一方面也安慰不了自己，好端端的，怎么就突然变了个人似的。

唯一能想到的理由，是宋勇。

这段时间，她确实一直陪着宋勇，谁都当作什么都没有发生，谁都不曾提起那晚上看到的人。大致估了下分，还算有信心，她有意报考哥哥所在的那所高校。

距离北京千山万水。

[6]

高考分数在 6 月 15 日深夜十一点才出来，几家欢喜几家愁的日子。她不敢查，让哥哥帮忙查，他刚刚听完数学的分数，嘴角已经微微上扬。数学是她的强项，却比所估分数高了六分，理想中的大学不再话下。

他把总分报给她。她难以置信，直到他再三保证自己没有听错，她才尖叫着扑到宋勇怀中，两腿盘着他精瘦的腰身，他托抱着她，她搂着他的脖子，像只小猴子，怎么都不肯下来。她抱得他真紧，鲜活的身体蕴含着热气，让宋勇真实地感受到心底有一块被充满，被占据。

再也容不下去其他的人或者事。

宋一的小脸紧紧贴着他的额头，胳膊绕着他的脖子，在他耳边轻轻地说话，清浅的呼吸吹烫了他的耳垂："哥哥，你答应我，我们再也不分开，我们永远都不分开。"

心头滚过一阵酥麻的战栗，他加重了语气："哥哥答应你。"

李栗的电话就是那个时候打过来的，宋一不肯下来，像树懒似的挂在他身上，他颇无奈地笑："你让我怎么接电话啊？"

她蛮不讲理："走过去啊！"

他也由着她，抱着宋一走到了茶几边，拿起话柄，她依偎在宋勇肩头，离得听筒也近，听见了那冷漠压抑的声音："宋一在吗？请让她听电话。"

街巷窄小，李栗的车开不进来，就站在路灯下等她，宋一已经洗过澡了，原本打算睡觉，李栗的意思是有几句话要说，不会耽误她太长时间。宋一便在睡裙外罩了一件开衫，拢了拢头发下楼来。

夏天蚊蝇多，他穿了长袖长裤没感觉，她已经被咬了好几个包。

他看了她一眼，眼神一闪，转头踩灭了脚底香烟："去车上吧，就几句话。"

他从来都没有强迫过她的，他从来都没有过。

宋一是过敏体质，感受都比别人来得强烈，真的痒得受不了了，便点点头跟着他一道进了车里。车里开着空调，相较外面黏着的闷热更加舒爽凉快，连瘙痒似乎都缓解了。

不知道为什么，她反而觉得太冷了，可能是空调，也可能只是他落在她身上的目光。

他降下车窗，调高温度，然后才问宋一："你没有话跟我说？"

她开口只有一句："对不起。"

他笑，姿态放松地靠在驾驶座椅背上，散漫地看她一眼："你对不起我什么？"

"以后你别来找我了……"

他看着她，光从表情上还看不出变化，只是语气已经变了调："我告诉过你，宋一，我告诉过你别招惹我。"

"我没有想过……"

"你已经这么做了！"

"对不起。"

"别他妈跟我说对不起。"他一拳砸向方向盘，胸口因为压抑的怒气而剧烈起伏，抬起头忽然看定她，眼中有冰冷火焰，一路烧到了她面前。

她觉得不安，甚至恐惧，低下头去。

"你给我说清楚，什么叫别来找你？"

"李栗，对不起。"长发自两肩垂下，遮住了她的表情。

"我不想听这句话。"他握紧拳头，转开头，待情绪平复后才去看她，"是不是因为宋勇？"

太久的安静，他从她的沉默中得到了那个答案，还有难堪。他真佩服自己，这种时候还能笑出来，只是手因为过分用力，暴出了分明的青筋："如果我跟宋勇之间非要你选一个，你选谁？"

跟他认识的这些年，他似乎总在逼她做出选择。

二选一，或者多选一。

要她怎么选择？从前他们根本不认识，那时候只有宋勇在她生命里，只有哥哥是她的保护神，免她饥饿，免她孤独，免她在这个时时险恶的世界颠沛流离。

他只是突然闯入她生命中的陌生人。

你叫她如何选择。

一个陌生人心血来潮的爱意。

一个珍视她不逊于自己眼珠。

李栗感觉灵魂似有火在烧。

"李栗，对不起。"她一直低着头，白若藕臂的两截手臂自黑发下伸出，无措地安置在膝盖上，仿佛俯首认罪的姿态，却无法浇灭他心头越烧越炽的怒火。

"为什么！你说啊！"他低喝，意识混乱，肌肤发烫，五脏六腑似有幽蓝的火焰隐隐跃动，舔舐着他的心。

"因为助学贷款的事。罗大哥告诉我，我哥哥申请的那笔助学贷款，你爸爸是那家银行的执行董事。"

他无力地靠在椅背上，手扶着额头，重复了一遍："助学贷款……"

"对不起。"

他明白过来，反而笑了下，可他明明连眼睛都红了："宋一，你不能这样子对我。"

她只会说对不起。

他打转方向盘，连安全带都没系，将车开出了胡同口。

这一路风驰电掣，油门踩得特别狠，却没有闯一盏红灯。每一次的急刹勒得她胸口很疼，她想叫他停下，可是恐惧已经夺走了她的声音。他脸色沉郁，嘴角紧抿，显然已到了失控的边缘。

一阵刺耳的急刹，车在海边停下。

没有人，没有灯光的大海其实是墨色的，海风很大，空气潮湿，惊涛骇浪都带着温柔，规律的海浪声像是恋人深夜耳边的喃喃细语。

他松开方向盘，把脸伏在手臂之间，喃喃地仿佛自言自语："一一，你不能这样对我。"

这样一个男生，这样桀骜不驯的一个人。

"不可以的……"

他从手臂上抬起头，看着她，眼睛黝黑锃亮，仿佛冥黑天空一道阴云，倒影在她身上。

宋一的不安被黑暗无限放大，转身去掰车门，早被他锁上。她不敢相信，她仍不能相信他会伤害她，他只是一时的鬼迷心窍，她想，如果这是一个噩梦，至少要有一个人能醒来。

他的手搭在突然发抖的宋一的肩膀上，她仰起头，惊慌的表情像被骇住的小动物，他眼中的绝望根本不逊于她。

得不到，却想要，没有什么比这更加绝望。

她的眼泪瞬时冲下，低低地叫了一声："李栗。"

所爱之人唤自己的名字，是这个世界最短的咒语。

车载钟表跳到 00：00，新的一天她等不到了。

宋一在第二天的下午独自回到家里，替她开门的是一夜未眠的宋勇，她穿的不是昨天下去见李栗的那一身，而是一条崭新的无袖连衣裙，裙摆刚到膝盖，衬着一双柔若无骨的纤细小腿，仿佛只是出去散了一会儿步。

他扶着门，紧紧地握着门把手，他感觉不能再多用一点力气，来压抑那在喉间呼之欲出的一声痛呼。

她笑了笑："哥，对不起啊，我回来晚了。"

她不自然地低下头，借垂下的长发掩住了脖子跟锁骨的异样，此刻他目光流连的地方。

那一刹那，他的灵魂几乎分崩离析，从一座名为崩溃的城内四散逃逸。

寂静中他听到哭声，很久才意识到，那是自己的心在放声哭泣。

而他什么都没有说，他什么都不能做，他只是往后退了一步，在她的笑颜中变了脸色。

那天傍晚，宋一在浴室待了很久，她待了多久，他在浴室门外站了就有多久，听着哗哗的水声，心意外地很冷静。

煎熬的不是过程，当决心已定。

六月中旬填报志愿的那天中午，宋一去学校递交志愿书，临走前她说想吃番茄排骨，他笑着说好，答应去菜市场买新鲜的排骨，然后换了一身衣服先出门。

走到楼下，烈日穿过稀疏枝叶洒下斑驳的阴影，他仰起头，下意识地眯了眯眼睛。

他才发现阳光其实也有重量，沉甸甸地压在肩膀上，偏偏让人觉得希望是那样的渺茫。

他那样辛苦，那样用力，用隐忍来度过最艰难的岁月，用沉默回击着任何险恶，这一生他没有贪欲，没有恶念，从来没有做过任何伤天害理的事情，可为什么，为什么宋一得不到哪怕一点点的侥幸。

很快，他就认出了停在学校门口的那辆车，在此之前宋勇跟踪了有一段时间，不用想也能猜到，李栗在等宋一。

他为什么就不肯放过自己的——？

宋勇不动声色地蛰伏在暗处。等宋一出现在门口，李栗推门下车来，却没有走近，眼看着宋一进了校园，他也只是靠着车身，从口袋里掏出一包烟。

宋勇箭步上前，持着手中器械，一闪而逝的亮光映亮他冷酷的双眼。

没有搏斗，只有惊呼，来自周围的学生，李栗背部受创，来不及回头，面冲地面缓缓栽了下去，身下有血液静静流淌。

他用行动替妹妹挣回了所有报应。

害怕吗？

不，他只是遗憾从此往后不能再看到宋一的笑脸。

宋勇成为这场故意伤人案中不二的疑凶，公安局循口供批捕，面对警察是否有纠纷的问题，他摇头，戴着镣铐的双手搁在桌上，简单道："我只是想抢他的钱。"

"为什么选在这种地方？"

"抢了，没多想。"他抬起头，身体前倾，表示出了对下一个问题的莫大兴趣，"他死了没有？"

"难说。"翻看着他的档案，警察上了年纪，自己也有个差不多大的儿子，连连叹息摇头，"好好一个大学生，这一辈子算毁了。"

行凶伤人的案件在当地掀起巨浪，宋勇的学历身世跟他所犯的罪行很快公布于众，得到了两种截然不同的声音，一方谴责他的恶劣行径，一方则可惜天之骄子行差踏错犯下的错误。

这个晴天霹雳彻底摧毁了宋妈妈的生活。这名坚强的妇女曾经独自抚养一儿一女长大成人，在短暂的哭泣和绝望后开始直面眼前的绝境，她向所有认识的人借完了所有能借的钱，仍旧无法弥补那个巨大的缺口，宋勇的取保候审费用已经倾尽她所有，受害人李栗还躺在重症监护室。

最难的并不只是钱，李栗的父母有权有势，动用各种关系，务必不让行凶者留有一线生机。

宋妈妈走投无路的前一个晚上，她写了一封信，放在衣服口袋里，将前尘旧事交代清楚。而后行事如常，洗衣做饭，安慰哭泣的幼女，直到她在抽噎中睡去。

宋妈妈坐在床边看了宋一很久，直到长夜褪去踪影，光明莅临人世。

她曾经一念之差犯下一个错误，无论如何不该让她的孩子们来承受。

第二天中午，她出现在急驶来医院探望李栗的罗家的车前，副驾驶的罗嘉听闻消息后心急如焚，一直催着爸爸快快开。

罗父其实没有闯红灯。

在十字路口，是宋妈妈义无反顾地迎了上去。急刹声响遍了一整条街，她的身体飞起，重重落回交通灯下，手里握着一封信，然后软软地垂下。

一个月后，宋一被罗家接走，改姓为罗，成了罗家不对外公开的养女，并且出资一大笔费用，作为宋勇的赔偿金。

她的长大，发生在即将十八岁的那个夏天。

第十二章
我们可否闭口不谈，我们假作波澜不惊

[1]

四年之后，李栗孤身一人从美国提前回到 A 城。

那年冬天父亲被检查出心脏有问题，做了心脏搭桥手术。母亲不止一次对着他哭，四年前她差点失去了自己的儿子，这一次几乎失去她的丈夫。她流着眼泪求李栗不要再封闭自己。

他从未感觉自己被封闭，他只是回归了他的本性，生命终于变得沉寂，在失去宋一之后。

所有的波澜都曾因她而起，那么当她离开，他就应该像死水一样，惊不起一丝涟漪。

有时候他自己也不理解，明明是皮相之悦，怎么会以入骨相思终结。

这四年里，他回国的唯一目的就是为了寻找宋一，去过她的家，听邻里街坊说起，她在母亲过世后被人家领养，但谁都不知道领养她的对象。

A 城突然变得无限大，找不到他的宋一在哪儿。

后来有一次他开车经过新天地，在等红灯的时候看到一个相似的背影，他弃车而下追上前去，穿过来往拥堵的人群，和着无数声的借过和对不起，去捕捉那微茫不可一提的希冀，最后才发现不过一场误会而已。

那女孩脸上有微微不悦，待看清他后转为无措，脸意外地红了一红。

他松开手，脸上重新涌现冷漠，那一刻，他比任何时候都要绝望。

总是一次次地承受打击，然后一次次地继续找下去。

人生会不会就是这样，如果找不到宋一，他这一辈子都无法放过任何一个相似的背影，他将继续寻找，也将饱受绝望，余下的生命不过就在两种心境之间挣扎，他这一辈子都得不到该有的报应。

他渴望报应的来临，超过渴望第二天的黎明。

可是母亲的眼泪才让李栗知道，他耽于自己的情绪太久，忽略了很多感受，这一千二百多个日日夜夜里，饱受煎熬的并非他一个。

他遵从母命，定了餐厅，跟那女孩子见了一面。很活泼的女生，名字也有意思，姓金，单名一个倩，还在念大四，家里开酒店，在澳门还开了一家赌场，很会聊天，聊她喜欢的明星，正在追的电视剧，聊她的舍友养了一只流浪猫，聊那只猫的趣事。

他不需要做出任何回应，只要装成很有兴趣地听下去，就足以维持话题。

金倩也不傻，吃完饭他送她回学校，车就在学校南门停下，她就知道下一次她再也不会见到他。

她心里其实很难过，她不能说非常喜欢他，只是看到那张脸，她就知道他们其实一样，是那种被爱情伤害过的人才有的绝望。

她握着安全带，轻声开口："我的男朋友刚刚跟我分手，他爱上了别的女人。"

李栗在车里回过头，眼神幽冷。

她自以为一目了然他的情伤，然后他笑了一下。

所有人，包括他的父母，他的心理医生，甚至眼前这个只有一面之缘的女生，他们都以为了解他，他们都妄图触摸到他的灵魂，然后安慰他：

伤害已经过去，凶手已经束手就擒。

那一刻，他想要放声大笑，声嘶力竭地大笑，然后倒地哀号，痛哭流涕，哪怕仅仅只是哭给自己的心听。

他才是凶手。

却得不到应有的报应。

李栗回国后唯一主动去见的人只有罗棠。罗棠刚刚在城东某房地产新开楼盘中拍得豪宅一所，临山傍水，风景旖旎，在住所办了一场乔迁派对，邀请了一些年纪相仿的年轻朋友。

罗嘉也在其中，模样变化很大，长发披散于肩上，穿一条无袖及膝白色棉裙，气质婷婷如新荷，却让李栗觉得很熟悉。

一个女生的受吸引程度从来跟她的家世脱不了关系，她的身边被众多追求者簇拥，以至于没有第一时间看到李栗的出现。

他带了一瓶酒，穿过入户花园的走廊去了前厅。

罗一刚给菊花培完土，从花架后站起来，就着假山石下的山泉水洗净了手，踏上台阶最后一阶，推开双花桃心门，进了厨房。

厨房铺了一条灰青色瓷砖走廊，贯穿了客厅跟小花园，隔断处是通往二楼的楼梯，她进来的时候正听到罗家兄妹在楼梯上低声地说话，声音不大，但是听着很清楚。

"哥，你为什么要把她带来这里？"

"小嘉，为什么她不能来，这些年她处处让着你，你还有什么不满意？"

"我不满意，哥，我有太多不满意，她到我们家里，你喜欢她，爸妈都喜欢她，可是哥，我才是你亲妹妹啊！你对罗一好，我会难过的啊，你知道这四年我是怎么过来的吗？我每天都睡不好，我每天都在害怕，我害怕她会把你也抢走！"

"小嘉……"

"哥，我求你了。"

"你不可以这么任性。"

"就这一次，别让他们见面了，你想想罗一，罗一也不想见他的。你让司机把她送走，我求你了哥，就这一次，我保证我以后都不任性了。"

李栗恰好从客厅过来，想去厨房倒水喝，听到兄妹两人说话，不方便过去，就站在环形楼梯下，耳朵里漏进一句两句，心道，罗棠是不是交了女朋友，无奈过不了小姑子这一关，不过按照罗嘉这种性格来看，罗棠估计是要打一辈子光棍了。

想到这里又是一笑，他背靠墙壁而立，火机刚刚旋出一团火焰，他咬着烟，俯身去接。

罗一从冰箱拿出一瓶冰水，发了会儿呆，然后搁下杯子从厨房的后门出去。

罗棠最终答应罗嘉的要求，送罗一走。罗嘉喜形于色地转身下楼，待看见楼下那人，脸色惊变。李栗拔下烟走过来，笑着冲她点了点头，算打过招呼，懒得跟她多加应酬，简单的一件 T 恤，深灰色休闲裤，眉宇蔚然而深秀，时光似乎有一种魔力，使从前那个顽劣的少年变得越发挺拔优美，像一支提琴的前奏。

他快步走进厨房，发现料理台上已经放了一瓶冰水，瓶身凝结的水汽径自往下流，似乎有人刚刚才走，视线跟随洞开的两扇桃心排门往外，四处花木郁郁葱葱，只能看到别墅院子的篱笆一角，白色的裙角一闪而过。

他笑了笑，觉得自己真是疯了，刚才还觉得罗嘉的打扮跟宋一有点像，现在只是看到一个背影，就以为看到了宋一。

他从罗棠家出来坐到车内，才系好安全带，罗嘉就从别墅里跑出来，拦在他车前："你要走吗？"

"嗯，帮我跟你哥说一声。"

　　车窗还没升上去，她奋不顾身抓住车窗玻璃，不顾尊严："栗子哥，你究竟要等到什么时候去？"

　　他冷冷地开口："这不关你的事。"

　　这不关罗嘉的事，这也不关李栗自己的事，命运既然给他安排了等待这一条出路。那么，他就等，四年不够，那就四十年，他的时间已经无用，想要尽管拿去好了。

　　"她有什么好？栗子哥，她根本就不喜欢你，这些年她就是在躲着你！"她孩子气地大叫，眼泪哗哗地往下掉，知道丢脸，但是做不到体面。

　　李栗眸中厉色一聚，伸出手抓住她一条手臂，力气不算大，却捏得她痛极，痛得她差点叫出声音。

　　"你知道她在哪儿？"

　　"我不知道！我不知道！"她摇头大叫。

　　他冷冷地松开手，踩下油门。她脱力踉跄后退数步，默然站在路边，眼看着车身如箭射出一丈之外，融入夜色之间。

　　[2]

　　那之后金倩主动联系过李栗，打的是他公寓的座机，他刚刚晨跑回来，正在浴室洗澡，听到了铃声，等披着浴袍出来见是一个陌生的号码，也就没管它。等到了晚间他从公司回来，那座机恰好响起，和着他关门的那一声动静，他在玄关换好鞋，然后走去接听。

　　是金倩。

　　她们学校的展播厅有老电影上映，她想请他去看。

　　面对这突兀的邀请，李栗只觉得匪夷所思，他并不觉得他们上一次的见面有多么投机，他很委婉地表示没有时间。

　　她忽然哭了起来，声音压得很低，但是李栗知道她在哭泣。

　　成长没有改变一件事，任何女人的流泪都让他觉得无所适从。

唯一在乎过的那个人，她流的每一滴泪，都跟他毫无关系。

可她当着自己的面哭过那么多次。

他笑，不知道是赞叹她的演技，还是讥笑自己的愚蠢。

金倩哽咽着："我看到我前男友了，跟他现任一起在展播厅。李大哥，求求你，能不能帮我一把？"

眼前有经年的画面闪现，他隐忍地闭上眼睛。很快又睁开，他试图将那些画面驱逐出心底，于是冷漠道："抱歉，我没有兴趣。"

金倩失魂落魄地看着已经暗下去的手机，它在两秒钟以后重新亮起，接通以后是他冷静自持的声音："电影几点开始？"

他换了衣服，拿了车钥匙下楼。

电影结束之后，金倩跟李栗在住宿楼下道别，感谢他今天的鼎力相助，哼着歌小跑着回了宿舍。打开门，两个舍友在床上支了小桌玩电脑，每张床下面就是各自的书桌，罗一在看书，特别给她留了一盏小台灯。金倩从门边做了一个芭蕾起舞的姿态，裙裾飞扬，一路旋到罗一跟前，足尖踮起，俯身下腰："My princess，可以和你共舞一曲吗？"

罗一在昏黄光影里向着金倩微笑，不同于金倩的明朗外向，她就算微笑都是静悄悄的，像半阖的栀子，幽幽的香气浸在花蕊中间，没有声张，从不外露，却比唯一的光源还要明亮。

金倩在这四年中已经逐渐适应了这位舍友的美丽，但有时候还会目不转睛地想要盯着她看。

"这么开心啊？"罗一从凳子上转过来，笑着问。

"开心，当然开心，罗罗，你真该留下来看看赵茜脸上的表情，嫉妒得眼睛都快喷火了，能出这一口恶气，我这一辈子就不算白活了。"

赵茜跟她们一个系，罗一在食堂的时候见过她一面，长得清纯无辜、楚楚可怜，完全想不出就是这样一个女生抢走了金倩的初恋，还在两人中间挑拨离间，气得金倩抱着罗一大哭，边哭边恨恨道："但凡我有的，不管什么她都想要。"

罗一挺好奇那位拔刀相助的勇士。

金倩将其夸了又夸："极品啊极品，上相啊上相，一身宝蓝色西装，那腰那臀那腿……不枉我连绝招都使出来了，才请到王炸。"

"啥绝招啊？"罗一好奇。

金倩用手指沾了点唾沫，往眼下两行作势一抹。

"眼泪。"

她扬扬得意地想：连李栗都不能免俗，哪个男人不吃这一招。

罗一笑："Lucky boy！"

金倩难得很认真地纠正她："Man！"

拿着漱口杯刷牙的时候，金倩想到他从车里下来的一幕，匀称挺拔的身材舒展开来，茂密的头发往后梳起，让人非常想知道将手插在那些头发中的感觉。

他走过来，像比例完美的雕塑，像海神波塞冬。

迷人的外表，俊朗的身材，他只是在行走，脸上没有多余的表情，可金倩却觉得他被一种忧郁笼罩着、掌控着、伏击着，无处不在，无时无刻，总像要哭出来。

像小孩子一样痛哭，因为得不到玩具。

他不能痛哭，因为他成年很久。

那一秒钟，金倩有一种微微的柔软的疼痛，在心头。

再强烈的感情都不足以成为伤人的利器，除非爱而不得，除非，有了母性的存在。金倩为他觉得哀痛，像心疼自己不曾有过的孩子。

他明明比她年长，而且世故。

这是从来没有过的感受。

罗一能感觉到金倩的快乐，或者因为太过快乐，反而显得有点难过。罗一隐约觉得这段感情跟金倩从前经历过的都不同，她庆幸金倩能遇到这种感情，又隐隐有些担心。

拿了毛巾去浴室洗漱，刷牙的时候金倩走过来，低声问她："罗罗，这个月你要去看你哥吗？"

她的哥哥宋勇在城郊一家看守所服刑，她每两个礼拜去看他一次。

金倩很贴心，小声问她："那你钱够吗？"

罗一笑了，这笑发自内心，所以更加的动人美丽："足够了，谢谢你，金倩。"

最后，李栗其实也说不明白他怎么会跟金倩在一起，看过一场电影，又出来吃了几顿饭，送她回来的车上，这个女孩子莽撞地、主动揽住他的肩，吻上他的双唇。

退开来，她脸上有红晕顿现，一脉夕阳从窗外射入，照着她肩头一缕黑色的发，仿佛盛放着金光。

她低下头，大概觉得害羞，从李栗的角度来看，只能看见她密密的刘海下一弓白色的鼻梁，雪白的两臂自秀发下伸出，无措地安置在膝盖上。

往事如箭，时隔多年依然能决定他的命悬一线。

他的心揪起，潮痛如当年的海浪一样涌上心头。

这个女孩身上，有一种过去相似的气息，属于宋一的气息。他曾经一度很熟悉，熟悉到她就算隐匿在篮球场的人群里，他也能一眼把她找出来。

"她根本就不喜欢你，这些年她就是在躲着你。"

罗嘉的话让他意识到，从此以后，他不会再像爱宋一一样去爱谁。

但这不代表他不能去爱别人。

爱的内核千变万化，只要他不声张，没有人会知道真相。

[3]

金倩偶尔会去他上班的地方，他在办公桌前处理文件，她也会被照顾得很周到，窝在沙发里玩手机，跟同学语音聊天，她的世界中朋友众多，呼朋喝伴，从不寂寞。后来他买了一幅拼图，放在茶几，她拼出了小熊维尼的脑袋，掂着一块拼图不知从何继续下手的时候，感觉到身侧有一束目光，正不动声色地注视着她。

她只有拼图的时候最安静。

只有她安静的时候他才会看她。

她心头有惘然错置的甜蜜，如轻烟升起。

等他下班通常都在五六点钟，刚好是饭点，他对饮食向来敷衍，但会照顾女伴的口味，让秘书事先定好餐厅，然后再开车载她过去。车上，她接了一个电话，是她舍友打来的，问她要不要给她带饭上来。

"不用啦，我在外面吃饭。"

她挂了电话，朝他晃了晃，解释说："我舍友罗罗。"

他没兴趣听她关于她舍友的事情，打了转向灯，变换了车道。

大概是气氛太闷了，他不搭话，她就自己没话找话，叽叽咕咕地自说自话起来，讲到她的三位舍友，两个是北方人，说话干脆，行事豪爽，也讲到了那个罗罗，他们宿舍就她跟罗罗两个是本地人，关系特别好，对这个密友她也不吝赞美之词，性格好，人又漂亮。

就是太安静了。她这样评价罗一。

李栗慢慢降下车速，开口打断她的话："到了。"

他没有送她回宿舍，因为公司临时有事，把他叫回去开会。她打车回宿舍，罗一不在，她在学校附近的咖啡厅找了份兼职，一个星期要上两天晚班。另外两个女生一个在洗头发，一个在上网，看见她，不怀好意地挤眉笑了：

"约会如何？"

"一言难尽啊……"她感慨，倒在椅子上。

"嘿，这个评价真够独特的。"钱月笑。

金倩躺在椅子上，打开两臂，手掌盖在眼皮上，觉得累，想了想，是够独特的。

李栗正是她中意的那种类型，风度翩翩，举止贵气，她喜欢看他工作时全神贯注的样子，袖子挽到手肘上，衬衫纽扣解开两粒，露出麦色的结实肌肤，有时候发型微乱，遇到困境的时候会下意识地将头发往后一捋，难题一旦解决，双眼变得格外明亮。

他也会抽烟，但每次抽烟之前都会问她："可以吗？"

他很不习惯让秘书做一些端茶倒水之类私人的事情，都是自己亲力亲为，工作中途去倒咖啡，无论她的杯子里是不是还有水，他都会重新再给她倒一杯。

他送给她的生日礼物是一条 mikimoto 的锁骨项链，不甚名贵，但是很符合他们那时候的关系，她的身份和他的地位，不会显得他盛气凌人，也不会让她有压力接受。

他想的永远比她周到，她也永远都在被照料。

跟她认识的那些富二代完全不一样。

她确信自己迷恋他，但是她无法肯定他的感情。

他对她无微不至，体贴入微，照顾她的感受和那些小心思，但，感情发展得不温不火，太细水长流，好像总是缺点什么，可如果说他不爱她，他也会在她拼图的时候不动声色地注视她，凝视她。

让金倩相信自己被爱，却难以寻到确凿的证据。

后来某个礼拜六，金倩拿到两张话剧小百花的票，请李栗一道去看。他刚好结束一个项目，正是心情最舒畅的时候，刚打完壁球，正想出去走走，便开车来接她。

因为女生宿舍他不方便进去，他在门口槐树下泊好车，等她，她穿着高跟鞋飞快地从宿舍楼奔下来，跑得两颊绯红，气喘吁吁，连声道："不好意思不好意思，刚刚手机忘拿了。"

拉开车门坐下，小包放在膝上，她忽然"哎呀"了一声："钥匙也没拿。"双手合十向着李栗哀求，表情可怜又可爱，"拜托再等我一会儿，我让舍友送下来。"

她拿出手机，打了个电话，就打给那个叫罗罗的姑娘。

他用手指一下一下敲着方向盘。

五六分钟后，金倩向着车外张望，兴高采烈地招手："这里这里。"

他似不经意地回头。

昨天仿佛刚刚掀过的一页，所有的记忆所有的画面就在那秒钟重新涌到他面前，少女明媚的笑颜，抱着课本走过体育场边……冷气充盈的书房，她问他这道题会不会做，气息微甜，瞳仁真亮，像他养过的那只小猫……酷热初降的夏天，他跟她在一起吃的第一顿夜宵，两碗面条，一屉生煎……她说对不起，眼睛里那些分明的晶莹的泪珠……最后的最后画面定格在那混乱的夏夜，她的手指深深地陷入他手臂，纷繁的发丝遮住了她大部分表情，他压抑着喘息，用手拨开，让它们缠绕在自己的手指上，心头涨起难以言喻的酸热潮痛……他爱她，他曾经那样爱她，已经没有任何办法……她闭上眼睛，仿佛无法承受他眼睛或者他身体的热度，他俯身吻上她的额头，听见她唇边喃喃的一个音节："痛……"

这四年里，他仿佛无时无刻都能听见这个字，醒着、醉着、做梦的时候，这声音就像一柄冰冷的剑，从容地切入他的身体，那冰冷的一剑滑过他的五脏六腑，让他痛不可遏。

他握紧方向盘，像一座岿然不肯移动的危城，谁都不知道他到底多用力，才能控制自己不痛呼出声。

耳畔仿佛能够听见血流淌时发出的轰鸣，剧烈地叩击在他耳畔，和着他一声声急促的呼吸，他以全神来贯注她的脚步声。

他侧过头，脸上是多年之前初见时的冷漠，冷漠之下的皮肤激涌着狂热的血液。

她认出了他。

她仅仅只是认出了他。

四目交投的刹那，她往后退了两步，然后习惯性地、自欺欺人地把头低下。

两个人，谁都没有声张。

她把钥匙递给金倩，金倩喜笑颜开，连声道谢。

她没有等到车离开，而是迅速转身，回了宿舍，跑出很远，还能感受到那道如影随形的目光。

[4]

一直到话剧结束，李栗还是只字不提关于她口中的罗罗，他记忆中的宋一的疑惑，在送她回学校的时候，仿佛无意地说了一句："哪天有空，我请你们宿舍的人吃个饭。"

大学里是有这样一条不成文的规定，谁交往了男友需请整个宿舍的舍友吃顿饭，让姐妹们把把关。他不知道这个规定，但是金倩也没有多想，他出手向来大方，惯于在商场上应酬，况且不过一顿饭。回到宿舍一问，纷纷响应，除了罗一。

罗一摇摇头："不行啊，我没空。"

金倩道："我还没还说哪天啊。"

罗一挺抱歉的："真的没空，双休日我都要去打工。"

其实看着她的穿着打扮应该也来自中产家庭，大学开学第一天，是一个司机帮罗一把行李搬到女生宿舍，两个行李箱，一个是阿玛尼，另一个还是阿玛尼，怎么都不像是缺钱的样子，可是大一的时候她就在图书馆找了份实习补助，同时还兼了两份家教的活。

她的生活里好像就只有打工跟学习两件事。

就算有个哥哥在看守所，她的家人就不管他？有时候金倩也不明白，只觉得她过得太辛苦。

饭局定在市中心一家酒店，曾经他带宋一来这里喝过下午茶。

女孩子们在服务生的带领下鱼贯进入包间，李栗站起来，然后又慢慢地坐下，服务生在最后把门关上。

他的视线失魂落魄，没有捕捉到那个人的影子。

他觉得自己可悲又可怜，无论四年前还是四年后。因为他忍不住不问，幸好早习惯用冷静来掩饰表情："金倩，怎么只来三个女生？剩下那位呢？"

金倩正用毛巾擦手，随口道："罗罗啊，她去看她哥了。"

宋勇？他眼睛一闪，再没问下去。

两个北方女孩子性格都很开朗，李栗风度翩翩的，照顾得也十分周到。他喝日本清酒，给她们分别叫了饮料，又细心地问了饮食的喜好，才叫服务员上菜。吃到后来大家也没这么拘谨，有说有笑，放得很开，那天的李栗也很随和，喝了点酒，含笑着问金倩："你这几个女同学，都有男朋友了吗？"

金倩只觉得奇怪，但是又说不上哪里奇怪，李栗有四年在国外生活，思维上完全的西洋化，向来很少打听别人的隐私。

这样问，似乎也可以视为他对她的朋友们的关心，毕竟他年纪比她们都大。

刘敏敏是个地道的山东姑娘，眼睛大，心眼儿也大，活泼道："还没呢，李大哥这样优秀的人，认识的朋友也个个都是人中龙凤吧，到时候得麻烦李大哥帮我们介绍啊。"

同寝另一个女生姓钱，性格稍微内向些，不像敏敏那样什么话都敢往外讲，在桌子底下悄悄踢了她一脚。

李栗噙着清酒杯抿了一口，放下杯子笑了笑："都没有男朋友吗？那我可不信。"

刘敏敏看着金倩："罗一应该有吧，她这么漂亮，怎么看都不像没男生追。"

刘敏敏为人不坏，就是嘴巴太敞，宿舍一点八卦都会往外讲。金倩跟初恋分手，就是刘敏敏第一时间传出宿舍，很快就传遍了班级上下，最可气的是，她在那个走样的八卦中以弃妇的形象出场，气得她回宿舍差点跟刘敏敏吵起来。罗一私底下安慰她："她只是把谁都当好朋友了。"

谁信啊。

金倩立刻替好友辩护："她没有。"

"我上回还看见有车送她回宿舍。"

这一次连钱月都点头附和："我也看到过。"

金倩冷笑："送她回来就是男朋友了，我家司机送我回校，他就是我男朋友了。"

敏敏微微一笑，莫名有些火花四溅。钱月在底下拉了拉她衣袖，暗示她别乱讲，金倩跟罗一的关系特别好，连钱月都看得出金倩有点不高兴。

今天还是人家男朋友请客吃饭呢。

钱月瞥了一眼主位上的李栗，他靠在椅背上，凝眸敛神，很注意地听着。

"她家要是跟李大哥一样有钱，还用得着每天打工吗？"

杯里的酒晃了一晃，像是心事泛起的涟漪。

每天打工……

钱月小声道："我也见过，上个月有个男生送她回来，个子不太高，但是人看着挺精神的，和和气气的模样，下车的时候还塞钱给她。"

金倩的脸色都变了。

李栗微皱眉头，无意识地饮尽杯中酒，再放下的时候杯子早就空了。

吃完饭，因为公司临时有事，他又喝过酒，于是打电话让司机来送她们，然后又另外叫了辆车，开车的司机问他去哪儿，他随手把领带扯下，扔在一边，报了个地名。

当年为了找到宋一，他去过宋勇的看守所，他找遍了所有地方，连沈蓉蓉都问过，他是真的没有办法了，只能低声下气地来求宋勇，就想知道他的宋一到底在哪儿。

那时候宋勇就在玻璃后冷笑，说出的话就像诅咒一样："她现在过得很好，但我不会告诉你她在哪里，你永远都不会知道，永远。"

看守所已经偏了市郊很远，背靠大青山，路都是最原始的沥青马路，被烈日晒得发烫。来这里只有一班公交车，只有一个站牌，他叫司机把车停在路边。

下午两点十五分。

差不多半个小时以后，他看到了从看守所正门走出来的罗一。

他陷坐于车内深处，不动声色的目光追随着她的脚步。

她几乎没怎么改变，还跟从前一样，幽深贞静，像一朵亭亭的栀子花，散发着幽香，从他的记忆中走来，最后又跟他的记忆重合。

公交车在站台停下，她还没踏出第一步，手被人从身后拽住，然后一用力，往后踉跄了几步，倒在一个温热的胸口。她骇然回头，他太高了，这四年似乎又高了很多，像堵墙的阴影落在她脸上。

是李栗。

她低声道："松开。"

"想也别想。"

"你有金倩了。"

"所以，"他凑近来，眼中闪着恶劣因子的光，"你别激我，我也保不准我会做出什么事情来。"

拉拉扯扯的时候公交车已经开走了，下一班要在二十分钟后，她不肯上他的车，两个人僵持不定，隐约成抗衡的姿态。无奈之下，他挥了挥手让司机先走，自己留下来陪她等公交车。

她原本坐着，一见他在自己身边坐下，便起身走开。

走开一段距离，也能感受到他的目光，不动声色地细细打量她。

罗一的心原本已经够乱了，现在简直乱成了一团，手心都是汗。

该怎么办？她该怎么办？怎么样才能从这混乱的关系中脱身出来，少女时期才有的难题重新回到面前来。

她已经成熟了，他不能再用同一件事为难她两遍。

就在她纠结不定的时候，公交车刚好入站，她还没反应过来，他就拉着她的手一跃而上，因为站台偏僻，车里人不多，很容易找到两个靠窗的座位，他拉着她坐下。

她闭目养神，他的手并不安分。

她睁开眼，他正试图把她的头往他肩上拨，被撞破，一点不觉得尴尬，朝她一笑。

"你困不困？"

她木然摇头，即便六点起床，中午都没休息，现在已困得要命，她还是强撑着睁大眼睛，不想给他一点暗示。

殊不知她的出现，对李栗来说已是上帝最动人的暗示。

她还是睡着了，头一点一点，靠着玻璃，每次公交车在站台停下的时候都会撞到额角，他小心地伸手，把掌心垫在她额头跟玻璃之间。

车一直开到市区，报春申广场站到的时候，她忽然惊醒，跌跌撞撞地冲下车，李栗不明所以，也跟着她一道下去。

她其中一份兼职的快餐厅就在这里。

李栗目光复杂地看着一身制服出现在餐厅的罗一，然后推门进去，选了一个靠窗的位置坐下。有服务生过来替他点单，片刻又回来，用下巴指指那里示意罗一，压低了声音："好帅啊。"

他就点了一杯咖啡，气定神闲地坐了一个下午，直到她下班，换好衣服出来，他立刻起身追出去。她走得很快，几乎连路都不看，他心知不妙，毅然伸手在马路边一把拽住她，气息甫定："一一。"

她放弃了反抗，如果反抗才是他的目的。那么她顺从他，哀求他。

"李栗，你放过我好不好？"

他心平气和地笑了笑："那也要你先放过我，公平一点，一一。"

他招手拦下一辆出租车，回过头，问了她一个多年前相似的问题："你饿不饿？"

他带她去的是很多年前第一次去过的那个小饭馆，相似的季节，一样的位置，两碗青菜面，一屉生煎，她抬起头看着他。

他微笑着，努力要看进她的眼睛里去："一一，我没有忘记。你呢？"

她觉得很累，更多的是茫然："为什么？"

"因为我爱你。"

"可我不爱你。"

李栗替她拆了一双方便筷子："等你吃饱了，我们再讨论这件事，好不好？"

她看着他，哀求他："我的生活好不容易平静下来，你别再把它弄糟了。"

他的心仿佛被她那些句子反复揉搓，拧成了一个彻底的死结，他从来没有这样疲于言辞的时候，他也终于相信，她始终有能力，能轻而易举将他置于万劫不复的境地："我不会，一一，我再也不会了……你相信我，给我一个机会，就算我犯了错，你给我一个机会悔过。我不会弄糟你的生活，我只是想照顾你，我想……"

罗一静幽幽地凝睇着他，目光藏着一个毫无安全感的少女。

那句话哽在喉中，使肺腑都酸痛。

YUAN
YU SHENG
一　215

……爱你。

他走过这么远的路，看过这么多的人，发现爱而不得才是人世间最痛苦的事情。他喝过最烈的酒，品过最苦的茶，才发觉，真正难饮的是深爱之人酿下的时光。

他终于知道自己其实病了，病了四年，久病成良医，她是医他的药。

"金倩的事，我会处理好。"

她露出了遇见李栗以来第一个凄凉的笑："你已经把我的生活弄糟了。"

他脸色惊痛地一变。

司机把车开回来，停在她原先住过的小区的楼下。他陪着她走过这里，她停在槐树下，仰头看去，几年间这里住过的人走的走，搬的搬，老式居民区住的人渐渐少了，有了荒芜的前兆。再过不了多久，这里就有可能被拆掉。

他看她，她转过头，抬头看路灯。

待她回头再看楼上，李栗依然在看她。

他不说话，已觉得这样的时光太奢侈了。

罗一轻轻道："哥哥出事以后，妈妈出了一场车祸，死了。"

"——……"

他知道她家的变故，但他没想到这句话从她嘴里说出来会使自己如此绝望。

他颤声叫她的名字，不知道是想要让她继续，还是停止。

"我不想离开这个家，但是我没有办法，哥哥在看守所里，妈妈死了，我什么都没有，连书都念不起，不知道该怎么办。后来是罗大哥来找我，把我带到了他们家，是罗家收养了我，给我饭吃，给了我一个地方可以住。"

他发现自己一声都发不出，声音哽在喉咙里，想伸手去碰她，不知怎么回事，手明明伸出去了，却在半空虚晃了晃。

他慢慢蹲到地上，抬起一条手臂捂住脸，浑身都在发抖，那些话轻描淡写地从她嘴里出来，却像一柄缺少打磨的匕首，刀刀都捅进了他的心脏。

血要等到很久，才会一滴一滴地流下来。

他爱她，他曾经那样那样地爱她。

他很费力地、艰难地从胸膛挤出那句话："我不会伤害你了，我不会再伤害你了，——，给我个机会……——，我爱你。"

她也在他身边蹲下，双手抱着膝盖，靠得他很近，就在他耳朵旁边低声道："李栗，我们扯清了，我骗过你，所以我什么都没有了，比较下来，上帝更加偏爱你。从现在开始，我们就当什么都没有发生过，从这里走开，永远不要再见面了，好不好？"

她站起来，拍了拍那条白裙子上并不存在的灰尘。

转身走开。

爱情怎么可能是细水长流，明明就是火焰，是一下子烧起来，烧得人五魂六魄，都灰飞烟灭啊。

她的手被人握住，然后翻转，十指紧紧相扣。

手心滚烫，其实是绝望。

她站着，俯瞰着他。

他蹲在地上，仰着头："——，你不能这样子对我……"

他一遍遍地重复着，声嘶力竭，脖子上暴出青色的筋脉，最后呜咽一声，恸哭了出来。

这样一个男人。

她记得第一次见到李栗，是在篮球场，她不知道他的名字，但很莫名地就记住了这个男生，样子桀骜不驯，篮球打得又好，被所有女孩儿追捧，那时候，他过的是人上人的日子。

他低到尘埃里去，是从遇到罗一开始。

这个角度她只能看见他后颈几茎黑发，又硬又短，随后她听到他的声音，鼻音很重："我不会再让你走的。"

他站起来，眼睛雪亮，定定地看着罗一，仿佛某种决心已定，让她没来由地一阵心慌。

要抽回手，被他拉住。

他坚持要送她回校，她不肯，折中下来，他答应只送她到学校门口。

"没意义的，一一，你改变不了什么，包括我的决定我的心。"

这是他最后一句话，像誓言一样。

车停在学校南门，已经晚上快九点五十分，她们宿舍十点钟门禁，她下了车就往学校里面跑，偶尔回过头，依稀还能看见他靠着车身而立，掌间拢着一团火焰，他俯身去接。

[5]

罗嘉听闻风声，得知了关于李栗新女友的消息，缠着罗棠问东问西，非要问个清楚那金倩是个什么来头，言语里下意识就把金倩贬得十分难听。连一向爱护她的大哥罗棠都听不下去，微微动怒道："好好一个女孩子，嘴里说的都是些什么东西？"

"哥！"她撒娇地一跺脚，总以为像从前一样，还能被纵容被原谅。

罗棠摇头："你太不像话了，李栗跟谁交往那是他的私事，你从任何立场都没有权利打听他，现在看看你说的做的，像个什么样子？再看看一一，你真的让我很失望。"

罗嘉自听到"一一"二字，嘴角已微微下沉，待他说完失望时，她终于冷笑出声："一一，叫得也真是够亲热啊，她算什么东西，一个寄人篱下的烂孤女，要不是她妈当年故意撞上爸爸的车，撞死了，她能有今天的日子？"

罗棠脸颊惊痛地一抖，忍无可忍，扬起手狠狠扇了罗嘉一个巴掌。

她脸一偏，用手捂住，眼中有泪夺眶而出，难以置信地看着罗棠："哥！"

他隐忍地侧过脸，将手朝外一挥，冷冷道："出去，好好反省下自己说过的话。"

"哥！"

"出去。"

她泪意莹然："哥，你一向最疼我了，为什么，为什么罗一一来，你们都变了？爸爸对她好，妈妈也心疼她，我呢，我算什么？我连个孤女都比不上！"

"小嘉。"罗棠听到这些话，眉宇间亦有不忍神色，待要叫她的名字，罗嘉早就转身，如小箭一样冲出他的办公室。

她下到停车场，找到她那辆红色宝马，余怒未平地打开门坐进去。

拿出手机，看着上面栗子哥三个字，她按了拨打。

第一次打不通，第二次还是一样，直到第三回他才肯接。

她的心早被怨恨、嫉妒、愤怒腐蚀得千疮百孔，根本也无意来追究前两次的无人接听，笑语铃铃道："栗子哥，你不是在找宋一吗？我今天才想起来啊，她改名字了，改叫罗一，对，现在就住在我们家，你想见她是吧，正好今天有个聚会，我把她叫出来，你们见见。"

她一边说话一边看着后视镜里的自己，左脸颊微红，到时候大可以补个遮瑕掩盖过去。

她把地点定在自己常去的某个酒吧。

宋一很好约，只要告诉她一声，自己喝醉了，她无论如何也一定会过来接自己。

最开始的时候，罗嘉没有这么坏，只是失去得太快，她要握紧，沙子只管在掌心里漏下，谁来管她？

接电话的时候，金倩正在李栗车上，他约她出来，想把事情当面说清楚。

他清楚她跟罗一的关系，他才明白那句"你已经把我的生活弄糟了"的深意。

他挂了电话，金倩从上车开始已经感觉到了异样，她转过头，看着他一向冷漠严肃的表情，明显有了温柔的痕迹，烟雾似的在他的眉梢眼角之间游荡。

他看着前方艰难路况，不自觉想笑，顿了顿，又微微笑了起来。

她明白过来，微笑起来："你找到她了是吧？"

他找回了他的爱情，她失落了她的心。

人声鼎沸的酒吧，罗嘉占了一个卡座，看着舞台中央群魔乱舞，乐音强劲，震得人耳膜微微发痛，每个人的脸上都有一种癫狂到迷幻的表情。

太乱了，他在过道里跟金倩说："你在这里等一下。"

他走进去，一边四处寻觅一边打电话给罗嘉："你人在哪里？"

"吧台这儿。"

"换个地方。"

"换什么啊，罗一都来了。"

他心一沉，把手机往口袋里一放，挤过人群，撞到几个浓妆的少女，年纪不会很大，涂着绿色的眼影，露脐装超短裙，勾肩搭背，一支烟在她们之间递来递去，咯吱咯吱笑得上气不接下气，抬起头看这个漂亮的年轻先生："有烟吗？"

他脸色一变，因为他看到了吧台边的罗嘉，罗一坐在她旁边。有三个男生在跟她们搭讪，其中有一个硬要拉着罗一去跳舞。

罗一明显已经醉得不省人事，抱着罗嘉的手就是不肯。

她不能碰酒精的。

李栗走过去，从她手里接过杯子，说："我是她的男朋友，这一杯我替她喝了。"

罗嘉回过头，看见他，磕磕绊绊地冲他打了声招呼："栗子哥。"

他酒量其实很好，应酬上练出来的。

但是一杯下去，酒意立刻涌了上来，呛得他鼻腔一酸，端起酒杯往里一看，底部有个尚未融化完全的药片。

他不动声色地看了眼面前这三人，手往口袋伸去，想要打电话叫司机过来迎接，还没碰到手机，却被罗嘉按住了，顺着他的手指往下，拿到了那部手机。

意识无比地清醒，但是手指史无前例地笨拙，不受控制。

他问罗嘉："你想干什么？"一边把罗一拉到了自己怀里，她还穿一条白色的裙子，中领，短袖，他用发抖的手指拉开了她裙子的领子，往里看了一眼。

还好，疹子发得不太多。

罗嘉打开他手机的通讯录，找到了金倩的号码："她在这里吗？她如果不在的话，可能稍微麻烦一些。"

她媚眼如丝望了望李栗，笑得诡异，像个堕落后的天使。

三个男人当中的一个要过来拉他怀里的罗一，他明明站都站不稳了，还是不肯，摇了摇头，说："不用，还能走。能不能给我开个房间？"

那个男的惊诧地看了他一眼。

罗嘉真的给他们开了一个房间，酒吧的包间，圆形的床，铺着粉色的床单。他在某个心理学期刊上看到过这种充满性意味的暗示，许多情趣酒店都选用这种设计，倒在上面之前他还在想，情况也不见得多糟糕。

罗嘉站在床边，指挥一个男的脱了他的外套，衬衫，解开他的领带，扔在地板。

解决完他，要去碰罗一的时候，李栗看着罗嘉的眼睛，很慢很慢地说："罗嘉，你可要想好。"

到现在为止，他能看在罗棠的面子上不把她怎么样，但是你让这个男人碰到罗一，我保不准我会做出什么事。

罗嘉听懂了他话里的意思，笑了一下："你就这么喜欢她？"

她咬着牙齿拍了几张照片，看了下效果，觉得满意，照片中的女孩醉颜酡红，而男人发型凌乱，她的脸枕着他的胸口，裸露出肩头大片雪白肌肤，姿势暧昧。

他说：“让金倩晚点过来。”

罗嘉震了震，视线从手机上移开，落在他脸上：“你真狠。”

门关上，他躺回柔软的床上，身上盖着轻柔的布料，等待着酒劲跟药力的消退。他的意志力一向顽强过旁人，否则也挨不过美国那孤独的四年。

她就躺在他的臂弯，睡得香甜，呼吸轻微，带着他熟悉的果糖的气息。他凑过来，亲了亲她嘴巴，眼神往下，变得幽暗深重，呼吸随之急促，胸口一起一伏。

她动了动，柔软的，雪白的，小白兔的身体不小心蹭到他某个部位。

他整个人，立刻就绷紧。

动也不敢再动一下。

罗嘉走出了包间，一直走到停车场，然后才发短信给了金倩。

金倩在酒吧门口等了快一个钟头，狐疑地收起手机，放进随身的小包里，穿过走廊，正巧遇到一个 waiter，端着托盘路过，金倩跟他打听了包间的具体位置。

推开门，她看到的并不是罗嘉用手机拍下来的一幕。

她看到的是李栗跪在床边，扶起罗一，喂她水喝。

两人都没穿多少衣服。

罗嘉哼着歌上了楼，家里静悄悄的，似乎没人在。罗父所在的高校正在进行职称评选，获得者将能终身保有教授的职衔。

她搞坏了一段关系，但是内心非常快乐得意，愉快地把包丢在床上，光着脚上楼，楼上有人说话，是她的哥哥，她开始以为是哥哥一个人，后来发现还有她的父母在场。

“一定要把真相告诉小嘉，爸，你们这样的隐瞒根本不是在保护她，不光对——不公平，对她也是伤害，她永远不知道自己的亲生父母，她永远不会知道自己到底犯了什么错！”

罗父不语。

罗母嗫嚅道："都已经这么多年了，现在罗一也在我们家里，我们对她就跟亲生女儿一样……"

"一样吗？"罗棠很无力，"妈，你能不能公平一点？一一才是你们的亲生女儿，这些年，她受过多少苦，你们知道吗？这些年她住在我们家，她根本就不知道自己的亲生父母就在身旁，就算当年宋阿姨因为私心，把自己的女儿送到我们家，把罗一留下，但是她给了我们机会弥补，为什么我们还要隐瞒这个错误？"

为什么？

因为她只是一个母亲，她的心很小很小，只装得下自己的儿子和女儿。她没有哺乳过罗一，她没有分享过罗一的幼年童年跟少女，罗一所有的第一次没有她的参与，罗一人生轨迹中母亲那个词语，大部分时间不是由她扮演，对于生女缺失的十几年，她是愧疚，但愧疚发展不成养育之情。

她担心那愧疚之情太过庞大，会伤害到另一个她的孩子——她心理上的，真正的女儿。

可是她也伤心啊。

她的亲生女儿在受苦，她连看都看不到。她想起罗一刚到罗家的时候，就像只受惊的小白兔，眼神里满是恐惧，对陌生环境的戒备，时刻预备着竖起浑身的刺。她一颗心被人好像用刀子在刮，疼得实在受不了，疼得连觉都睡不着，她只好跟自己讲：罗嘉才是我的亲生女儿，从来没有吃过苦头，从小在她的娇宠下长大。

她不能向任何人讨回公道，她的苦水只能往自己肚子里倒。

罗母哭出声音来："那小嘉呢，她怎么办？我养了她二十多年，你让我怎么办？妈的心已经分成了两半，都给了你跟小嘉，再也不能多切一块出来了。"

"妈！"罗棠痛苦地叫出声音。

"够了。"是罗父的一声怒喝，阻止了这场注定没有结果的争论，"这件事就到此为止，谁都不准跟罗一、小嘉去说。"

罗嘉蹑手蹑脚走到二楼，站在门口，在书房门将要推开的前一秒，闪身进了次卧。背抵着门板，脱力似的，她缓缓滑坐到了地板上。

[6]

金倩浑身发抖地立在门边，仍在怀疑自己眼前看到的一切："为什么罗一在这里？到底发生了什么事？"

李栗说："你有手机吗？能不能借我用一下？"

她叫起来，浑身发抖，眼泪肆流，她从来没有这样失态的时候。

"为什么，为什么要是罗一？"

这个问题，他问过上帝百遍不止。

这么多人这么多年，这么多风景看遍，却久久无法释怀最初的感觉，那咫尺迎来的素色牡丹。

金倩靠在墙壁上，喘息唯艰，低声喃喃："为什么要是罗一？为什么啊？"

谁都可以，谁都可以让她主动放弃，欣然出局。

为什么是她最好的朋友？

自尊不准她多停留一分钟时间，而羞耻已让她不堪面对，她一步步往后倒退，退到无路可退，然后步步狂奔。她跑得飞快，眼泪自眼角飞逝，并且她深知，他一定不会追上来。

他抬头看她的一眼，来自不同于对罗一的世界。

等到药劲退去，身体才恢复自如，罗一还没酒醒，疹子漫到了脖子下边，他不敢耽搁，替她整理裙子，蹲在地上捡起她一双皮鞋，抱起她顺着消防通道下楼。已是深夜，他站在路灯下，打横抱着一个头埋在他胸口的穿着裙子的女孩，然后伸手拦下一辆夜班的的车，司机从后视镜中暧昧地掠了他一眼："去哪儿？"

"市二院。"

故事总有许许多多的巧合。

市二院凌晨两点，罗父罗母也在那里出现，随着一辆从救护车里抬下的支架床，跌跌撞撞地跑在后面，眼神有惊痛和绝望，医生护士迎了上来。

他跟他们在楼梯前擦身而过。

他奔往前台。

他们推着车去急救室。

罗棠跟在最后，领带扯下一半，另一半搭在肩膀上，头发乱糟糟的，雪白的衬衫当中一大块触目惊心的血渍，看见他，脸色一变，走上前来："——怎么了？"

罗父罗母闻声回头。

罗母神色恍惚地站在原地，泪痕未干，看着李栗怀里的罗一，并未走近。她披着李栗的西装外套，睡得深沉，深色的布料下露出一截她的白裙子。

躺在那医生跟家人包围圈中的人，脸色雪白的女生，是割腕未遂的罗嘉。

她在自己的卧室，穿着睡袍，枕头边放着一部手机，在营救她的过程里被罗父捡起，看见了照片中的男女：李栗跟罗一。

床上的、没有穿着衣服的男女。

他教了快三十多年书，生性刻板严厉，越到年长，越加古怪守旧令人难以亲近。

这里面的女孩子，是他的亲生女儿。

为此自杀的，是另一个被他亲手照顾长大，在他心目中品行皆优的孩子。

判断是个难题，但似乎做出判断也很容易。

罗母哭了一路，眼泡红肿："傻孩子，你为什么想不开，你要是有什么意外，你让妈妈怎么办？"

她哭诉的时候，罗一这个女儿根本没进到脑子里去。

李栗表情冷静，神色不动，他简单地跟罗棠解释："——过敏，我来带她挂点滴。"

罗棠生来坦率开阔，并没有想到其他地方去，按了按他的肩，诚恳地致谢："麻烦你了栗子。"

李栗划了钱领了药，在点滴室陪罗一挂水。天快亮的时候，他走开了一会儿，西装盖在她身上，罗一昏头昏脑地睁开眼睛，看见的是站在面前的罗父。

她有点畏惧他。

罗父看重长子，罗母偏爱幼女，她从进来这个家开始就很小心。

"怎么了？"

"过敏，叔叔。"

那一声叔叔软化了这个人的心，这才是他的亲生女儿，她却叫他叔叔，叫他怎么忍心再板起脸去。

他叹了口气，在她旁边坐下："我们对你，跟对小嘉是一样的，都是我的女儿，有时候我对小嘉更加严厉，是因为你很乖巧、懂事，不用我们操心。"

视若己出跟四季如春一样，如跟若，都只是像而已，并不是真的。

"李栗这样的人家，分得很清楚，女伴是女伴，就像你罗大哥，他在外面玩，敞开了玩，我跟你罗阿姨从来不去管他，但是正经要谈女朋友，绝对不能在里面找，这是底线，也是规矩。除了要门当户对，还得身家清白。罗一，你是个聪明的孩子，你懂我的意思吗？"

她懂，她一直都懂。

走之前，罗父又说了一句："李家想找个单纯的好姑娘，李栗的母亲一直很喜欢小嘉。"

她显然不是罗父心目中单纯的少女。

罗母带了一点水果来看她，话未出口眼泪啪嗒啪嗒地往下掉："一一，小嘉很喜欢李栗，没有他，她活不下去的。"

罗母向罗一描述罗嘉种种可怜的地方，罗嘉本来就是他们的掌上明珠，她算什么呢?

关于酒吧发生的一切,罗一只字不提。

或许在这位母亲看来,这只是她女儿调皮的伎俩,无伤大雅的玩笑。

她没有受伤,她不是没有受伤吗?

如果不是李栗及时出现的话。

她该怎么讲,才能让人接受她的无辜跟无奈。四年前的噩梦,四年后重逢。

谁都不懂,她孤身一人。

点滴的水顺着静脉冰冷地灌注入身体,让罗一觉得浑身发冷,她舔了舔嘴巴,问:"小嘉现在怎么样了?"

"脱离了生命危险,但是这孩子……想不明白。"罗母含着眼泪,苦苦哀求,"就算阿姨求你了,不要再跟李栗来往了,我害怕小嘉想不开。"

每个人都以为是她勾引了李栗,是她不知羞耻,混入他的女伴阵营,妄图飞上枝头。因为他们知道她之前的生活,贫穷,困顿,她所言所行都好似别有居心。

她点点头:"我知道了,阿姨。"

罗母的泪再度滑下,这一次不是为了罗嘉:"一一,我对不起你。"

李栗回来,带了一碗粥,看着护士给她拔针,她连眉头都不皱。

折腾了一个晚上,他送她回家,她倦极了,在他的车上睡着了,头靠着车窗,吃了一半的白粥放在膝上。

等红灯的时候他拿过来,一手持碗,跟敬酒似的,一仰头,咕嘟咕嘟把剩下的都倒进嘴巴里,并排停在黄线后的奥迪车里望过来一双惊疑的眼睛。

他瞪了一眼,看什么看。眼神跟样子流里流气的,像个挟持了美人的土匪强盗,可心里头快乐极了。

天很暗,乌云压得格外低,好像要下雨了。他的车刚好开进一个十字路口,她的学校跟他的公寓背道而驰,两个方向。

她醒过来,揉着眼睛,头发乱乱的。

心中涌现万千的柔情跟甜蜜，他那样爱她，与日俱增，毫无办法。

她的任何要求他都会照做，哪怕让他去死，他也会欣然领命。

她说："我要回宿舍。"

"拿好衣服去我家，好不好？让我照顾你。"他哄她，自从发生那件事后，他不敢再把她放在任何的险境中央。

她眨了眨眼，乖巧地答："好。"

车子在她们宿舍楼停下，她下车的时候，钱月跟敏敏两个刚好下楼来吃饭，看见她，眼睛瞪得老大。

她们见过金倩的男朋友，刘敏敏还是个大嘴巴。

罗一上楼，金倩坐在桌前看书，眼神跟表情没有一点反常。她看了罗一一眼，又转过头去。

罗一始终记得那个晚上，金倩见了李栗回来，跳着舞一路旋转到她面前，裙摆翩跹。

那时候金倩是她的好朋友，最好的，唯一的朋友。

她们睡过一个被窝，吃过一个碗里的关东煮，听过同一支 walkman 里的周杰伦，罗一最捉襟见肘的时候，是金倩每一顿饭多打两个菜却又假装吃不完分给罗一；金倩因为前男友见异思迁爱上同系校友自杀未遂的时候，是罗一瞒着她父母送她去医院洗胃，整宿整宿不睡觉守着她。

她先后失去母亲、哥哥、朋友，她的前半生贫穷无忧，她的后半生富有孤独。她的失去总发生在她距离快乐最近的时候，在以为能触摸到幸福的门楣的时候，因此才无比地惨痛。

可是，谁又让她来做过选择？

她说："对不起。"

压抑的天际滚过一声惊雷，那是悲剧登场之前的征兆。

金倩很慢很慢地说："为什么要是你，就算是你，为什么，你为什么不能提前告诉我一声？哪怕只是提醒我一下，那个男人一直在找你，我不过是个替身，是个配角，你可以告诉我，冷静一点，别自作多情，金倩，他喜欢的另有他人，就站在你面前。罗一，为什么不告诉我呢，为什么要等到我亲眼看见呢？"

罗一摇摇欲坠，连站都站不稳。

她想不出解释的句子，一句都没有，脑袋里只有一个念头，金倩是她最好的朋友。

大学四年，有时候她不想回罗家，她会跟着金倩去她家，住个两三天。金倩的爸爸常年在国外谈生意，她的妈妈是舞蹈老师，待人接物格外书卷气，随时备有香甜可口的热巧克力，切好了的小块水果，热到合适温度的牛奶，她有，她也有。

他们心平气和，温柔安详，仿佛她也是他们的孩子之一。

罗一说："对不起。"

金倩随手把书桌上的一个玻璃杯扫到了地上，一声碎裂的动静把钱月跟敏敏同时冰在原地。

四人对峙的空间，盘踞着一种隐而不发的张力。

大雨倾盆而下。

楼下车里的李栗抬头看了看外边的雨，按开了雨刷，心里想：再等两分钟，两分钟后她不下来，他就要上去找她。

宿舍里，金倩看着罗一，一字一顿地开口："除非今天，除非今天这个摔碎了的玻璃杯告诉我，它说它能原谅你，否则，你这辈子休想从我这里得到一句没关系。"

罗父说，李栗的父母喜欢单纯的女孩。她没有伤心。

罗母求她把李栗让给罗嘉的时候。她没有伤心。

她真正伤心的，是眼睁睁看着一段关系走向无法挽回的毁灭。

她得到过最好，失去才痛彻心扉。

车里的李栗终于按捺不住，雷声如鼓点叩击在心头，使他心神不定，坐立难安。他推门下车，才跨进宿舍楼的门，舍监出来拦他："哎哎，小伙子，别往里头走了，这可是女生宿舍。"

他犯了个错误，一个天意的错误，他跟这个阻止他去见罗一的中年阿姨解释，错过了至关重要的一个人。

罗一沐着大雨，失魂落魄地从他后面走过。

她看见了他，但是她只想走开。

没有携带雨伞，大雨倾盆浇灌。

她回到了之前的老房子，没有妈妈，没有哥哥，只剩下她，很多年没有人住，备用钥匙藏了一把在牛奶箱里，她用钥匙开门的时候就想起了宋勇。

她念初二，有一天忘记带钥匙，被关在门外，宋勇打工打到八点钟才回来，看到她席地而坐，书包放在膝盖上，低着头安安静静地写作业。

从那以后，他就藏了把钥匙在牛奶箱里，只告诉了妹妹。

等待的那段时间她其实没有挨饿，也不觉得疲惫，并不感觉孤独，但是宋勇特别自责，特别难过。

只有她一个人，她一个人的时候总会想，她到底做错了什么？

如果错误可以纠正，命运可以扭转，她应该从哪一步开始才能避免此刻的结局。

倾盆如注的大雨，滂沱地击在窗上，水花一个接着一个叠加，一痕痕地冲下，在这个孤独的夜晚，她才想明白那个答案，她错在哪里，从遇见李栗开始。

李栗开着车在暴雨中疾行，心急如焚，无数的答案翻滚过心头，来回答那个她会去哪里的问题。

她在哪里？如果有人愿意告诉他答案，哪怕是魔鬼，他都愿意与之交换。

他着急，油门就踩得越狠，心头又恨又疼，她是个坏心肠的姑娘，他早该料到，就不应该放开，捆也要把她捆在身旁。

心里头忽然打了一个突。

他会不会失去她？再一次地失去她，然后又是个四年，杳无音讯，只剩下他一个人在苦苦挣扎。

他踩下油门，来扼制那个让灵魂都战栗的疼痛。

与此同时，一道劈过心底的白光拯救了他。

他把车停在老居民区楼下，冲上楼，先是叩门，未果之后用拳砸门，和着大叫："一一！"然后他发现门根本没有上锁，一拧就开。

他气喘吁吁，冲了进去，像个疯子，像个傻瓜。

他失去了他的尊严、体面、骄傲、风度，他通通都没有了。

能不能换回她？

他无意识地屏住呼吸，尽力使大脑保持空白，不去猜想任何可怕的画面，通过狭小的走廊，朝客厅走去，心里对上帝哀求：可怜可怜她，也可怜可怜我吧。

所有惊恐、无助、绝望，在看见缩在沙发里阖目而眠的罗一的那一秒，化为了嘴边无奈心酸的苦笑。

他放轻脚步，走到沙发边屈膝半跪，用手指拨开她湿漉漉的头发，才发觉，那些水泽不尽然都是雨水，还有这个女孩在睡梦中无意识的眼泪。

她以一种回到母体的姿态安睡，将自己缩成小小的一团，可就算这样，她都不想靠近他。

窗外风雨如晦，他脱力似的滑坐在沙发边的地板上，低下头，去吻她的额头，极咸的味道，是他的泪混入唇舌之间。

他将来的宿命一览无余地铺在他面前。

罗一在那个吻里醒来。

夏天的暴雨总是来去匆匆，雷声减弱，雨声式微，她的眼睛经泪水清洗，分外皎洁透明。他压低了声音，喉头一阵发紧，几乎哽咽："知道不，路上我差点就跟别人撞了，你知道吗？我现在的手还在发抖，你知道吗？"

我有多爱你，你知道吗？

我生命中的喜悦繁盛衰败凋零，都被你的喜怒哀乐掌控。

罗一挣扎着要坐起来。

他不准，忽然用力，就把她揽到了自己怀里。他力气极大，箍着她手臂，有点不管不顾的意思。

仿佛跟某种无形的力量争夺罗一。

他不想任何人来争夺她，她只能属于他，连罗棠都不能靠近。她绝望无助哭泣悲伤的时候，唯一的怀抱，只能他给予。

他强硬地要求："等你毕业，我们就结婚。"

她的目光从他肩上越过，投向他身后毫无意义的风景，轻声地喃喃自语："如果没有遇到你，那该多好……"

李栗心骤然一痛，坚定地摇头："不好，我们注定会相遇，因为我爱你。"

就因为他爱她，罗一苦笑："李栗，你放过我吧，我不想跟你有任何关系。"

"不，不止现在，我们的未来还有很多关系，你会是我的妻子，未来孩子的母亲，我们生两个小孩，一男一女，或者两个都是女儿，要像你。我们要爱他们，把之前我们缺少的爱都还给他们。"

不止从前，包括现在，谁都没有让她做过选择，不论她要还是不要。

罗一呆呆地听着他讲，尖尖的下巴搁在膝盖上，瘦骨嶙峋的大眼睛也没有看着他。

他的心莫名地一疼。

"李栗。"

"嗯。"

"我饿了。"

"我叫外卖。"他立刻站起来，为这个莫名其妙开始的话题提供建议，"你想吃什么？面条好不好，鸡蛋青菜面，再加一碗白粥。"

"你不吃吗？"

他温柔地讲:"我跟你一样。"

他走出去打了一个外卖的电话,回来的时候她光脚站在窗户边。他才发现自己浑身上下都湿漉漉的,但是因为热,所以不觉得冷。

他脱了外套,衬衫,挂在椅子背上,等它们干。他看着瘦,其实很有肌肉。

罗一转过身,往后退了两步,低下头。

那个夏夜,那个混乱的黑色的夏夜,谁都没有忘却。

他觉得难受。年少轻狂,得有人付出代价,但是这个代价太惨痛了,对少年时代的他们来讲。

他于是又把湿答答的衬衫穿上,布料黏在皮肤上,他喘不过气来。

她进屋,从柜子里翻出一件 T 恤,出来递给他。他接过,拿在手里看了看,走去卫生间换。

一切的动作都在无声中进行。

他换好衣服,在镜子里看到自己的脸孔,像十八岁那年,心血来潮想要好好地看清自己,手抵着玻璃镜子,倾尽全力地望进去,看着自己。

可怜虫一样的自己。

然后一低头,就看见了穿在身上的那件 T 恤,肩膀朽出了几个破洞,来自宋勇的 T 恤。

外卖到了,她跟他对坐而食,互不说话。她真的饿了,吃得又香又甜,他没吃几口就饱了,看着她,他了解这个姑娘,她越是平静,隐藏在她平静之下的斗争就更加激烈。她要喂饱自己,她在储存体力,跟他打一场最为艰难的斗争。

他该怎么办呢?

他的手指摸到了那件 T 恤上的破洞,在心里问上帝:我会不会遭到报应?

什么报应比从此错失罗一更加惨烈无比。

他很慢很慢地、一字一句地说:"明年 2 月份,你哥哥宋勇就可以出来了吧。"

罗一猛然抬起头,面条氤氲的热气模糊了她的轮廓,他看不清她的眼睛,他宁肯自己看不清:"嫁给我,我就放过他,我能让他安然待到明年 2 月份,不发生一点意外。"

她看着他。

许许多多形容绝望的词语涌到他脑袋里去,英文的,中文的,法语的。

她说:"李栗,为什么,为什么你总是在逼我,为什么要让我遇到你?"最后一个为什么她几乎歇斯底里,两颗滚圆的泪珠沁出她眼眶。

他不要看到她哭,站起来,隔着桌子自欺欺人地展臂将她抱住,侧过头,烙下小小的吻在她鬓发上,安慰着她。

"因为上帝看到我们,太孤独了。"

第十三章
熬完山头不知霜雪的春夏

[1]

时光在两侧无声流逝，熟悉的景物重新回到眼前。

他在公寓的浴缸里泡澡，水温有趋向冰冷的态势，他站起来，回归的重力让他有一瞬间感到疲倦，仿佛没有休息好，他披上雪白的浴袍出去。

二楼卧室的门虚掩着，里面漆黑一片，她已经睡下。

这些天他去看她，总在她睡着以后，面冲墙里，每一次留给他的，都只是背影。

他曾经一直很想要一个孩子，非常地想。

有卷卷的头发，肉乎乎的关节和莲藕似的手臂，径自扑到他膝盖，叫他爸爸。

最重要的是，要像她。

他猛地一摇头，将这荒诞的想法驱逐出脑海。确定自己清醒后，他轻轻关上房门，转身下楼，去一楼客房换了衣服，然后开车出去。

她听到了引擎声，翻了个身，睁开眼睛，望向上方无边黑暗，却再也睡不着。

他有他的花天酒地，她也只够管自己的似水流年。

酒吧包厢里的人看到李栗故地重游，吃惊极了，张容博打头开他玩笑："怎么又回来了？老婆不让你进门？"

原本伴着他坐的女郎凑近来，嗅了一口，掩唇笑了："连澡都洗过了。"

张容博向来直接："速度这么快！"

有人朝他丢了枚牙签。狗嘴里吐不出象牙，李栗懒得理他，往杯子里倒威士忌，酒是个好东西，谁说不是。

谁敢跟他说借酒浇愁，他保准就跟谁翻脸。

喝酒划拳摇骰子，张容博搂着姑娘唱周杰伦的歌，好好一曲《东风破》，调歪到了他姥姥家，听得李栗哈哈大笑，跟姑娘们一道用东西打他的脸。

姑娘们用抱枕。他用香烟。

张容博接住一根，嘻嘻哈哈把一个姑娘挤开，倒在他沙发旁边。李栗醉醺醺地看着那张越来越大的脸，一巴掌扣在了上面，大着舌头："我……我喜欢……女的。"

张容博也醉得不轻："谁信啊，天仙都降不住你的心，才结婚多久，玩得这么凶。"

姑娘们卖酒有提成，铆足了劲灌这心事重重的王老五，最后李栗喝高了，吐得只剩下胆汁。从卫生间里出来，扶着墙走了一段路，迎头撞见走廊另一个男人，脏、乱、差，头发湿漉漉的，领带脏兮兮的，沾有秽物，他咧嘴一笑，打了声招呼："哥们，有火吗？"

那人咧嘴一笑，没有说话。

他往墙上一倒。

那人也往墙上一倒。

旁边有人在掏他的口袋，以为是从包间跟来的姑娘，他闭着眼睛自言自语：“钱包在车上。”

"我不要你钱。"

他想，她也不要我的钱。

"你车钥匙呢？"

他想，她连我送她的车都看不上。

"你车停哪儿了，我送你吧。"

他摇头："我不要回家。"

"那你想去哪儿？"

他努力睁开眼睛，这才把人给看清了，心头一灰，怎么是金倩。

要不然你想的是谁？他自己都觉得好笑。

"你怎么在这儿？"

"容博打电话让我过来的，李大哥，你怎么喝这么多？我送你回去。"

"我不回去，"他变了态度，"我要回家。"

金倩跟着保全几个人合力把他弄上了他的座驾，幸好这人酒品还不算差，金倩见过她老爸应酬喝醉的样子，抱着客厅的吊灯就不肯下来，跟个猴子似的，还念诗。

金倩不知道他家在哪儿，车开到江边停下了，他烂醉如泥，躺在车后座上。她问他："李大哥，你手机在吗？我给你家里人打个电话？"

他喃喃道："别吵她……她睡着了。"

金倩听着又心酸又难受，硬要赌那口气。

"那你也在这里睡一夜好了。"

他翻了个身，狭小的车后座根本挤不下他这么一个大高个儿，但他缩在那里，还是睡着了。

最后还是金倩打给张容博，问来了地址，才送他到家门口。她扶着他下车，张阿姨晚上回城里儿子家去住，门铃按了许久，惊醒了罗一。罗一披着睡袍匆匆下来，开了门，见是金倩跟李栗，也不见得很惊讶。

金倩淡淡地说："他喝醉了。"

李栗像摊稀泥似的倒下来，压在了罗一身上，她勉为其难扶住他，金倩掉头下了台阶："我先走了。"

罗一看着她下去，想要叫住她，但最后仍旧只剩下沉默。

把门关上，罗一扶着李栗到客厅沙发上坐下，给他榨了鲜橙汁，大概味道太冲，他躲来躲去，不肯喝，不耐烦地随手一拨，洒在了她拖鞋上。她也不生气，放下杯子，又绞来热干毛巾，给他擦手擦脸。

等他好不容易安静下来，天已经差不多快亮了。

她上午还有课，从浴室冲完澡出来，就已经六点半了，她擦着头发出来，原本喝醉了的李栗坐在床尾凳上，一身颓唐的气息，拿着她的手机。

她浑身一僵。

他递给她，面无表情："宋勇的电话。"

她去接，无意中碰到他的手，跟她的一样冷。

她背过身，听到他在身后问："他出来了？"

手机的硬壳几乎硌痛她掌心的纹理，她尽全力保持住镇定，点点头。

"你们见过面了？"

她脸色忽地一变。

李栗一笑，并未就此追问下去，而是改变了话题："罗棠要结婚了，婚礼定在十月。"

这世界没有什么永恒不变，哪怕一颗钻石王老五的心，但她还是很高兴，发自内心地替罗棠高兴。

罗棠对她的好，这些年她一直记在心上。

她没有向谁打听新娘的人选，在婚礼现场她才得知，但是世界上偏偏就是有那么巧的事情，新娘是赵茜，曾经夺走过金倩的初恋男友，最后却跟年长她数岁的罗棠修成正果。

金倩以女方亲友的身份出席，她的父亲娶了赵茜的母亲，她们是重组家庭，至此罗一才终于明白当年她跟自己哭诉的那句话的意思：但凡我有的，不管什么她都想要。

最后她们谁都没得到那个男孩子，却在长大后分别爱上了不同的男人，这算不算求仁得仁？

罗棠的婚礼，罗嘉也出席，在化妆间跟罗一打了个照面，带着蓄意的冷笑打量着她的表情，期望着那些由自己赠与的绯闻刺到她的心，不怀好意道："听说金倩也来了。"

事情能够这样多，关系可以这样乱。

其实罗一在酒店大厅的签到处就见过金倩，今天她的打扮特别干练，小西装，阔脚裤，镂空纱网平底鞋，一条银色丝巾平添一股成熟女人的韵味。妆容精致，隔了好远就伸手过来迎接，像生意场上的伙伴。

李栗"嘿"了一声，伸手与她的交握。

金倩生性活泼，他交游广泛，撇开从前那些不愉快的经历，两人凑在一起其实很有话聊。

罗一被公然地无视，于是由服务生引领，去二楼女宾休息室。

金倩不是个傻瓜，罗一一走，他的劲头立刻就垮下来，连声音都降了一个调，带着一种漫不经心的敷衍的腔调。金倩曾经在某时尚杂志上看过某个心理小暗示，交流的时候一个人不断用反问句做结尾，就表示他对这个话题，或者进行话题的人失去了兴趣。

他笑着，很注意地听着，嘴里连连发出惊叹，很洋派："是么？""怎么可能？""我不相信。"

金倩立刻明白过来，罗一的离开带走了这个有说有笑的男人的心。

伤心吗？

她在心底释然地微笑：很早之前她就知道。

她反而庆幸，李栗还是从前的李栗，没有变心，坚定爱情，哪怕这爱情跟她毫无关系，她在亲眼目睹后也觉得动容无比。

李栗略站了站，应酬了几位他跟罗棠共同的朋友，然后很迅速地上楼去。

他没有在女宾的休息室里看见罗一，他到处都在找罗一，终于找到的时候，她跟罗棠在一起。

在走廊开辟的一个休息区，供宾客小坐休憩，几张小圆桌，椅子也不太多，桌上放了一瓶妃色蔷薇，花瓣小而娇嫩，缀着鲜艳的露珠，像婴儿可爱的肌肤。

这是新娘赵茜最爱的花朵。婚礼的一切都由新娘的意志决定，大到婚礼的形式，小到酒水的类型，全凭她高兴。

人人都在恭喜赵茜觅得如意郎君，除开富贵多金，还对她宠爱有加。

新郎官在角落里一支接着一支地抽烟，却问罗一，你为什么这样不快乐。

他应当看看镜子。

西装严整的这个男人脸上，一样讳莫如深地书写着失意的表情。

再过半个钟头，他该成为牧师口中天底下最幸福的男人。

"罗大哥，我没有不快乐。"

"可是你的眼睛里都是失落。"他深看她一眼，眼中饱含着怜惜，还有一层力所不能及的歉意，"一一，如果有什么烦恼，可以告诉我，我们一起想办法解决。"

她摇头，转而问他："罗大哥，那你觉得快乐吗？"

他回答："不知道。"他是认真的。

罗一仰起头，看着他："那你喜欢她吗？"

他侧身往蔷薇叶上弹掉烟灰，一笑："重要吗？婚姻就是一道删减法，排除掉所有我们不能爱的人，剩下那个就是我们结婚的对象。这就是我们成年人的爱情，相爱在心底，却习惯在生活里忘记。"

她激烈地否决，仿佛无端遭受污蔑的那个人是自己："如果你不爱她，你根本就不会快乐的，你看到她不会开心，你每天的日子都会变得像在受刑，每一天都像在煎熬，你甚至会觉得黑暗比黎明更加值得期待。罗大哥，你想一想，你现在还有余地，为自己的幸福争取。"

当所有人都开始放弃，包括他自己的时候，只有罗一还在替他争取，争取那些连他都觉得渺茫的幸福的含义。

罗棠低头，看着她的眼睛，那被泪水充满的眼睛，那一刻，他相信由血缘决定的亲情，冥冥之中被基因决定的力量，哪怕相隔再久远的时间，也会把温情跟关心带回彼此身边。

在罗一的话带给他的震撼里，他果断地按灭了香烟，转身进了新娘的化妆间。

他是名真正的绅士，就算对这场婚姻不抱希望，他也要把主动权交回给女方。

罗一站在花前很长时间，接了一通电话，声音很低，仿佛喃喃地絮语，人面蔷薇相映红，嘴角浮起一个小小的笑，她用手指静静地描摹着那花瓣的形状。

李栗站在暗处黯然地观看，没有上前，没有走开。

他知道谁打来的这通电话，他永远知道。

婚礼到底没有如期举行。

因为期间新娘的仓促离席，留给罗棠一个烂摊子来处理。

他处理得尽善尽美，并且没有一点灰心，没有一点丧气，他的脸上挂着得体涵养的微笑，彬彬有礼地向每一位参加的好友致以隆重的抱歉，众人在同情他之余对他的风度多加褒奖，赞不绝口。

罗棠将喜悦小心地藏在心底。

婚宴上储存的酒水还是喝醉了许多人。

心事隐秘的罗棠，心灰意冷的罗嘉，心神不定的李栗。

　　李栗喝醉了，他的酒量一向很好，却在她面前频频醉酒。罗一开车载他回家，到了门口，她绕着副驾驶座扶他下车，他醉醺醺的，一身酒气，倒在她肩头，她扶着他跌跌撞撞上了台阶，从包里拿出钥匙开门，两人走过玄关，一同跌在客厅沙发上。

　　她累得一身大汗，坐了一会儿，想要起身给他倒杯橙汁，刚站起，被他拽住了手腕，一用力，她又往后倒去，这一次，是倒在他的怀里，背坐在他膝上。她看不见李栗的脸，因为他把脸紧紧贴在她后颈裸露的肌肤上。

　　沉默了很久，有液体缓缓流出。

　　"一一，你爱我吗？"

　　她爱他吗？从前他的爱曾让她感到绝望。

　　现在呢？

　　她低下头，看到的是他环在她腰间的手臂，因为用力，手背暴出了明显的青色筋脉，显得那样可怜。

　　"一一，我爱你。就算知道宋勇是你的哥哥，我还是觉得嫉妒，光是想一想你们从前一起生活的十多年，我就没有办法忍受。可是为什么，你可以那么冷静，哪怕我夜不归宿，哪怕我跟别的女人鬼混，你都漠不关心……为什么？"

　　"一一，教教我，教教我怎么不去爱一个人……"

　　"李栗……"

　　他发出嘘的音节，示意她不要作声。

　　只有在沉默的时候，他可以自欺欺人地安慰自己，她也深爱他。

　　他抬起她的下颌，转过她的脸，浅浅地触吻她的眼睛、鼻梁，最后才到唇，不掺杂情欲地亲吻她。他的手很烫，他的唇格外凉。

　　"我不要你立刻爱上我，我只要你每天爱我一点点，就足够了。一一，我一直在等，可我要等到什么时候啊？"

她的手被他的按住,放在了他的肩膀上。他眼巴巴地看着她,她转开视线,去看其他地方:"你给我点时间,让我想一想,好吗?"

[2]

出狱后不久,宋勇跟人合伙开了一家饭馆,盘下一家店面,就在市中心,主营家常小菜和白领套餐,因为干净美味,在写字楼里很受追捧。罗一也替他高兴,有时候下午没课,她会过去给他帮忙打打下手,他不肯让她干粗活,实在拗不过她,就让她帮忙写写菜谱,打打外卖的单子,现在是网络时代,白领们都热爱上网下单。

店虽然小,店里的员工大多是外地来这儿打工的,相处久了,就变得跟亲人一样,知道她是宋勇的妹妹,也跟着他一起喊她一一。

她很高兴,她更高兴的是看到宋勇开始了新的生活。

生意渐渐好起来,宋勇就在饭馆旁边租了一个两居室,也给了宋一一把钥匙。晚上来不及回去就在那儿过夜,毕竟是个男人,生活上难免有应付不过来的时候。双休日她偶尔会过去帮他收拾,刚从外面把门打开,店里打工的小妹韩芳刚好从他房里出来,穿着一件吊带衫,头发蓬乱。

她愣了一下。

韩芳冲她一笑,热情招呼她道:"一一你来了啊,你坐,我给你倒杯水。"

每个人都开始他们各自的生活,不管快不快乐。

她没有特别失落,也不觉得难过,日子终归要往前,回不去的不仅仅只是光阴。

她冲韩芳笑了笑:"谢谢你照顾我哥哥。"

晚间宋勇回到出租房,罗一早就走了,就韩芳还在,哼着歌给他洗衣服,他一眼就看到了放在桌上的苹果,只有罗一才会带苹果来看他。

他脸色往下一沉,韩芳听到动静走出来,看见他,还挺高兴的:"你来了啊。"

"你怎么进来的？你钥匙哪儿来的？"

"从你口袋里拿的呗。"她随口道。

"钥匙还我，以后我的家你别随便过来。"他冷着脸，声音也不好听，"砰"的一声，推攘着她把她关出了门外。

韩芳站在门口，其实也习惯了他的喜怒无常，只是嘟囔了一句："好端端的，这是怎么了？"

他跌在沙发里，静静地坐了一会儿，拿出手机。

既然来了，怎么不跟哥哥说一声呢？

他这样想着，心里开始酸软，他拨了罗一的手机号码。响过六声，接电话的是个男人，声音低沉："一一在洗澡，如果有要紧事的话，你跟我说下吧。"

那人知道他是谁，他也知道那人的身份。

一一在洗澡。

仅用五个字，就透露了他们非比寻常的关系，也点明了他的处境。

宋勇淡淡道："不用，我们的事，我会亲自跟她说。"

李栗所在的公司餐厅因为装修的缘故，给员工们统一定了外卖，点的刚好就是宋勇那一家。原本送外卖的小哥请了假，人手短缺，由宋勇亲自送货。

他把外卖拿到他们公司楼下，李栗身后簇拥着一帮人，浩浩荡荡地从电梯里出来，在前台跟宋勇擦肩而过，走了一段路，忽然停住脚步，回过头，他戴一顶鸭舌帽，黄色背心，等前台小姐签收。

他西装笔挺，气质雍容。

他衣衫简陋，落到低处。

但两人都是出色的男子，从外貌上，从气度上来说。

宋勇收好单据，走出大厅，他送货的三轮车被一个保安拦下，客气道：

"先生，请您稍微等一下，有人想见您。"

他冷漠道："我没空。"

李栗已经走出来，站在台阶上说："就几分钟时间。"

保安点头哈腰地叫了一声李总，走开了。

"我知道这些天——都跟你在一起，我知道你们感情深厚，但是——已经嫁给我，你们是亲兄妹，如果生活上有什么难处，都可以跟我说。"

宋勇抬起头，眼睛下意识地一眯。

他的态度那样诚恳，可是他的居心实在险恶。

他以为得到了她的人，就能得到她的心吗？

哪有这么便宜的事？

李栗轻描淡写地强调："我们结婚了。"

宋勇反唇相讥："你也知道你们只是结婚，她还没有卖给你。她还有选择的余地。"

李栗上下打量他："就凭你？"

宋勇从容地一笑："是啊，就凭我，就凭我跟她生活了十七年，就凭我爱她，她也爱我。"

"她不爱你，她也不能爱你。"

"那也不是你说了算。"宋勇看着他，觉得真痛快，当年那一刀只是刺破了他的皮囊，眼下这一刀货真价实地捅进了他的心脏。

她不爱你，李栗。

到底是第几个人过来通知他这消息。

李栗看着宋勇，表情依稀很冷静，哪怕心里早已溃不成军，节节败退："这不关你的事。"

他转身，被宋勇叫住。

这个男人的脸上，有种让人不忍直视的惊痛。

这样冷静从容的一个人，嚣张跋扈，不可一世的混账。

宋勇品尝着他脸上的痛楚，争锋相对地一笑："如果我说，我跟一一没有血缘关系呢？"

李栗眉头一皱，看着他问："你什么意思？"

"一一不是我的亲妹妹。"

"你以为我会相信你的话。"

"她为什么会被罗家收养？为什么我妈临死前把她托付给罗家，因为他们才是她的亲生父母。十多年前，我妈给他们家做过保姆，罗家因为超生的缘故，把刚出生的女儿交给我妈抚养，那时候我妹妹也刚刚出生。几年后罗家来认养他们的女儿，我妈因为一己私欲，将自己的亲生女儿交给了罗家，留下了一一。"

说这些话的时候，宋勇的脑中有无数经年的画面浮现，通通都跟罗一有关。

她两三岁的时候就已经非常漂亮，眼睛大，瞳孔黑亮，皮肤雪白，天然卷的头发，就跟洋娃娃一样。他很喜欢把她头发绕在手指上，看它们蹦开一瞬间的模样，那时候妈妈总跟他说："你别玩你罗妹妹的头发。"

罗家来人接她的时候，妈妈带着嘉嘉去了一趟理发店，却把他跟罗一反锁在卧室里，给了每人一粒糖，叫他们不要说话。罗一安安静静地坐在床沿上，吃光了自己那一粒，他把他的那一粒放到她手心。她看着他："哥哥，我想出去玩儿。"

"一一乖，再等一会儿，妈妈就来开门了。"

他拉着她的手，耳朵贴着门板，听到外面有人说话。

"这就是我女儿？"是个女人在问。

"是啊。"妈妈嗫嗫地答。

女人看了一眼自己的丈夫："要不要去医院开个证明？"

"开什么啊，看看她这一头的鬈发，跟她奶奶一模一样。"

因为天气的缘故，糖有点化掉了，罗一认真地舔着大拇指。宋勇忽然痉挛似的将她紧紧抱住，吻在她肉呼呼的脸颊上。

年幼的他意识到，他将拥有这个妹妹，永远。

李栗色变，宋勇直视他双眼，问得挑衅："你敢试一试吗？你敢试一试，她到底是不是真的爱你？"

李栗很晚才回到家里，习惯先在沙发里坐一会儿，看会儿球赛，再去做其他的事情。这一次他坐了很久，窗外的天色一点点暗下来，院子里的银杏树长到了二楼，叶子金黄，被秋天的风吹拂，发出哗啦啦的脆响。

他把手盖在眼睛上，累得要命。

心里疼得要命。

为自己，为——。

"你给过她选择的余地吗？李栗，如果你还是个男人，那你就放过她吧，跟她离婚，从前她没的选，现在你让——自己来选择。"

他不敢，因为他知道，他就是靠着这一纸婚书才把罗一捆在自己身边，要不然，她根本连一秒钟都待不下去。

刚刚结婚的那段时间，晚上睡觉她总爱缩在角落，这么大一张床，将自己缩成小小的一团，蜷在离他很远的地方。有时候他碰碰她，她都会下意识地绷紧身体，要到很久才能渐渐放松下去。

从前他这样混账，做了那种事。

他把她害成这样，他还要困着她。

可他有什么办法，因成果，果又造就了因，兜兜转转间，他已经陷进去了。

他听到声音，她拉着行李箱从二楼下来，一袭风衣显现出窈窕的身姿，她仍是记忆中少女的样子，像一道金色的霞光，映亮了他人生的开端。

他看都没有看她一眼，行李箱的轮子辘辘滚过大理石的地面，发出属于离别的声音。

他坐在那里，仿佛即便世界末日来临，也不会改变他的姿势。

你敢吗？你敢试一试吗？

她看着他，也是欲言又止。

最后她推门出去。

面前的世界倏忽暗了下来。他还坐在那里，置于膝盖上的手掌缓慢收拢，试图握紧，到头来只是握了一把虚空。

从此往后，该怎么走下去？

就剩下他一个人了，路该怎么往下走？

他感到疼痛，痛得他慢慢弯下腰，膝盖支撑着手肘，颓然地将脸埋在掌心里，有冰冷的液体从掌心的缝隙间流下去。

她走了。

如果她能够选择，她一定会跟宋勇在一起，他爱她，她也爱他，他们有十多年的感情打底，他们早就将彼此视为自己的生命。

虽然他也愿意，随时为她付出自己的生命。

但是也已经来不及。

这间房子重新回归了沉寂，意外的风鼓起客厅的窗帘，像是藏进了一群无形的鸽子。

他听到了声音！

他听到了门从外面被推开的声音！

他绝处逢生，他终于被营救，在这个已无生路的时候，他猛然回过头，心从云端又跌回地狱，开门的是替他做饭的张阿姨。

张阿姨看清了他，继而看清了他的脸色，顿时大吃了一惊："栗子，发生了什么事，你这是怎么了？"

他泪流满面，一动不动，他的所有力气都被灌注于那个回头，再没有一点力气去解释什么东西。

不知道过了多久，一只手搭在他肩上，轻柔得像一片云，落在他心头。

他僵了一下，不敢置信，不敢转身，于是他抬起右手，按在她手背，温柔细腻的触感，是他的女孩。

所有的泪在心底轰然落下。

"你怎么回来了？"开口才知道声音哑得要命。

"我忘记拿东西了。"

"什么东西？"

她还未作答，他伸手，动作极快，毫无征兆地被他从身后一把抱住，她跌坐在他身旁，他的脸就埋在她颈间，整个人都在微微地发抖，因为寒冷，因为后怕："就一点点，哪怕一点点……"

罗一轻轻道："我钥匙忘记拿了。"

他的身体慢慢软化，但还是紧紧地搂着她，像是溺水的人，她是他唯一的空气。他大口大口地呼吸，差一点他就死了。

是她救了他。

她细声慢语地解释："罗大哥去了荷兰，罗阿姨生病了，我去看看她，陪她住一段时间。"

"你会回来的，你会回来的是吧。"

他要的，只是她一个肯定的答复。

她的头贴在他胸口，听到他的心跳声，跳得又快又急，像个失魂落魄的少年。她眼睁睁地看着他从桀骜不驯到了今天这一步，从不可一世到了低三下四。

她仰起头，看见他的下颌，微微抽动，他在隐忍着泪水。

她其实一直都懂，但是太难接受。

她对他不忍心，却没有办法忘记过去。

"李栗，我知道你爱我，我知道的，但是我忘不掉过去的事情，我忘不掉发生的一切，你给我一点时间，好不好，等我想清楚了，再来回答你。"

　　窗外的余晖撤走了最后一道光亮，却有分明而且强烈的光充盈了他的心房。

　　他用手掌遮住了眼睛，他不想她看到他的眼泪，他不想她看见他最失态的一刹那。

　　"我愿意等你，一一，只要你不离开我。

　　"一一，我爱你。"